騎士と誓いの花

# 騎《き》士《し》と誓《ちか》いの花《はな》

六《ろく》青《せい》みつみ

ILLUSTRATION
樋口《ひぐち》ゆうり

# 騎士と誓いの花

・序・

『君のことは、俺が命をかけて守ると誓《ちか》う』

貴方《あなた》はそう言った。そして、その誓いを果たしてくれた。だからもういい。

ぼくはその言葉を胸に抱いて、今度は貴方と貴方の大切なひとのために命をかける。


少年は震えを抑《おさ》えるため、大きく息を吸いこんでから、隣《となり》で息をひそめているひとつ年下の皇子《おうじ》にささやいた。

「殿下、服を交換しましょう。ぼくがもう一度、殿下のふりをして賊の注意を引きつけます。殿下はその隙に騎士のみんなと合流してください」

「それは、しかし…」

年より大人びた口調で、皇子は言い淀《よど》んだ。その語尾を、響き渡る剣戟《けんげき》の音がかき消してゆく。あちこちで怒号が飛び交い、草木の焼け焦げる匂いが充満しはじめている。木立《こだち》の向こうで燃え上がった炎は、周囲を照らし出す一方で、明かりの届かない場所を一層濃い闇に沈める。夜明け前の暗い空に火の粉が舞い上がり、灰色の煙が渦巻《うずま》いていた。

少年と皇子が身をひそめている廃屋《はいおく》の中の地下蔵《ちかぐら》を、外から見つけるのは難しいだろう。しかし襲撃者たちが一軒一軒家捜《やさが》しをはじめれば、暴《あば》かれるのも時間の問題だった。

「さ、早く」

少年が急《せ》かす。

百人近い賊の奇襲を受けた今、彼らに見つかり捕まれば、皇子自身の安全だけではなく、一国の運命が傾くことになる。それは、この国の唯一《ゆいいつ》正統な皇位継承者である、皇子自身が一番よく理解しているはずだ。自分の命を救うために他者が命を落とす現実を、受け入れざるを得ない立場であることも。

「しかし、それでは君が…」

己《おのれ》の立場と、現在の状況を理解しているからこそ惑う皇子に向かって、少年は決然と告《つ》げた。

「殿下にはこの国の未来とぼくたちの希望と、……あのひとの悲願がかかってるんです。だからこんなところで失うわけにはいきません」

少年の声と瞳には、死を覚悟した者の強さと潔《いさぎよ》さがにじんでいる。

「あのひとに伝えてください。あなたは誓いを果たしてくれた。だからぼくも約束を守ります…って」

「…君は――」

皇子は何か言いかけて口をつぐみ、痛みをこらえるようにまぶたを伏せてうなずいた。

「わかった、必ず伝える。だから君も約束して欲しい。最後まで、決してあきらめないと」

「もちろんです。さ、急いで。ぼくが充分に賊たちを引きつけるまで、決して動かないでください」

極力物音を立てないよう、ふたりは密《ひそ》やかに衣服を交換すると、少年は床板の隙間から慎重《しんちょう》に周囲を窺《うかが》い、そろりと地下蔵から這《は》い出た。


視界は悪く敵味方が入り乱れ、あたりは騒然としている。炎を反射してぎらりと光る血濡れた刃《やいば》を持ち、悪鬼のような形相《ぎょうそう》で走りまわる賊の姿に、以前足を射《い》られたときの、皮膚《ひふ》と肉を穿《うが》たれた感触がよみがえる。

「……」

あのひとに助けられなければ、元々なくなっていた命だ。今さら惜しむな。怖《お》じ気《け》づくな。

尻ごみしそうになる己を叱咤《しった》して、少年は立ち上がった。払暁《ふつぎょう》前の闇が、今は自分たちにも味方してくれるはず。

なんとしても皇子を安全な場所まで避難させる。

少年が命を救われ、今こうして立っているのは、まさしくこのときのためだった。

少し離れた木立ちの向こうで派手に燃え上がった炎を目指し、少年は赤味を帯びた金髪をなびかせ、凜《りん》とした表情で走りはじめた。

・i・　繭《まゆ》

リィトの世界は物心ついた頃から、ぼんやりとした靄《もや》に包まれていた。

五歳で両親を亡くして以来、十年間。過酷な奴隷《どれい》暮らしが続くなか、慢性的な栄養不足は注意力と向上心を低下させ、日々の苦痛を鈍麻《どんま》させるための自衛本能が、煙幕《えんまく》のようにリィトを取り巻いている。それは教育を受けてないゆえの無垢《むく》なる無知と相まって、厳しい現実世界の烈風《れっぷう》から、逆に少年を守る外套《がいとう》にもなっていた。

日々の餓《う》え、冬の寒さと夏の酷暑《こくしょ》、主人がふるう鞭《むち》の痛みや怒声、過酷な労働の辛《つら》さはリィトの人生の伴侶《はんりょ》として常に傍《かたわ》らにある。それらに親しむことはできなくても、慣れてあきらめ、受け入れる術《すべ》だけは幼い頃から身に着いてしまった。

「早くしろ！　グズグズするなッ！　誰のおかげでお前たちみたいな半端者《はんぱもの》が、毎日食い物にありつけると思ってるんだ」

城壁《じょうへき》の増強作業を監視している兵長のがなり声が響き渡る。足下は朝方まで降り続いていた雨でぬかるみ、頭上は再び泣き出しそうな曇天《どんてん》。

「すべて領主様の慈悲《じひ》深さゆえだ。感謝する気持ちがあるならまじめに働け！」

叱咤に追い立てられ、あわてて踏み出したとたん、リィトはよろめいて背負っていた切石をぶちまけ、よりにもよって兵長の目の前で、思いきり無様《ぶざま》に横転してしまった。

「赤毛ッ、またお前か!?」

間髪《かんぱつ》をいれずに降ってきた、産毛《うぶげ》が逆立つような怒声に首をすくめて、リィトはまぶた強く閉じた。

「ご、ご…」

ごめんなさいと震える声で謝る前に、鞭がふり下ろされる。ヒュンと空気を切り裂く耳慣れた音と、おなじみの痛みが肩と腕で弾《はじ》けた。リィトは反射的に背を丸め、ぬかるんだ地面に頭を押しつけて打擲《ちょうちゃく》に耐えた。

運がよければ五回程度ですむ。運が悪ければ……今日がリィトにとって人生最後の日になるだけだ。

周囲で見守る奴隷仲間が、兵長に赦免《しゃめん》を申し出ることはない。他人を庇《かば》い、自《みずか》ら鞭打たれる覚悟と余裕のある人間などここにはいない。リィト自身も過去に何度か、仲間が打擲の果てに命を落とす場面を、ただおびえて見守ったことがある。

それが今度は自分の番にまわってきただけ。だから今、無言で立ち尽くす仲間を恨《うら》む気持ちはない。

五回、六回…。

今日の兵長は機嫌《きげん》が悪いらしい。

七回、八回、九回。…十回。

背中で弾ける痛みは、痛覚を超えた反射として身体をひくつかせ、呼吸を乱し、心の臓にまで打撃を与える。皮膚が引き裂かれる痛みに呼吸が止まり、頭が朦朧《もうろう》として、衝撃をこらえるために丸めていた背中が、次第に力をなくし弛緩《しかん》してゆく。

十二回、十三回。

二十を超える鞭打ちを身に受けてなお、生き延びた仲間をリィトは知らない。

死を覚悟したリィトが、支えきれなくなった顔を泥土《でいど》に突っこんだそのとき、吹き抜ける一陣の風に乗って馬の嘶《いなな》きが耳に届いた。

「それくらいで勘弁《かんべん》してやれ」

叫んでいるわけでもないのによく響く、低く落ち着いた、それでいて独特の艶《つや》を持つ声だった。

「誰だ、貴様は!?」

「どこの領地でも奴隷は貴重な労働力のはずだろう？　憂《う》さ晴らしで無為《むい》に数を減らしては、無能の烙印《らくいん》を押されるだけだと思うが」

「…ぐ」

誰何《すいか》をさらりと受け流した余裕のある返答に、兵長の方がなぜか言葉につまる。

「城壁の増強は最優先事項ではないのか？　見たと

ころ作業の進みは芳《かんば》しくないようだが。この有り様が耳に入れば、ウルギナの領主セロン殿はさぞお嘆きだろう」

雲上人《うんじょうびと》である領主の名を、軽々しく口にする正体不明の男に対して、兵長の声におびえが混じる。

「わ、わかったような口をきくな！　貴様何者だ、名を名乗れ！」

「作業が、驚くほど進む秘策を授《さず》けてやろうか」

あくまで名乗らず話を続けようとする男の提案に、兵長はおびえ訝《いぶか》しみながらも興味を示した。

「…進む秘策だと？」

「そうだ。聞きたいか」

「う、うむ。一応、聞くだけ聞いてやろう」

兵長の空威張《からいば》り気味な返事と、男が馬から降り立つ気配がする。泥土をものともせず軽やかに近づいてくる足音を、リィトは朦朧とする意識の底から聞き分けた。

背中から全身に広がる痛みの酷《ひど》さで、顔を上げることすらままならない。それでも、姿を見ることはできなくても、突然現れたこの男が自分の命の恩人であることだけは理解できた。

「俺が教える秘策を採《と》れば、こんな風に使い物にならなくなるまで、子どもを鞭打つ必要はない」

声と同時に背中の服をつかまれ、リィトは泥の中から引き起こされた。犬の仔《こ》をつまみ上げるような無造作な仕草だが、乱暴ではない。

「あぅ…が、あ……ゲフッ」

助けてもらった礼を言うつもりが、口の中まで入りこんだ泥のせいでうまく言葉にならず、代わりにリィトは激しく咳《せ》きこんでしまった。生臭い泥が喉《のど》に張りつき、苦しさで涙と鼻水が流れる。

「誰か水を持ってきてくれ」

低く伸びのある男の声に、リィトは咳きこみながら薄目を開けた。無防備にまぶたを上げたせいで、今度は目の中にまで泥が入ってきて、あわてて目を閉じた。ざらりとした痛みが眼球に広がる。

男の要求に戸惑っていた奴隷たちは、兵長の「持ってきてやれ」という許可と同時に動き出し、すぐに桶《おけ》一杯の水が届けられた。

「さあ、坊主」

泥と涙と鼻水でぐちゃぐちゃになった顔が、冷たい水と大きな手で洗い流されてゆく。

「…ふ…、ぅえ」

顔を洗い、口をゆすぎ、喉の奥まで入りこんだ泥を吐き出してから、ようやくリィトは目を開けて、自分を助けてくれた男の姿を見つめた。

黒い瞳。

黒い髪、黒い服。

内着も脚衣も長靴も外套も、すべてが黒。

腰に佩《は》いた剣の柄《つか》だけが、鈍《にぶ》い銀色に輝いている。

歳は三十前後だろうか。癖《くせ》のない長い黒髪を、頭の後ろでひとつに束ねている。そして見上げるほど大きな身体。

――…うわぁ。

これほど立派な人物を間近に見たのは初めてだ。いつも誰よりも威張っている兵長が、および腰で応対しているのもわかる気がする。

ぽかんと口を開け、リィトが間《ま》の抜けた顔で男を見上げると、驚いたことに男の方もじっとリィトを見返してきた。あごに指がかかり、さらに上を向くよううながされ、そのまま食い入るような強さで見つめられる。

「お前…」

「――え? な、なに…?」

自分の顔に何か問題あるのだろうかと、おどおどと首をすくめたリィトに構わず、男は鳥の巣のように絡まった髪をかき上げ、額《ひたい》と頬《ほお》に残った泥を丁寧《ていねい》に拭《ぬぐ》ってから、正面や横顔、さらに上からも下からも、少年の顔立ちをじっくり眺めまわした。

「おいっ! もったいぶらずに、さっさとその秘策とやらを教えるんだ!」

あまりにも堂々とした男のふるまいに気圧《けお》されて

いたらしい兵長が、ようやく体勢を立て直し、声を張り上げる。男はリィトから視線を外して顔を上げると、おもむろに口を開いた。

「まず、奴隷たちの食事を今の倍にする。一日三回、午前と午後には休憩《きゅうけい》と間食、そして夜は睡眠をしっかり取らせること」

「そ、そんな莫迦《ばか》げたことができるかっ！　だいたいどこにそんな金がある」

「貴殿《きでん》と貴殿の部下が横領《おうりょう》している公金を、正当な使い道に戻すだけで、奴隷百人分の薯《いも》と玉蜀黍《とうもろこし》が購《あがな》えるはずだ。さらに貴殿が自分の給金《きゅうきん》の半分を提供すれば、五日に一度、肉と甘味《かんみ》をつけられる」

「そこまでしてやる価値がこいつらにあるものか」

「まあ、最後まで聞け。今言ったことを実行するだけで、作業は倍の早さで進むようになる」

「——倍だと…？」

　男の堂々とした態度と自身に満ちた言葉に、兵長はごくりと唾《つば》を飲みこんだ。戯《ざ》れ言《ごと》と否定してしまうには、魅力的過ぎる提案だったのだ。

「そうだ。俺がこれまで見てきたところ、他の作業区域もここと似たような進捗《しんちょく》状況だった。そんな中で、どこよりも早く城壁の増強を終らせることができればどうなる？　他よりも抜きん出た貴殿の監督能力の高さを、きっと領主殿は評価するだろう」

「評価…」

「褒美《ほうび》をくれるかもしれないし、出世するかもしれない。兵長から軍団長にでも昇進すれば、給金は今の五倍になる。貴殿が一時的に私財を投じて、奴隷たちに充分な食事と休養を取らせたところで、釣りがくるくらいだ。将来の出世と財産も約束される」

「…そんなにうまくいくもんか」

　疑り深く頑《かたく》なな態度の兵長に、男はふっ…と笑いをもらした。

「城壁の完成を催促《さいそく》する使者が、毎日のように来ているのではないか？　それだけ領主殿は城の防備に急ぎ腐心《ふしん》しているということだ。だから貴殿も鞭を

ふるい、なかなか動かない奴隷を急き立てている。だが鞭の恐怖でひとが動くのは、動ける間だけだ。死んだ馬に鞭を当てても走らない。子どもでも知ってる文言《もんごん》だろう」

「…――」

頭上で交わされる会話の大半が、リィトには意味不明だった。それでも、自分をしっかり抱《かか》え続けてくれる、男の腕の温かさだけはよくわかる。

「この子のように疲労と怪我が重なれば、どれほど鞭打っても無駄なことだ」

「む…」

「そこで相談なのだが。兵長殿、この子の怪我ではしばらく重労働はむりだろう。秘策を伝授した代わりに、俺に譲ってくれないか？」

「貴様、最初からそれが目当てで」

「いや他意はない。何ならいくらか金を払おう」

言いながら男が懐《ふところ》を探《さぐ》る。リィトの耳に硬貨の触れ合うかすかな音が響いた。まぶたを上げ、汗と泥でかすむ眼で、懐から取り出した男の手を追う。

思わず兵長が差し出した手のひらの上で、男がにぎり拳《こぶし》を広げると、チャリンと小気味よい音と金色の光が弾けた。

「五枚でどうだ」

「これは、…本物か？」

「正真正銘《しょうしんしょうめい》のヒエムス金貨だ」

シャルハン皇国内で流通している金貨は四種類。そのどれもが、ここ十数年の政情不安で劣化《れっか》の一途《いっと》をたどっている。

男が差し出したのは四種の中で最下位の一番小さなものだったが、現在出まわっている不純物が大量に混じった悪貨ではなく、貨幣価値が最も高いフェルカド皇王時代の金貨だ。それが五枚といえば、兵長のひと月分の給金とほぼ同じ。壮年の屈強な奴隷がひとり購える金額である。リィトのような栄養不良の痩《や》せっぽちなら、三人は購えるだろう。

「…まぁ、いいだろう」

兵長はごくりと唾を飲みこみうなずいた。放っておけば数日内に死んでしまうかもしれない、役立たずの奴隷に未練などないのは明らかだ。

「では、これでこの少年は俺のものだ」

そう言って自分を抱き上げた男の言葉が、リィトの世界に渦巻《うずま》いていた靄《もや》を貫《つらぬ》き、射《さ》しこむ最初の光となったのだった。

目覚めると同時に、見慣れた小屋の、汗と皮脂《ひし》、湿った藁《わら》の饐《す》えた匂いの中に、いつもとはちがう瑞々《みずみず》しい木と花の香りを嗅《か》ぎ分けて、リィトはうつ伏せていた顔を上げた。

「気分はどうだ」

「…う、あ…？」

状況が把握《はあく》できず、ぼんやり男を見上げる。

「起きられるようなら出発するぞ」

強引さと気遣《きづか》いが混じる声と仕草でうながされ、リィトはようやく、鞭打ちの途中で男に助けられて気を失い、奴隷小屋に担《かつ》ぎこまれたのだと理解した。

「傷に響くかもしれないが、急ぎの旅だから我慢してくれ」

そのまま抱き上げられそうになり、リィトはあわてて薄暗い部屋の隅に視線を向けた。

「ま、まって…。あの…あれ」

何だという顔で見つめられ、おどおどと身ぶり手ぶりで、持っていきたい物があると伝えた。

「あまり重い物はだめだぞ」

「う、うん」

よろめきつつリィトがまとめた荷物は、着替えと穴の空いた薄い毛布が一枚ずつ、鉄製の骨杯《コップ》とボロボロの歯磨楊枝《ブラシ》がひとつずつ。それから…、

「何だ、それは？」

最後に抱え上げたものを見咎《みとが》めて、男が怪訝《けげん》そうに首を傾《かし》げた。同時に伸びてきた手をとっさに避け、リィトは『それ』を庇って身を丸めた。

「盗《と》ったりしないから安心しろ。……大事なものな

のか？」

予想外にやさしい声で訊《たず》ねられ、リィトはおずおず顔を上げ、こくんとうなずいた。それから右腕には毛布、左腕にはしっかりと何よりも大切なそれを抱えたまま、不思議な気持ちで男を見上げる。

端《はた》から見れば、それは野ざらしの案山子《かかし》もどきに過ぎない。畠《はたけ》に置かれるものよりは小さく、枕《まくら》より少し大きい、つぎはぎだらけのボロ布に包まれた藁の塊《かたまり》。

そんなものは置いていけと言われることを怖れて、唇を嚙みしめ、ぎゅ…っと強く左腕に力をこめた。

「荷物はそれで全部か？　じゃあ出発だ」

その不安をあっさり覆《くつがえ》した男の声と同時に、リィトは荷物ごと抱え上げられ、暗くてジメジメした小屋から外へと連れ出された。

薄闇に慣れた瞳に、外の光はまぶしかった。

厚い雲の切れ間から射しこむ午後の陽射しを受けて、灰黄《かいおう》色の泥土がちらちらときらめいている。


「…ぁ」

「どうした、傷が痛むのか？」

小屋のわきに繋《つな》がれていた黒馬に乗せられながら、男に訊ねられ、リィトはあわててぷるるっと首をふった。これまでの人生を象徴《しょうちょう》するように、どこまでも続く黄土色と灰色の泥土、そこに黒々と影を落とす城壁。見慣れたそれらの景色を、一部でも美しいと感じた自分に驚いたのだ。

リィトが寝起きしていた奴隷小屋は、城壁沿いに建てられている。作業現場の移動に伴って解体、組立をくり返す簡単な造りのものだが、周囲は逃亡防止用の頑丈《がんじょう》な柵でぐるりと囲まれている。柵には出入り口がふたつあり、ひとつはそのまま作業現場へと向かうもので柵も続いている。そしてもうひとつは外へ、自由へと続くものだ。

リィトを馬に乗せた男は悠々《ゆうゆう》と、ふたりの番兵が見張っている外への出入り口に向かった。番兵に呼び止められないか、捕まって殴打《おうだ》されないか、ビクビクと首をすくめるリィトをよそに、ふたりと一頭は何の誰何も受けずあっさりと、さほど広くない奴隷小屋の敷地を出た。

　さっき見た金貨と、それによって自分の所有者が替わったことは夢ではなかったらしい。

　それからリィトは、男に心配してもらった背中の傷がそれほど痛まないことに気づいた。腕をまわし、服に手を突っこんで背中を探ると、包帯とそこからはみ出た膏薬《こうやく》の感触がする。どうやら気を失っている間に、傷の手当てをしてくれたらしい。

「ぁ…の、あの…ありがと」

　男はわずかに目を細めてから、リィトの手荷物を手早くまとめて鞍《くら》にくくりつけ、鐙《あぶみ》に足をかけると、しなやかな身のこなしで鞍上《あんじょう》に身を置いた。

「傷に響くようなら少し前《まえ》かがみになってみろ。たてがみをにぎってもいいが、あまり強く引っ張るな」

　リィトの背中を支える形で座った男は、低く張りのある声でてきぱきと指示を下しながら、革紐《かわひも》でリィトの腰と自分を固定し終わると、おもむろに馬を進めはじめた。

「ぅわ…わ」

　ゆるりとした動きにもかかわらず、リィトは思いきり体勢を崩し、男の胸元に倒れこむ。

「いてっ…て」

　さすがにこすれて傷が痛み、あわてて前に身をかがめると、今度は動く地面が目に入り、慣れない高さと振動に目眩《めまい》が起きる。落馬の恐怖から、思いきりたてがみをにぎりしめかけた瞬間、

「馬に乗るのは初めてか？」

　苦笑とともに、胸にまわされた腕でぐいと抱き起こされる。その腕にしっかりしがみつきながら、リィトは何度もうなずいた。男が現れてから、ずっと初めてのことばかりが起こっている。

「三日で目的地に着く。それまでの辛抱《しんぼう》だ」

　言葉とともにしっかり抱き寄せられて、ほっと息を吐く。膏薬のおかげで痛みは治まっているものの、

身体全体が熱っぽく、ぼんやりとしている。

しばらくしてからそっと後ろをふり返ると、灰色にくすんだ奴隷小屋が小さくなっていた。視線を戻すと、目の前にそびえ立つ増強途中の城壁の、逃亡防止の柵に囲まれた基底部と上方の間を、何十人もの奴隷たちが蟻《あり》のように列を成《な》して登り下りしている。生まれて初めて経験する馬上からの眺めは、ゆらゆらと揺らめいて現実味がない。

作業現場を行き過ぎ正門へ向かう。門では、明らかに奴隷とわかる恰好《かっこう》のリィトを、不審に思った門番に呼び止められたが、グリファスが懐から出した証文《しょうもん》を見せ小銭《こぜに》をにぎらせると、あっさり引き下がり通行を許可してくれた。

兵長に払った金貨、それに門番へ渡した袖《そで》の下。数刻前に会ったばかりの自分のために、男がどうしてそこまでしてくれるのかわからない。

どうしてだろう…。

ぼんやりしながら空濠《からぼり》にかけられた橋を渡り、最初の丘陵《きゅうりょう》地帯を登り切ると、す…っと視界が開けた。

春だというのに大地は未《いま》だ冬枯れの茶色に占められている。領土の大半が岩と砂礫《されき》だという隣州《りんしゅう》ペトライアとの州境《しゅうさかい》が近いせいだろうか。蛇行《だこう》しながら荒野の中にうっすらと頼りなく伸びている道の周囲には、まばらな灌木《かんぼく》の緑しかない。

それでも、西の空、曇天の隙間から、ときどきこぼれる陽射しに照らし出された道の彼方《かなた》は、きらきらと輝いて見えた。

リィトがもう一度ふり返ると、灰黄色の城砦《じょうさい》は遠ざかり、小さな丘の陰に消えるところだった。

そうなって初めて、リィトは己の身に起きた出来事を男に確認することができた。

「おいら…、もうあそこに戻らなくていいの？」

「ああ」

簡潔《かんけつ》な返事に胸をなで下ろすと同時に、新しい不安と疑問が生まれた。

「おいら、旦那《だんな》に買われたんだよね。次のご主人様が旦那？　それとも旦那はただの人買い？」

　この男《ひと》が新しい主人ならいいのに。そうリィトは思った。出会って数刻しか経っていないけれど、リィトは背後の男に好意を感じていた。

「俺の名前はグリファスだ。グリファス・フレイス。『旦那』ではなく名前で呼んでくれ。それから人買いではないから安心しろ。新しい主人…かどうかは微妙だな。お前さんに頼みたいことがあるのは確かだが…。そういえば、お前の名は？」

「リィト」

「家族は？」

「…いないよ。母ちゃんはおいらを生んですぐに死んじまった。父ちゃんはおいらが七つのとき、盗賊に襲われて…、おいらを庇って――」

　グスンと洟《はな》をすすってうつむくと、

「そうか」

　ため息のような言葉とともに、頭に大きな手のひらが置かれた。そのまま無造作に数回なでられて、リィトの胸に痛みと温もりが同時にあふれた。

　天災、飢饉《ききん》、盗賊に襲われて、幼いうちに家族を失い奴隷になる子どもなど、リィトの他にも掃《は》いて捨てるほどいる。自分の境遇を、特別惨《みじ》めだと思ったことはなかった。それなのにグリファスに慰められて泣きたくなったのは、七歳のとき失った、強く頼もしかった父親の、大きな手のひらを思い出したせいかもしれない。

　腰を抱き寄せられ、背中に大人の男の温もりを感じながら馬の揺れに身を任せていると、リィトの意識は次第にぼんやりとしてきた。

「旦那…グリファスが、新しいご主人さまならいいのに。――そしたらおいら、何でもするのに」

　夢現《ゆめうつつ》で正直に気持ちを告げると、わずかに戸惑いを含んだ声が、ぐらぐら揺れる頭上に落ちた。

「…そうか」

　――本当だよ。何でもするから。

　そう言い募《つの》ろうとしたリィトの意識は、鞭傷からくる発熱のせいで、再び曖昧《あいまい》な薄闇に落ちていった。

‡

グリファス・フレイスが主《あるじ》の待つペトライア州イクリール小城に向かって、皇都パルティアを出発したのは、雪解けがようやく一段落ついた早春のことだった。

シャルハン皇国の南端に位置する皇都パルティアから、北東の辺境にあるペトライア州まで、駿馬《しゅんめ》を飛ばせば二旬日《じゅんじつ》（二十日）を少し越える程度。

皇都で仕入れた情報を一刻も早く主に報《しら》せようと、まっすぐイクリール小城へ向かっていたグリファスは、途中で進路を変えてウルギナ州に足を伸ばした。

ここ数年増税を続け、私兵の増強に充《あ》てているというウルギナの領主の動向を探るためだ。ウルギナ州は、東の隣国アン・ナフルと国境を接しているため、軍備増強の意図を確認しておく必要がある。

シャルハンと東隣国との間には、蒼竜《そうりゅう》大山脈と呼ばれる峻厳《しゅんげん》な山岳地帯が南北に、ほぼ大陸を縦断する規模で横たわっている。そのため東隣国アン・ナフルと平野部で国境が接しているのは、山脈が途切れる南端のイリリア州と北端のウルギナ州だけ。

シャルハン皇国内の政情の乱れに乗じて、アン・ナフル王国にきな臭い動きがあるという情報を入手したグリファスには、国境の近辺を己の目で確かめておく必要があったのだ。

国境の様子を確認したあとは、州内の知己《ちき》から情報を仕入れ、改めてイクリール小城に向かう。

州内は程度の差はあれど、これまで通ってきた領地と似たり寄ったりの惨状だった。

年々ひどくなる天候不順によって農地は荒れ果て、街は、稔《みの》りのない土地を捨てて流れこんだ農民や流民であふれている。そして街や邑《むら》の城壁だけが、民《たみ》の不安を反映するように厚く高くなってゆく。

それらの作業に従事しているのは無数の奴隷だ。

彼らの多くは、己を売って自ら奴隷身分に堕《お》ちた元農民である。奴隷となり主人を持てば、日々の糧《かて》だけはなんとか確保できるからだ。ウルギナのように土木作業の多い領地には、各地から集められた元流民の奴隷も多い。

数十年前までシャルハン皇国には、人買いや奴隷制度などという蛮行《ばんこう》はなかった。

三十年前、民衆の目を欺《あざむ》いて偽王《ぎおう》が即位して以来、皇国は天から授《さず》かった聖なる力を、徐々に失いつつある。古《いにしえ》の蛮行が横行《おうこう》しているのも、天災が続くのも、人心が荒《すさ》むのも、すべて不当な者が玉座《ぎょくざ》を支配しているためだ。

当初は完璧に隠蔽《いんぺい》されていた、おぞましいその事実を、今では皆がおぼろげに感づいている。

正統なる皇位継承者が玉座に就《つ》いてさえいれば、これほど国が荒れるわけがない――。

「父…ちゃ……」

焚《た》き火《び》の向こうから聞こえたか細い声に、物思いから覚めて顔を上げ、グリファスはわずかに目を細めた。

不安そうな顔で寝返りを打った少年は、胸元に抱えたボロ布の塊にその顔を埋めて匂いと感触を確かめると、ほっとしように息を吐き、無防備な寝顔に変わった。

リィトと名乗った、くすんだ赤毛と茶色の瞳を持つ少年が抱きしめているのは、奴隷小屋を出るとき持ち出した、藁のつまった案山子もどきだ。

そんなものを後生《ごしょう》大事に持ち出した理由は理解できなかったが、今の寝言を聞いて納得した。

――親の代わりか…。

聞くのを忘れたが、少年の歳《とし》はたぶん十三か十四だろう。人形がなければ眠れないというには、少々どころかだいぶ薹《とう》が立ち過ぎているように思えるが、幼いうちに両親を亡くし、頼る者がいないなかで生きてきたせいで、何か支えが必要なのだろう。

頼る者もなく虐《しいた》げられ搾取《さくしゅ》されてきたこれまでの

暮らしぶりは、夕食のときにも窺い知ることができた。

　野宿だったため、それほど豪勢な食材があったわけではない。塩漬け肉と香草のシチュー、兎《うさぎ》の炙《あぶ》り肉、乾酪《チーズ》を挟んで軽く焼いたパン、杏《あんず》の砂糖固めがひとかけら。それらを目の前に並べシチューを盛った椀《わん》を手渡すと、リィトは冷まし冷まし大切そうに飲み干した。椀が空になると、半分以上残っているる鍋、パン、干菓子《ひがし》の順にじっと見つめ、しばらくするとあきらめたように立ち上がろうとする。

「どうした。それっぽちでいいのか？」

「…え？」

「肉とパンと干菓子、それにシチューもまだ残ってるぞ」

「……」

　リィトは戸惑いと驚きの表情で首を傾げ、足下の食べ物とグリファスの顔色を見比べる。その仕草でようやく気づいた。

「いいんだ。これは全部お前が食べても」

　二拍《はく》ほど置いて、ようやく少年の顔に喜びの色が広がった。初めて見る笑顔だ。注意する間もなく、両手でパンをつかみがつがつと口に押しこむ。

「あわてなくても誰も取り上げない」

「…うん、ぐ、うん」

　うなずきながらパンを頬張り、新しく盛ってもらったシチューをかきこみ、左手で炙り肉を引き寄せる。

　食事の作法《さほう》がどうのこうのと、指摘するのも哀れになるほどの欠食児童ぶりだった。

「…ん、う…ん」

　炎越しに見守る先で、少年が再び寝苦しそうに寝返りを打った。春とはいえ、夜はまだ息が白くなるほど冷えこむ。にもかかわらずその額に汗がにじんでいるのは、背中の傷からくる熱のせいだろう。

　グリファスは立ち上がり、少年のそばに跪《ひざまず》くと、予備の毛布をかけてやってから、額に手を置いた。

「夕食前より上がってるな」

容赦のない鞭打ちによって背中に裂傷《れっしょう》を負い、発熱している少年の苦しみを思うと、せめて今夜くらいは、屋根のある場所で休ませてやりたかった。

しかしこのあたりは、農家も民家もない荒野が延々と続き、宿のある道を選べばかなり遠まわりになる。

ウルギナに立ち寄ったことで、予定の帰還日にすでに四日遅れている。

リィトを拾ったウルギナの城砦から、主が待つ隣領のイクリール小城まで、グリファスひとりで馬を飛ばせば一日半の距離である。ただし、今回は怪我をした子ども連れなので、倍近くはかかるだろう。

本音では一刻も早く主のもとへ戻りたいところだが、仕方ない。本人は茫洋《ぼうよう》としてあまり痛がってないが、リィトの背中の傷はかなり酷く、むりをさせるのは可哀想《かわいそう》だった。

すまないと心中《しんちゅう》で詫びながら、グリファスは荷袋から熱冷ましと木の杯《さかずき》を取り出し、湯に溶かしたそれを少年の口にあてがった。薬湯《やくとう》は、熱く荒い呼吸でかさついた唇《くちびる》を濡らすばかりで、嚥下《えんか》する気配はない。「やれやれ」と小さく息を吐いてから、グリファスは少年の上体を抱き起こし、自ら薬湯を口に含んで口移ししてやった。

舌を使ってゆっくり流しこんでやると、こくりこくりと素直に嚥下してゆく。それを二、三度くり返すうちに、少年がうっすらと目を開けた。

夢見心地の茶色い瞳が、何度か瞬《まばた》きをくり返したあと、何かを探すように揺らめく。

グリファスは、わきに投げ出されていた人形を少年の手元に与えてやった。

「まだ夜中だ。ゆっくり眠れ」

ささやいて目元を手のひらで覆《おお》ってやると、少年は藁のはみ出た人形を抱きしめながら、驚くほど無《む》邪気《じゃき》な笑顔を浮かべた。

「う…ん。——…ありが…と」

素直に閉じたまぶた、そばかすの散った垢染《あかじ》みた頬からにじみ出るのは、庇護《ひご》された喜びだろうか。

「……」

後ろめたさに胸の奥がかすかに軋《きし》む。純然たる厚意ではなく、目的があって助けたのだ。

少年は昼間、自分に向かって『新しいご主人さまか?』と訊ねた。奴隷として買い取ったのなら、まだ救いがある。少年の顔立ちを確認した瞬間、グリファスの胸に生まれた計画は、少年の命を危険にさらす非情なものだった。

すうすうと寝息を立てはじめた少年の頬を、人差し指の背でひとなでしてから、グリファスは焚き火の向こう側に戻った。

葉が落ちて針の束のようになった梢《こずえ》の向こうには、糸のように細い月が頼りなく輝いている。

グリファスは、長く吐き出した白い吐息《といき》の行方《ゆくえ》を追いながら身を横たえ、静かにまぶたを閉じた。


「リィト、起きられるか?」

翌朝。東の空がわずかに明るさを増すと、グリファスは目を覚まして火を熾《おこ》し、昨夜の残りの食材で手早く朝食を作ってから、深く眠っている少年の肩をそっと揺すった。

「…うん、…は、い」

奴隷暮らしが長かったせいか、リィトは朦朧としながらもなんとか起き上がり、ふらつく手で毛布を畳《たた》んでからあたりを見まわした。

「……ここ、どこ?」

昨夜ふたりが野宿をしたのは、十歩で通り抜けられるほど小さな林のわきだ。下生えの茂みが夜風を防ぎ、そばにあるひと抱えほどの岩を背にして眠れば、なけなしでも安心感が得られる。

「ペトライアとの領境だ。食欲がないかもしれないが、朝食はしっかり食べておけ。食事がすんだら背中の具合を見てやる。あまりゆっくりしていられないから、てきぱきと頼む……どうした?」

薄切り肉を挟んだパンを差し出しながら、早口で指示すると、リィトは半分閉じていたまぶたを何度か開閉させたあと、おずおずと口を開いた。

「…グリファス？」

「何だ？」

答えると同時に、リィトの顔に花が咲いたような笑顔が広がる。それから小さな唇がしみじみと、夢じゃなかったんだ…とつぶやいた。

昨夜も思ったが、笑うと無邪気さと素直さが強調されて、ずいぶんと可愛《かわい》らしい。十年近くも奴隷暮らしを続けていながら、この邪気のなさ。そして心が荒んでいないことは驚嘆に値《あたい》する。

「――背中の傷はどうだ？」

微笑《ほほえ》んでぼんやりしている両手にパンを押しこみながら訊ねると、リィトは「ありがと…」と舌足らずな口調で礼を言い、受け取ったそれにかぶりついてから、

「…もう痛くない。昨日グリファスに塗ってもらった薬が、すごく効いたみたい」

もぐもぐと口を動かし、端からぽろぽろとパンのかけらをこぼしながら、つっかえつっかえ答えた。

「そうか」と答えたものの、少年の未だに熱っぽい頬の赤味や、それに反して血の気の薄い肌を見れば、だいたいの体調は察しがつく。痛みを感じないのは、たぶん痛感が鈍麻しているせいだろう。強い苦痛にさらされた人間が、自衛本能から感覚を遮断《しゃだん》することはよくある。リィトの場合は、それが慢性化しているのかもしれない。

食事を終える頃には、東の空が白みはじめる。

グリファスは野営道具を素早くまとめ、焚き火の跡を消してから、少し離れた場所にある小さな湧水《ゆうすい》地《ち》へ移動した。

「冷たいだろうが我慢してくれ」

春とはいえ夜明け前。湧水は痺れるほど冷たい。

ひと言断ってからボロボロの上着をめくり、包帯を解いて昨日塗りつけた膏薬を手早く洗い流す。

冷たい水と、たぶん痛みのせいだろう、リィトの肌が瞬時に粟立《あわだ》つ。それでも文句も泣き言もこぼさない姿が哀れで、何やらいじらしさがこみ上げる。

血と膏薬をきれいに洗い流すと、傷は心配していた化膿《かのう》の兆候《ちょうこう》もなく、端の方にはわずかだが新しい肉が盛り上がりかけていた。グリファスは内心ほっとしながら、小刻みに震え、それでも弱音は吐かない少年のために、できる限り素早く手当てを施《ほどこ》していった。

包帯を巻き終わる頃には、歯の根も合わないほど震えてしまったリィトのために、薄い肩を抱き寄せ、上着の前を開いて細い身体を包みこんでやった。さらに外套で覆い、背中を避けて全身をさすって温めてやる。その間ずっと、リィトは素直に身をあずけ、ぼんやりとした表情で不思議そうにグリファスを見上げていた。あどけないその表情に、胸の奥で罪悪感が生まれる。

「これを着ろ」

ちくりと疼《うず》いた胸の痛みを追い払うように、グリファスは、ようやく震えが治まったリィトに予備の着替えを手渡した。

上着も脚衣も少年には大きすぎるが、馬で移動するのには影響ないだろう。長すぎる袖と脚衣の裾《すそ》をたくし上げ、細い革紐で留めてやり、細い腰には予備の馬具で作った即席の帯を巻いてやる。

「あ、ありがとう。…すごくあったかい」

純粋な感謝と笑顔を向けられると、却《かえ》ってグリファスの中の後ろめたさが大きくなる。

「……」

何も言葉をかけてやれない代わりに、鳥の巣のような赤毛をくしゃりとなでてやる。それから少年の身体を馬上に押し上げ、自分も鞍に跨《また》がり、出発の合図を出したのだった。

リィトは昨日よりも幾分《いくぶん》慣れた様子で前かがみになり、大きすぎる服の手触りを、嬉しそうに指先で何度も何度も確かめていた。

‡

二度目の野営地《やえいち》は、巨大な岩に挟まれた小さな窪《くぼ》みの中だった。

吹きすさぶ風が紅《あか》く見えるほど、錆《さび》色の砂と岩ばかりの大地を進み、一日馬に揺られたせいで、さすがのリィトもへとへとだった。それでも昨夜よりは調子がいい。

陽が落ちる前に簡単な竈《かまど》を作り、煮炊きをして食事を摂る。グリファスの作業は手早く無駄がない。彼がこうした旅に慣れている証拠《しょうこ》だ。

——いったい、どういうひとなんだろう。

リィトは毛布にくるまりながら、焚き火の向こうで考えごとをしている男の顔をじっと見つめた。

街から街、州から州へ渡り歩き、貧しい家の子どもや、浮浪児《ふろうじ》を捕まえて売り買いする奴隷商人にはとうてい見えない。

腰に佩いた剣は、柄も鞘《さや》も革帯が巻かれ、模様や装飾が隠されているせいで一見みすぼらしく思えるけれど、間近で見るとそれがとても立派なことがわかる。グリファスがノクスと呼んでいる黒馬も、薄汚れてはいるけれど、とても立派で賢い。

グリファスは火の具合を確かめると、自分も毛布にくるまり身を横たえた。そのなめらかな身のこなし。黒い髪に黒い服、炎の色を映して不思議にきらめく黒い瞳。まるで、昔父から聞いた、お伽話《とぎばなし》に出てくる伝説の黒竜の化身《けしん》のようだ。

リィトはうっとりため息をついた。

「どうした。眠れないのか?」

「う…、ううん」

見つめていたのがばれて、リィトはあわてて目を閉じ、父代わりの人形をぎゅっと抱きしめた。

胸がどきどきしている。恐怖や不安からくるものではない。ふっと身体が浮き立つような、初めての感覚だった。——なんだろう、これ。

胸に手を当て、自分の心をのぞきこもうとするうちに、リィトはすとんと夢の中へ落ちてしまった。

翌朝も、グリファスに揺り起こされて目を覚ました。昨日よりは少しだけ頭がすっきりしている。

食事の用意をする前に、グリファスはリィトの背中をまくり上げ、包帯を外し、膏薬を剝《は》がした。

「膏薬は毎日替えないと、却って治りにくくなる。今日は近くに水場がないからな。清潔に保てないなら、こうやって風に当てた方がいい」

そう言って上着が傷に触れないよう、首のところでうまく留めると、リィトのそばを離れた。

「――…」

――がっかりだ。

リィトは少し…、いや、とてもがっかりした。

昨日の朝のように背中を洗って、そのあと抱きしめてもらえると思っていたのに。それをとても楽しみにしていたのに。

グリファスの胸は温かくて広くて、とても安心できる。力強い腕でぎゅっと抱き寄せられると、父親が戻ってきてくれたような気がして、とても気持ちがいい。胸の奥がふんわり温かく、そしてちょっと泣きたくなって、もっと強く抱きしめて欲しくなる。

「明日の夕方にはきちんと治療を受けられる。ゆっくり休養も取れるようになる。もう少しの辛抱だ」

しょんぼりうなだれたリィトの反応を、傷の痛みと疲れのせいだと勘違いしたのか、グリファスがやさしい声を出す。そのままくしゃくしゃの髪をかき混ぜられて、その手の大きさと温かさに、リィトは無条件でうなずいていた。

・ii・　誓い

野宿を二回。馬に揺られて三日目の午後。

隣州ペトライアに入ってからリィトが目にしたものは、ひたすら続く岩と砂礫の起伏だった。錆びた鉄色の岩と灰茶の大地が途切れたかと思うと、次に現れたのは白骨化したような立ち枯れの森。さらに進むと、腐臭《ふしゅう》を放つ湿地が延々と続く。

道はずいぶん前に消え果てており、生き物の気配といえば、屍肉《しにく》をあさる鳥の影と鳴き声が、ときおり地に落ちる程度。昼間でも生臭い霧に覆われた湿地の中、わずかな乾地を見つけて、グリファスは惑いのない様子で馬を進めてゆく。

手綱《たづな》をにぎっていたグリファスの右手が離れ、背後で何かを探る気配がする。気になってふり向くと、グリファスが懐から取り出した細長い札《ふだ》のような物に、ふっと息を吹きかけるのが見えた。そのとたん、

「あれ？」

突然、それまでの風景が一変したことに驚いたリィトは、前を向いて目をこすり、小鼻をひくつかせながらあたりを見まわした。

ついさっきまで、行けども行けども変わらない、鬱々《うつうつ》とした景色が彼方まで続いていたはずなのに…。

空気は澄んだ水気を含み、木々は豊かに葉を茂らせている。露《つゆ》を含んで艶《つや》やかに輝く緑の下草、そのあちこちで、白や薄青色の可憐《かれん》な花が風にそよいでいた。

進むほどに木々は瑞々しく生い茂り、澄んだ鈴《すず》の音《ね》のような小鳥の囀《さえず》りと、まぶしい木漏れ日が黒馬のたてがみやリィトの身体に降り注ぐ。

甘さを含んだ空気を吸いこむと、これまでずっと疼いていた背中の痛みが引いてゆくような気がした。

「…あれ？　なんで？」

嵐が吹き荒れる荒野から、暖かく頑丈な家の中に避難したような急激な変化に戸惑うリィトに、グリ

ファスは一呼吸置いてから口を開いた。

「——さっき横倒しの大木があっただろう。あそこを境に、結界が張ってある」

「けっかい…ってなに？」

「目くらましの一種だ。幻術師《げんじゅつ》や呪《まじな》い師がよく使うのを、一度くらいは見たことあるだろう」

「知らない」

「……しゃぼん玉は知っているか。原理はあれに似てるんだが——」

「それなら知ってる。昔、父ちゃんと一緒に遊んだことがあるんだ。一回だけだったけど、おもしろかったよ！」

たぶんまだ三つか四つの頃だ。小さな庭で独り遊びをしていたリィトが、転んで泣き出すと、仕事を中断してやってきた父が石鹸《せっけん》水と麦藁を差し出した。

もう何年も忘れていた昔の記憶が、背中を支えてくれる大きくて温かな存在に触発されたのか、リィトの胸によみがえった。

「おいらはうまくできなかったけど、父ちゃんはこーんな大っきいの作ったんだ」

父のすごさを伝えるために、両手を広げながらふり返ると、グリファスに奇妙な表情で見つめ返されてしまい、リィトは口を閉じた。

怒《いか》りではない。呆《あき》れともちがう。軽蔑《けいべつ》ではないし、同情や哀れみとも微妙にちがう。

なんだろう。

旅の間、何度かこんな表情をされた。自分の言動が、男にそうした反応をさせていることまではわかっても、それにどんな心情を内包《ないほう》しているかまでは、リィトには察することができない。

「——おいら、変なこと言った？」

「…いや」

苦笑の気配とともに、大きな手のひらが頭に置かれる。そのままゆさゆさと揺すられて、リィトは泣きたくなった。

なぜだかわからないけれど、泣きたくなった。

「結界というのは」

グリファスは溲をすするリィトの頭に手を置いたまま、話しはじめた。

結界とは、巨大なしゃぼん玉のような膜で、対象物をかくしてしまうことだ。膜は周囲の景色を反映し、同化してしまうので、外から結界内の様子を知ることはできなくなる。許可された者以外は、結界に近づいたとしても越えることはできず、そもそも近づく前に方向転換するよう仕向けられる。

淡々と語られるグリファスの言葉を、リィトはうっとり聞き入った。半分以上理解できなかったけれど、グリファスの声がリィトは好きだった。抑揚《よくよう》はあまりないのに、沁み入るような説得力がある。

そのまま馬に揺られてしばらくすると、木立の向こうに苔生《こけむ》した白石の城壁が現れた。大人の背丈《せたけ》の三倍ほどある壁の向こうに、白石でできた尖塔《せんとう》が姿を見せている。

「あれがグリファスの家？」

「いや。俺ではなく主の城だ」

「……」

ふいに、リィトは自分が寄《よ》る辺《べ》ない身の上であることを思い出した。同時に、言葉にならない不安が押し寄せる。

そういえば自分がなぜ助けられたのか、これからいったいどうなるのか、未だに教えてもらってない。

「あの…、おいらに頼みたいことがあるって言ったよね。それってどんなこと？」

「それは…」

グリファスがわずかに言い淀んだ瞬間、蔦《つた》の絡まる門扉《もんぴ》の向こうから、明るく磊落《らいらく》な声が響いた。

「グリファス！　グリファスじゃないか！」

門を開けて飛び出してきたのは、歳の頃三十半ばの大男。短く刈りこまれた髪は灰色で、背はグリファスよりもわずかに低く、横幅と厚みがその分充実している。陽に灼けた手足と、胴に鋼《はがね》の甲冑《かっちゅう》を着けているにもかかわらず、鈍重《どんじゅう》そうな様子は微塵《みじん》もなかった。

　グリファスが馬から降りて近づくと、男は両手を広げ、おおらかに笑いながら彼を抱き寄せた。

「ようやく帰ってきたな、この風来坊《ふうらいぼう》め。予定より帰りが遅いと、ルスランがずいぶん心配していたぞ。いったいどこで道草を食ってたん…、んん？　その子どもはどうした？」

　どこかとぼけた口調で、グリファスの肩越しに向けられた表情は温和そうだが、男の視線は鋭かった。頭の天辺《てっぺん》から爪先《つまさき》まで素早く検《あらた》められて、リィトは馬上でヒクリとすくみ上がる。

「ウルギナの城砦で拾った。名前はリィト。歳は…、そういえばリィト、お前いくつだ？」

「え…。たぶん、えーと」

　訊ねられ、リィトはあわてて自分の指を折り曲げながら歳を数え、何度も確認してからたどたどしく、

「た、たぶん十五、だと思うけど…」

　答えたとたん、グリファスが軽く目を見開く。

　その理由は、肩をすくめて腕を組み、しみじみつぶやいた、灰色髪の男のひと言に表されていた。

「発育不良だな」

　まったくその通りだという風にうなずくと、グリファスは灰色髪の男に何やら耳打ちしてから、再び歩き出した。

　グリファスが引く黒馬に乗ったまま、蔦の絡まる門をくぐり、小さな白い花が咲きこぼれ、木々が影を落とす小路を進むと、鬱蒼《うっそう》とした木立の向こうから、こぢんまりとした城が姿を見せた。城というより館と言った方がしっくりくるかもしれない。

　城壁と同じく白石造りの外観が、午後の陽を浴びて象牙《ぞうげ》色に輝いている。

　リィトがこれまで見てきたどんな建物よりも、平和で暖かそうな、ひと目見ただけでほっとするような、牧歌《ぼっか》的なたたずまいだった。

　再び現れた門扉のわきに、先ほどの灰色髪の男よりひとまわり若い衛士《えいし》が立っている。彼はグリファ

スの姿を認めると、やはり満面の笑みを浮かべた。

「お帰りなさい、グリファスさん」

「ただいまイール。城での暮らしには慣れたか？」

「おかげさまで。皆さんいいひとばかりなので」

若い衛士は、はにかんだ様子でうなずいてみせた。その背後から今度は、声変わり前の元気な少年の声が飛んでくる。

「グリファス様、お帰りなさい！」

「ハーズか。また背が伸びたな。ノクスの世話を頼む。あとで様子を見に行くから。荷物はまとめて俺の部屋へ」

駆け寄ってきた少年に手綱を渡しながら声をかけ、グリファスが癖のある栗毛《くりげ》をわしわしとかき混ぜてやると、少年は嬉しくてたまらない様子で、笑顔を浮かべた。

「はい！　おいでノクス」

ハーズと呼ばれた少年は、グリファスの手を借りて馬を降りるリィトに、興味津々《しんしん》の視線を向けたものの、よけいな詮索《せんさく》はせず、黒馬にやさしく声をかけながら庭の奥へ去っていった。

イールが扉を開けると、中からうやうやしい挨拶《あいさつ》とともに家令《かれい》らしき人物が現れた。

「お帰りなさいませ、グリファス様。ご無事でようございました」

白髪をきれいになでつけ、痩せた背中をピンと伸ばした姿は、グリファスとはまたちがった威厳が漂っている。それへ鷹揚《おうよう》にうなずきながら、

「ただいま、ラハム。ルスラン様は？」

「お館様は翡翠《ひすい》の間でお待ちです。お戻りが遅いので心配しておいででした」

「すぐに伺《うかが》う。ラハム、この子の名前はリィト。背中に怪我をしているから、湯浴みをさせたら手当をしてやってくれ。それから食事は消化がよくて滋養のあるものを。部屋は俺の隣でいい。大切な客人だから丁重《ていちょう》に」

「かしこまりました」

「リィト、彼はラハム。わからないことは彼に聞くといい」

淡々と指示を出しながら、グリファスはリィトの腰に手を添え、家令の前に押し出した。そしてそのまま急いた様子で立ち去ろうとする。

「ま、待って…！」

初めての場所。初めて会う人々。頭上で交わされる目まぐるしい会話に、ひと言も声を出せずにいたリィトはグリファスの背中にしがみついた。

置き去りにされる不安で涙がにじむ。

ひとりにしないで欲しい。そばにいて欲しい。

必死の思いは言葉にならず、リィトはただひたすらグリファスの服をにぎりしめた。

「心配するな。この城にはお前に危害を加える者はいない。夜までには戻る。それまでゆっくり身体を休めておけ」

軽く頭をなでられながら言い聞かされ、やんわり手を外される。やさしいけれど、それ以上抗《あらが》うことは許さない断固とした態度の向こうに、早くこの場を離れたい気持ちが透《す》けて見えた気がして、リィトはそれ以上何も言えなくなった。

「あ、ぅ…は…い」

ちらりと視線を上げると、ラハムと呼ばれた男性がおだやかな表情でこちらを見ている。

確かにグリファスの言うとおり、無闇《むやみ》に怒鳴ったり、理不尽《りふじん》に殴られたりする心配はなさそうだ。

宙に浮いた手をにぎりしめ、でも…と言いかけて口をつぐむ。己の扱いに対して抗議できる立場ではない。

「いい子で待ってろ」

うなだれてしまったリィトに気づいたグリファスが、ふっ…と声を和ませた。リィトの額に手を置いて顔を上げさせると、

「ちゃんと戻って来るから」

瞳を合わせて最後にもう一度頭をなでられる。

「…うん」

リィトがうなずくと、男の手と温もりが静かに離れた。もう一度顔を上げたときには、すでにグリファスの視線と意識は、城の奥で待っているという『お館様』の元へと向けられていた。

「それではまず、お身体を清めましょう」

未練がましくグリファスの後ろ姿を追っていたリィトは、その声で我に返り、あわててふり向いた。ラハムはわずかに身を屈め、リィトの瞳をのぞきこみながら身振りで「こちらです」と示す。白髪のせいで年老いて見えたが、よく見ると実際は四十を少し過ぎたくらいだろうか。身のこなしがおだやかで雰囲気もやわらかい。

リィトは胸元を押さえ、ラハムの姿とグリファスが消えた方向を何度も見比べてから、意を決して白髪の家令のあとに続いた。

初めて目にするピカピカの床、空や花が描かれた天井《てんじょう》、蔓草《つるくさ》や羽を持つ伝説の生き物が彫りこまれた白い柱にいちいち驚いて足を止め、きょろきょろあたりを見まわしながら進むリィトを、ラハムは特に急かすこともなく、おだやかに導いてくれた。

中庭を囲む回廊《かいろう》を半周し、屋根つきの渡り廊下《ろうか》を進むと、現れたのはどうやら湯殿《ゆどの》らしかった。緑に囲まれたこぢんまりとした建物から、湯気がもうもうと立ち昇り、何ともいい香りが漂い出ている。

「こちらへどうぞ」

ラハムに手招きされておそるおそる中に入ると、年輩の女性が待ち構えていた。

「入浴のお手伝いをさせていただくサラと申します。遠慮なく何でもお申しつけくださいね」

笑うと目尻に皺のできるやさしそうな女性で、歳はリィトの母親くらい。彼女から親しみのこもった挨拶を受けて、リィトはほっと肩の力を抜いた。

服を脱ぐよう言われて素直に従う。奴隷としての暮らしが長かったせいで、他人に裸体を見られる恥ずかしさはあまりない。リィトはグリファスに貸してもらったぶかぶかの上着と、脚衣、穴だらけの薄い肌着を脱いで丁寧に畳むと下穿《したば》き一枚になった。

「――リィト様、湯を使う前に背中を見せてください。お怪我の程度によっては、湯に浸《つか》らない方がよいかもしれませんから」

包帯も外すべきかどうか迷い、手を上げたり下げたりしていたリィトは、ラハムに声をかけられて椅《い》子《す》に座った。生乾きの傷口を保護するための当て布と包帯がサラによって取り去られ、背中があらわになると、大人ふたりが小さく息を飲んだ。

「まぁ…」

背後でサラが小さな声を漏らし、すぐに鼻をすすり上げる音が続いた。

「どうしたの？」

不思議に思ってふり返ると、サラは涙のにじんだ目元を指先で押さえながら、そっとリィトの背中に触れた。

「こんなに…、痛かったでしょう？」

「え、…ううん。慣れてるから平気」

鞭の傷以外、肩や腕に残る古い傷痕に触れられながらサラに訊ねられ、リィトは首を横にふった。

強がっているわけではない。たいてい耐え難いほどの苦痛は一瞬で過ぎ去り、それほど長引かない。

「…慣れてるんだ」

事実を淡々と答えただけなのに、なぜかサラの瞳に大粒の涙が浮かぶ。

「どうしたの？　泣かないで」

やさしい女のひとの涙を見ると胸がきゅっと痛み、反射的に慰めなければと思う。リィトが腰を浮かせかけると、ラハムがなだめるよう口を開く。

「これ、サラや。お怪我をして痛いのはリィト様なのだから、お前がそんなに取り乱してはいけない」

「…はい。申し訳ありません。さ、リィト様、わたくしのことは気になさらず、お座りになって」

ふたりがかりでなだめられ、改めて傷の具合を診てもらう。

「——グリファス様の手当てと薬がしっかり効いたようですね。傷の浅い部分は瘡蓋《かさぶた》になりかけていますし、化膿の心配もなさそうです。これなら大丈夫でしょう」

ラハムの冷静な判断を受け、リィトは生まれて初めて、入浴を体験することになった。

治りかけとはいえ、まだ血がにじんでいる場所も多いので湯船には入らず、湯を張った浅い盥《たらい》に座りこむ。少し手足をこすっただけでお湯がみるみる真っ黒になり、サラを驚かせた。

奴隷とはいえ、臭くならない程度に身体を洗うことは義務づけられていた。けれど石鹼が支給されるわけもなく、冬に湯をもらえるわけでもないので、自然、垢染みた恰好になってしまう。

リィトの身体に何年分も染みついた垢と汚れは、一度洗ったくらいでは当然落ちず、サラは盥の湯を捨てては汲みなおし、洗っては捨てた。

ある程度汚れが落ちると、今度はいい匂いのする石鹼で背中以外を、頭の天辺から爪先まで念入りに洗い立てられ、石鹼が真っ白に泡立つようになると、最後に洗い粉がつまった絹《きぬ》の袋で、全身をつるつるに磨き上げられた。

最期にお湯をざぶんとかけられると、長年の汚れと一緒に自分を護《まも》っていた何かが流れてしまった気がして、少し不安になる。

垢の下から現れた、思ったよりも白く頼りない手足を伸ばして湯殿から上がると、サラが薄荷《はっか》の香りのする飲み物を用意してくれた。水分をたっぷり摂ると、次は控えの間に置かれた寝椅子にうつぶせになり、背中の傷が乾くのを待つ。その間に、今度は手足の爪をきれいに切りそろえてもらい、指先から全身にサラリとした香油を塗ってもらう。

奉仕することはあっても、されたことなどなかったリィトは、慣れない扱いにこそばゆい思いをしつつ身をすくめる。それでも気持ちのよさと旅の疲れから、いつの間にかうとうとと、舟をこぎはじめていた。

「リィト様」

ラハムの声で目を覚ますと、背中の手当てはとうにすんでいた。目をこすりながら身を起こすと、新しい衣服が差し出される。

真っ白な肌着に焦茶の脚衣、光沢のある深緑の胴着は、よく見ると細かい刺繍《ししゅう》が施されている。上着は脚衣より少し明るい茶色。

「あ、の…。おいらがさっき脱いだ服は…？」

ボロボロの肌着はともかく、上着と脚衣はグリファスに貸してもらったものだ。失くすわけにはいかない。おろおろしながらラハムとサラを見上げると、ふたりは不思議そうに顔を見合わせ、

「何か大切なものが？」

「グ、グリファスに借りた、服…上着と、脚衣」

「ああ」と手を打って、サラが答える。

「大丈夫ですよ。洗濯してもらうよう係の者に頼んだだけですから」

洗い上がったら部屋に届けると約束してもらい、リィトはほっと肩の力を抜いた。その様子を微笑ましく見守っていたふたりに着方を教わりながら、新しい衣服に腕を通す。どれも肌触りがよく、リィトの身体にぴったりで動きやすかった。

着替えをすませたリィトが次に案内されたのは餐《さん》の間だった。正面の一段高い場所には三人分の椅子と卓《テーブル》。その下の広間には二十人分程度の細長い卓が、コの字型に置れている。

座るよううながされた壇上の左端の卓には、すでにひとり分の食事が湯気を立てていた。

大麦と砕いた木の実を甘く煮込んだ粥《かゆ》、トロトロになるまで煮込まれた鴨《かも》肉と香草、魚の煮凝《にこご》り。蜜《みつ》と果物を混ぜこんだパイに、果汁で薄めた葡萄酒《ぶどうしゅ》と乾酪《チーズ》。新鮮な果物。湯気と一緒においしそうな匂いが立ち上り、リィトの鼻腔《びこう》を刺激する。

「う…わぁ」

見たこともないご馳走《ちそう》に、リィトはごくりと唾を

飲みこんだ。とたんに腹の虫がぐぅと鳴く。

「お好きなものからお召《め》し上がりください」

ラハムに勧められて最初はおずおずと手を伸ばす。それから次第に他人の目を忘れ、パンにかぶりつき肉を頬張る。銀の匙《さじ》でうまくすくえないものは手でつかみ、皿に顔を埋める勢いで平らげてゆく。

わきに控えていたラハムが、作法のかけらも持ち合わせていない少年の食事風景に驚いて、わずかに目を細めたことに、本人はもちろん気づかなかった。

食事を終えると、餐の間を出て階段を上がる。

城の中は全体的に明るい色調で統一されており、採光に心を砕いているのか窓の数が多い。

入浴と食事の間に陽は傾き、外はすでに夕暮れだった。廊下に射しこむ斜光には金と紅《くれない》が溶け合い、象牙色の壁を銅《あかがね》色に染めている。巣に帰る鳥たちが、にぎやかに鳴き交わしながら、天空を横切ってゆく。

中庭の水盤からこぼれ落ちる水音が郷愁《きょうしゅう》をさそい、頬をなでてゆく風には、早春の澄んだ冷たさと甘やかな草木の香りが混じり合う。

「あの、グリファスは…まだ？」

美しすぎる日暮れの風景にさみしさを刺激されて、リィトはラハムの背中に声をかけた。

白髪の家令は二階の重厚な扉の前で立ち止まり、リィトを室内に招き入れながら、

「そうですね。もう少々お時間がかかるようです」

申し訳なさそうに、そして慰めるようまぶたを伏せる。それから気を取り直したように、なめらかな口調で室内の説明をはじめた。

「こちらのお部屋をお使いください。寝台はここ、寒いようでしたら上掛けはこれを。水差しと杯、お菓子も少々ご用意いたしました。着替えはこちらに。御用のときはこの鈴《すず》でお呼びください。何か不明な点はございますか？」

「…――」

ここはどこで、自分はなぜこれほど丁重に扱われるのか。グリファスはいったい何者で、この城の主

はどんな人間なのか。荒野の中で、なぜこの城のまわりだけが、豊かな緑に囲まれているのか。

聞きたいことはたくさんあるのに、そのどれもが自分の中でうまく言葉にならない。疑問は断片となって絡み合い、リィトの喉をふさぐ。

「グリファス様は…、そうですね、この水時計の針がこのあたりを指す頃にはお戻りになるでしょう。それではゆっくりお休みください」

優雅な一礼を残してラハムが退出すると、リィトはとっさにあとを追いかけようとして、何とか踏み留まった。

両手をにぎりしめたまま、そろりと床を踏んで、ラハムが教えてくれた水時計に近づく。見たことのない生き物が、鼻なのか口なのか見分けのつかない長い器官から等間隔《とうかんかく》でこぼす水の粒と、それによってゆっくり移動する針をしばらくながめたあと、リィトはようやく顔を上げた。

——この調子じゃ、ラハムさんが差した場所まで針が動くのは、まだまだ先みたい。

ため息をついてから、リィトは部屋の中をぐるりと見まわした。

つやつやと光を反射する大小の卓、その上に置かれた繊細な造りの壷《つぼ》や花器、植物や動物の装飾品は、それまでリィトが目にしたことのない類《たぐい》のものだった。価値はわからなくても、それらが発する何かが部屋の空気をしっとりと落ち着かせ、同時にどこか浮き立つような気分を連れてきてくれることだけは、ぼんやりと感じられた。

壁にかけられた大きな絵、革張りの大きな箱。重厚な造りの椅子の背と座面には、複雑な文様《もんよう》が織りこまれた光沢のある布が張られている。床は磨きこまれた寄せ木で、寝台のまわりにはふっかりとした厚手の敷物が敷かれていた。

「……」

前後左右を見まわし、部屋の中に自分しかいないのを確認してから、リィトはそろりと天蓋《てんがい》つきの寝台に近づいてみた。上掛けの手触りを確かめ、おっかなびっくり腰を下ろすと息を呑むほどやわらかい。

身体をきれいに洗われ、新しい服を与えられ、頬が落ちるほどおいしい料理をたらふく食べて、最後は目が眩《くら》むような立派な部屋と、ふかふかの寝台だ。

「…おいら、どうなるんだろ」

今のところ、何ひとつ悪いことは起きていない。

やわらかくていい匂いのする寝具にそっと身を横たえると、それまでの緊張が解けたのかとろんとまぶたが重くなる。もぞもぞと寝具にもぐりこみながら、無意識に、広い胸と力強い腕を探して指先をさまよわせる。

「グリファ…」

溶けてゆくような睡魔に身をゆだね、なかなか見つからない温もりを求めて左手を伸ばした瞬間、大切なものの欠落と不在に気づいて跳ね起きた。

「――ない…っ！」

『父ちゃん』がない！

寝台を飛び降りて部屋中を探す。どこにもない。

血の気の引く音を聞きながら、扉を開けて廊下に転び出る。左右を見まわしても誰もいない。ラハムの言葉を思い出し、部屋に駆け戻って鈴を鳴らす。

すぐに現れたのは、入浴を手伝ってくれたサラだった。

「お呼びでしょうか」

「あのっ、おいらの父《とお》…荷物。荷物はどこ!?」

ふっくらとした胸にぶつかる勢いで駆け寄り、どもりながら身振り手振りで訊ねると、サラは驚いてわずかにのけぞってから、すぐに得心《とくしん》したようにうなずいた。

「それならこちらにあります」

そう言い残して隣の部屋に行き、すぐに戻って来ると、リィトの前に布包みを差し出した。中には古ぼけて汚れた毛布と、汚れの染みついた肌着が一式。

「これ…だけ？　あの、これくらいの大きさの、藁でできた人形があったはずだよ」

腕をつかんで揺すぶりながら、必死な形相で訊ねると、サラは怪訝そうに首を傾げてから『あ…』という形に開いた口を手で覆った。

「…ごめんなさい。あれはあまりにも汚かったから、厩《うまや》に置いてきてしまったの」

「うまやってどこ?」

「こっちよ。案内するわ」

サラはラハムがいるときよりも砕けた口調で、リィトを先導した。

「大切なものだったの? ごめんなさいね。運ぼうとしたら、中から鼠《ねずみ》が出てきてびっくりしてしまったの。さすがに、グリファス様のお部屋に入れるわけにはいかないと思って…」

サラの言い訳を聞きながら、リィトは唇を噛んだ。

ウルギナの城砦で助けられてからこの城に着くまで、グリファスは一度もあの人形を汚いとは言わなかったし、邪険に扱われることもなかった。だから安心してしまい、注意を忘れた。

——どうしよう、あれがなくなったらどうしよう。

泣きたい気持ちで、気がつくと走り出していた。サラを追い抜き、後ろから叫ぶ声に教えられるまま廊下を曲がり外に出て、厩にたどり着く。けれどどこにも『父ちゃん』は見あたらない。不安と焦りで足踏みしていると、ようやく追いついたサラが息を切らしながら少年の名を呼んだ。

「ハーズや」

「母さん、こんな時刻にどうしたの?」

呼ばれて姿を現したのは、昼間グリファスが馬の世話を頼んだ少年だ。どうやらサラの息子らしい。

「昼間置いていったあの人形を持ってきておくれ。あれはこの方の大切なものらしいの」

「わかった。こっちだよ」

手招きされて厩の横にある納屋《なや》に行くと、ハーズは扉の横にある小さな燭台《しょくだい》に火を点《つ》けた。

「あれ…? 確かここに置いたはずなのに」

ハーズは首をひねりながら、掲げた燭台で屋内を照らし出し、あちこち荷物を持ち上げてから、もう一度首をひねった。

「おかしいな。どうしてないんだろう」

リィトの胸が嫌《いや》な具合に波打つ。じわりと汗のにじんだ両手をぎゅっとにぎりしめたとき、

「どうしたハーズ、それにサラも。おや、客人ですな。お初にお目にかかります。わたしは庭師の」

「あなた」

「父さん、ここに置いてあった人形を知らない？」

「人形？」

自己紹介を遮《さえぎ》られた庭師は、別段気を悪くするでもなく、息子の質問に首を傾げた。

「ああ。あれなら、さっき木くずと一緒に燃やしたが、それがどうした。鼠の糞《ふん》だらけだったからな。だめだぞハーズ、あんなものを納屋に置い…」

リィトは庭師がやってきた方角をふり返り、夕闇に立ち上る薄紫の煙を見つけると、息を呑んで走り出した。燃やしたという言葉を信じたくなかった。


何かの間違いだと思いたい。

庭というより菜園に近い場所の片隅で、煙を上げている焚き火の跡を見つけたとたん、喉の奥からかすれた悲鳴が飛び出た。

「あ…！　あぁ…——ッ」

駆け寄って、まだ火のついた燃《も》え止《さ》しを素手でつかんで払いのけ、わずかな布の燃え残りを見つけた瞬間、息が止まる。

「あ…ぁあ、や…」

目の前が真っ白になり真っ赤になり、記憶の中の父の面影《おもかげ》が、真っ黒な絶望で塗り潰《つぶ》されてゆく。

藁を包んでいた布には、父親が最期に身に着けていた外套の一部が使われていた。何度も破れて繕《つくろ》ううちに、ほとんど原形を留めなくなっていたけれど。

——大切なものだったのに。一番大切なものだったのに…！

リィトはその場に崩れ落ち、白い灰になってしまった『父』代わりの人形の、成れの果てをすくい上

げて号泣《ごうきゅう》した。

‡

「ルスラン様、ただいま戻りました」

低く声をかけながら扉《とびら》を叩くと、中から入室を許可する涼やかな少年の声が届いた。

グリファスが扉を開けて一礼し、顔を上げると、ほっそりとした少年が窓辺に置かれた椅子から立ち上がり、安堵と喜びの表情を浮かべて近づいてきた。

「お帰りなさいグリファス。報せてくれた予定より戻りが遅いので、とても……——」

淡々とした口調は途中で途切れ、少年の語尾は飛びこんだグリファスの胸に吸いこまれた。

「…心配しました」

しがみついて胸元に顔を埋める少年を抱きしめようとしてためらい、数瞬置いて、グリファスは意を決し、そっと、まだ薄い肩と背中に手を添わせた。

「申し訳ありませんでした」

半年ぶりに再会したルスランは、また少し背が伸びていた。手のひらの下には、成長期に入った少年特有の、若木のようにしなやかな筋肉の萌芽《ほうが》がうっすらと感じられる。

グリファスは万感《ばんかん》の思いをこめてまぶたを伏せ、深く息を吐いてから、肩に置いた腕を静かに伸ばし、少年と自分の間に距離を作った。以前であれば、髪をくしゃくしゃにかきまわし、抱き上げて、成長ぶりを数え上げたり褒《ほ》めたりしたのだが、これからは、そうした気安い態度は控えなければならない。

静かに半歩後退《あとじ》さり、グリファスは改めて臣下《しんか》の礼を取った。片膝をつき、うやうやしく頭《こうべ》を垂れ、左手を胸元に当て、右手で少年の指先を押し戴《いただ》き、ごく軽く唇接《くちづ》ける。

「つつがなくお過ごしのご様子、何よりです。私の留守中、変わりはありませんでしたか?」

グリファスの態度の変化、その意図を聡《さと》く察したルスランは、一瞬、さみしそうに瞳を揺らしたものの、すぐに聞き分けよくおだやかな笑みを浮かべてうなずいた。グリファスが臣下として接するのなら、己は主として対するべきだと、きちんと理解しているのだ。

「ええ。この冬はずっと導師《どうし》様に教えを授けていただきました。剣の腕前は、相変わらず…ですが」

そう言って小首を傾げたルスランの、肩に届くあたりで切りそろえられた癖のない髪が、サラリとかすかな音を立てる。

グリファスのあごよりもまだ下にある金色の髪と琥珀《こはく》の瞳。象牙色の肌、淡い朱鷺《とき》色の唇を持つ少年の立ち居ふるまいは、流れるように鮮やかで品があり、齢《よわい》十四にして他者を従える風格のようなものを備えはじめている。

自分が留守にしていた半年あまりの間の成長ぶりに、グリファスは目を細めた。

ルスランのことはずっと長い間、それこそ母の胎《たい》内《ない》にいる頃から見守ってきたのだ。出産に立ち会い、まだ目の見えぬ嬰児《えいじ》のときから抱きしめ、見守り続けた。おしめを替え、突然の発熱にうろたえ、歯が生えた、這い這いをはじめた、立った歩いた泣いた笑ったと、成長の過程をひとつひとつ喜び、慈《いつく》しみ育ててきた。ルスランの方も、グリファスを父とも兄とも慕《した》い、信頼を寄せてくれていた。

その、無垢《むく》な信頼が一時揺らいだことがある。

三年前。グリファス二十五歳、ルスラン十一歳の夏のことだ。その日、グリファスは己の出自《しゅつじ》とルスランの出生《しゅっしょう》の秘密を明かした。

その結果、ルスランは無邪気な少年時代に別れを告げ、グリファスは庇護《ひご》すべき愛《いと》しい子どもの代わりに、己の命をかけて守るべき主君を得た。そのことに一抹《いちまつ》のさみしさを覚えても、今さら後戻りはできない。

「それで、マハ導師は何処《いずこ》に?」

導師とはこの世の理《ことわり》を追求し、学問を修《おさ》め、さらにかくされた謎を解き明かすために、日々研鑽《けんさん》を続けている人々の尊称である。

導師が修める学問の分野は神学、歴史、神力、理法、地学、化成学、音楽、芸術など多岐《たき》にわたり、各国に建立《こんりゅう》された導院を中心に研究が進められている。彼らが知り得た知識や、見出《みいだ》した真理は、系統立てて蓄積され、人々にわかりやすく伝え広められることもあれば、秘匿《ひとく》されることもあった。

導院にもそれぞれ階級があり、大陸全土に点在する導院の中で、最も権威があるのは、シャルハン皇国の皇都パルティアに建てられた第一神聖導院であり、その首座に就いた導師が、最も優《すぐ》れた真理の探究者であり神との交流者とされている。

グリファスたちが暮らす、御遣《みづか》いの片翼と呼ばれるこの大陸では、神は竜の形をもって顕《あらわ》れる。

マハ導師は第一神聖導院の首座に指名されたあと、自らその座を返上して、どこの導院にも属さない遍《へん》歴《れき》導師となった変わり者である。


今日はルスランの師であるマハ導師を交え、早急《さっきゅう》に話し合わなければならないことがある。ルスランがいつも一番楽しみにしている、旅のみやげ話はあとまわしだ。

「お呼びですかな」

グリファスの呼びかけを待っていたかのように、扉を開いて現れたのは、白髪白髭《ひげ》の好々爺《こうこうや》然とした初老の人物であった。

背丈はグリファスとルスランの中間くらい、歳は五十代半ば。温かみのある灰色の貫頭衣《かんとうい》は、首から足首まですとんと落ちる形の衣服で、身頃にたっぷり布地が使われており、ゆったりと重なる襞《ドレープ》が動きに合わせて優雅に揺れる。白い髪と髭のせいで老けて見えるが、近づいてみると肌には艶と張りがあり、立ち居ふるまいもきびきびしているため、実年齢よりずっと若い印象を受ける。

「半年ぶりの再会を堪能《たんのう》されましたか。若君もグリファス殿にしっかり甘えられましたか？」

マハ導師は、どうやら再会をふたりきりで心置きなく味わえるよう、わざわざ同席を遠慮してくれたらしい。ルスランはさみしそうに微笑んで、曖昧《あいまい》に首を傾げた。その表情で、導師はふたりのやりとりを察したようだ。深い愛情のこもった瞳で見つめ、しきりにうなずいてみせる。

気遣いに感謝しつつ、グリファスはルスランと導師に椅子を勧め、自らも腰を下ろして本題に入った。

「都では皇王《おう》の病《やまい》いよいよ篤《あつ》く、どうやら危篤《きとく》状態に陥った模様。宮中は次の王に誰が立つかで、麻《あさ》のごとく乱れております」

「はて…。次期皇王ならば皇太子がおられるではないか」

白いあご髭を手のひらでなでながら、とぼけた口調で嘯く導師に、グリファスは苦く笑った。

「…皇太子とは名ばかり。第一皇子に未だ世継ぎの『徴《しるし》』が顕れないことは公然の事実。これればかりは、いかに皇王…いえ、偽王とはいえごまかしきれなかったようです。当然のことですがね」

「ふむ」と導師はうなずいて、「では、誰が候補に挙がっておるのか」と、続きをうながした。

「偽王の三人の息子全員が互いに『徴』のないことを理由に、ならば自分が…と勇《いさ》んでいる状態です」

グリファスは目の前に指をかざして数え上げた。

「第一皇子には偽王の叔父《おじ》、第二皇子には宰相《さいしょう》、第三皇子には剽騎《ひょうき》将軍がそれぞれ後見《こうけん》としてついているため、勢力的には三すくみ状態。その上、皇家の血筋で直系に近い方々も、これまで頭を押さえていた偽王が危篤状態に陥ったことで野心を顕し、虎視《こし》眈々《たんたん》とその漁夫《ぎょふ》の利《り》を狙っている有り様」

「やれやれ。さもしいものだ」

導師は心底嫌そうに肩をすくめた。ルスランは黙ってふたりの会話に耳を傾けている。

「宮中では皇家の血筋に『徴』が顕れない以上、神器《じんき》による選定を全国民に対して成すべきだと、主張する官も多いようですが、肝心の神器を納めた宝物庫の鍵《かぎ》が行方不明では、それもままならず」

すでに各地で、我こそは神の選定を受けた次期皇王であると称する贋者が、周囲を煽《あお》って騒ぎを起こすという事件が発生している。どれもまだ規模が小さく、皇都から検証のために派遣された導師たちに贋者と見破られ、終息《しゅうそく》する程度ですんでいるが、いずれ大きな暴動となり、国全体をおびやかすことにもなりかねない。

「神器を納めた宝物庫の鍵は…」

グリファスが視線をめぐらせると、

「ここに…」

ルスランがわずかにうつむき、首にかけた細い革紐をたぐり寄せながら、初めて口を開いた。

「あります」

そう言って手のひらに乗せて見せたのは、青味がかった金色の鍵。大きさは大人の小指ほど。

ルスランの父母がたったひとりの息子に残した形見の品であり、シャルハン皇国を統《す》べる皇王の、真《しん》贋《がん》を選定する神器を納めた宝物庫の鍵である。

グリファスは静かに席を立ち、ルスランの前に跪くと、両手でそっと、若い主君の手のひらを包みこみ、瞳を見上げた。

「この鍵を、使う時がきました」

「…では、いよいよ」

ルスランは小さく息を呑んだ。澄んだ琥珀色の瞳が揺らめいて金色を帯びる。

自分の両手に包まれた拳を、さらに強くにぎりしめた少年の頬が、緊張のためか白さを増す。そそけ立つ頬とわずかに強張った肩を見つめながら、グリファスは胸に迫《せ》り上がる痛みをじっと耐えた。

せめてあと三年…、いや二年でいい。猶予《ゆうよ》があればと痛切に思う。歳より大人びて見えても、ルスランは十四歳になったばかり。せめてあと二年、この地で平和に過ごさせてやりたかった。

あと二年経てば十六歳になり、身体つきもぐっと大人に近づくだろう。次期皇王として皇都入りして

も見劣《みおと》りしない外見になり、魑魅魍魎《ちみもうりょう》のごとく宮廷に跋扈《ばっこ》している、旧皇王勢力の高級官吏《かんり》たちに軽んじられる心配もなくなる。しかし、その二年の間に、偽王によって神の加護を失ったシャルハン皇国は、さらに荒れてしまうだろう。

グリファスは、はげますように言葉を重ねた。

「皇都に上り、長く偽王が占めていた玉座を取り戻し、竜神との契約《けいやく》を結び直す時がきたのです」

次期皇王の座をめぐって宮中や朝廷が混乱し、国内に張りめぐらされた監視がゆるみはじめた今こそ、長い間身をかくしていたルスランが、正統な皇位に就く絶好の機会である。

「都…、皇宮へ」

ルスランは静かに立ち上がり、伏せていたまぶたを上げて、まっすぐグリファスと導師の顔を見返してうなずいた。

「戻りましょう、皇都パルティアへ」

二百年前、長く古い歴史を持つ古代帝国シャルハンは、内紛《ないふん》を起こした末、三国に分裂した。

蒼竜大山脈を境にして東にアン・ナフル王国が、西の黒竜大河を挟んでサイラム王国が、それぞれシャルハンから持ち出した神器を奉《ほう》じて新たに興《おこ》る。

古代帝国の創世期、竜神から下されたという神器は三種。アン・ナフルは鏡《かがみ》、サイラムは玉《ぎょく》、そして古代帝国の名を継いだシャルハン皇国は剣《つるぎ》を、それぞれ継承した。

元はひとつの国土を三分割したに過ぎないため、当初、三国の国力はほぼ均衡《きんこう》を保ち、互いに不可侵《ふかしん》条約を結んで平和に暮らしていた。神器を携《たずさ》え、竜神の加護を受けた王が治めている限り、天災は少なく、大地は肥《こ》えて作物がよく稔り、国同士が争う理由などなかったからだ。

分裂前の古代シャルハン帝国では、王位に就くのは竜神の加護を受けた者と定められていた。

加護の有無《うむ》を示す『徴』はさまざまな形で顕れる。

真の世継ぎが生まれたときだけ咲く花があり、空にかかる瑞雲《ずいうん》がある。そういった瑞祥《ずいしょう》の他に、一番わかりやすいのは、その者が神器に触れると光を放つという現象だろう。

竜神の加護を受けて生まれた子供は、そこに居るだけで世の理《ことわり》を調える力を持っている。天候が整い、草木が茂り、獣はおだやかに繁殖《はんしょく》し、穀物《こくもつ》が豊かに稔るのだ。

加護を受けた世継ぎの君は、ほぼ九割、王家の直系に生まれてくる。しかしごくまれに、傍流《ぼうりゅう》から顕れることもあり、そのうち数回は、市井《しせい》に紛れた末流の家に生まれたこともあった。そのため王家では、子どもが生まれると、すぐに神器に触れさせ、『徴』の有無を確かめることがしきたりとなっていた。

二百年前の内紛は、一代にひとりのはずだった『徴』を持つ子供が、同時に三人顕れたことに端《たん》を発していたのだが…。

神器とともに、その血筋を携えて新しい王国を樹《た》てたサイラムは、わずか三代で竜神の加護を失った。国内のどこにも『徴』を持った子供は生まれず、天災に襲われるようになり、作物の収穫量が減り、国は徐々に勢力を失いながら現在に至る。

そして竜神の加護を受けた血筋を見失って以来、サイラム国民には、一生のうち一度は必ず王都に上り、神器を納めた石櫃《せきひつ》に触れることが義務づけられるようになったという。

一方、東のアン・ナフルでは百年前に、神器が行方不明になっている。王の血筋は生誕《せいたん》時の瑞祥によってなんとか見失わずにすんでいるものの、神器を介して竜神との正式な契約が行えないため、加護が充分受けられず、やはり国力は衰《おとろ》えつつある。

唯一、王の血筋と神器をそろえ持ち、東西隣国から抜きん出た繁栄を享受《きょうじゅ》していたシャルハン皇国も、ついに三十年前、偽王が玉座に就いたことによって安寧《あんねい》が破られた。

三十年前。

竜神の加護を受けた皇太子として、正式に認められていたルスランの父ユリアスが、その地位を羨《うらや》んだ兄によって幽閉《ゆうへい》されてしまう。ユリアス皇太子は十八歳、兄皇子は二十二歳。そして兄皇子をそそのかし、陰謀《いんぼう》を成就《じょうじゅ》させた中心人物が、当時彼の側近だったグリファスの父、アスファ伯爵《はくしゃく》であった。

アスファ伯爵は、武門の誉《ほま》れ高いリヴサール公爵《こうしゃく》家の息女《そくじょ》に想いを寄せていたが、ユリアス皇太子が彼女を妃《きさき》に望んでいることを知って絶望した。

若手文官の中では切れ者で通っていたアスファ伯爵の、叶《かな》わぬ恋心を嗅ぎつけた兄皇子は、彼が恋敵《こいがたき》である皇太子に向ける嫉妬と羨望を、己の野望のために利用したのだ。

すなわち、ユリアス皇太子殺害である。

兄皇子より故事《こじ》に詳しいアスファ伯爵は、企てを聞くと殺害ではなく幽閉することを勧めた。竜神の加護を受けた皇太子を殺害してしまえば、たとえ兄皇子が皇位に就いたとしても、すぐに偽者だとばれてしまう。しかし誰にも知られないよう幽閉した上で病死と発表し、兄皇子が皇位に就けば、いくつかの問題は回避できると踏んだからだ。

そして陰謀は実行に移された。

前皇王崩御《ほうぎょ》に前後してユリアス皇太子の病死が発表され、本来、高位の導師や官吏、貴族たちの面前で行われる竜神との契約の儀は慌ただしく密室で行われた上で、即位式が強行された。見識《けんしき》ある人々が口にする皇太子病死の不自然さや、新皇王への不信が大きくなる前に、すでに軍部を抱きこんだ新皇王一派によって、密やかに、そして速《すみ》やかに言論統制《げんろんとうせい》と反対派の粛清《しゅくせい》がはじまっていた。

アスファ伯爵は、陰謀に加担《かたん》したことによって手に入れた宰相の地位と、それによって日々増大してゆく己の権威を背景に、ユリアス皇太子を失って悲しむリヴサール公爵の娘を手に入れた。熱心にかき口説《くど》き、断られても何度も求婚を重ねた末の勝利である。

翌々年、ふたりの間に息子が生まれた。それがグリファスである。

グリファスは五歳まで両親のもとで育てられたが、そのあとは祖父リヴサール公爵に引き取られ、公爵領の豊かな自然の中で、祖父に負けない優れた武人となるべく育てられた。

リヴサール公爵は娘婿《むすめむこ》であるアスファ伯爵をあまり気に入っていなかった。頭の切れる文官にありがちな、弁舌《べんぜつ》や策略で他者を操《あやつ》ろうとする伯爵の性向が、明朗《めいろう》で質実剛健《しつじつごうけん》を志《こころざし》とする公爵には、好きになれなかったのだろう。

公爵はグリファスを引き取って数年もしないうちに、娘婿ではなく、孫に爵位を譲ることを決意した。

グリファスは父よりも祖父の性質をよく引き継いでおり、幼い頃から同年の子より身体も大きく、武芸全般を、砂が水を吸うように身に着けては、祖父を喜ばせた。

公爵は孫息子を連れて野山を駆け、地形による陣の敷き方、その有利不利を説《と》き、騎士同士の一騎打ちの作法を教え、野営の方法を教えた。

六十を越えた祖父と、十をいくつも越えていない孫息子は、互いに身ひとつで馬を駆り、数日間、ときには十数日も野山で過ごした。

グリファスは祖父の教えを受けながら、鳥を射て兎を狩り、川で身を清め、虫の声を聞きながら天幕で眠った。香草を摘《つ》み、薬草を見分け、星を読み、風を嗅ぎ分け、雲の流れで天候を察知し、雨の恵《めぐみ》とその脅威《きょうい》に身をさらし、ひとの手で開墾《かいこん》された土地の豊かさと、手つかずの自然の神秘を学んでいった。

祖父と過ごした九年間と、リヴサール州の景色は、グリファスにとって何ものにも代え難い、大切な宝である。

グリファスが祖父の深い愛情とともに豊かな少年期を過ごしている頃、幽閉された皇太子は鬱々とした日々を送っていた。

十八歳の春、兄皇子の陰謀によって幽閉されたユリアス皇太子は、後宮のさらに奥、地図には決して記《しる》されることのない秘密の地下宮で暮らしていた。

声帯を潰《つぶ》され、厳しい監視と行動の制限を受け、外部との交流は一切断たれた生活ではあったが、自由さえ望まなければ、それなりにおだやかな日々ではあった。

身のまわりの世話は、読み書きができず喉と耳が不自由な老待女と老僕《ろうぼく》が行い、彼らの監視は、偽王直属の兵士が交替で担当しているため、手紙などで助けを求めることは不可能な状態だった。

幽閉された最初の数年は、ユリアスも何とか外部と連絡を取ろうと必死だったが、四年、五年と過ぎるうちにあきらめが大きく心を占《し》めるようになった。

地下宮とはいえ、地上から陽光を採り入れた庭園もあり、新鮮な水と空気もあり、衣食住も質の高い状態に保たれていた。

物心つく前から、竜神の加護を受けた皇王の存在が、国にとってどれほど重要であるかを教えられて育ったユリアスには、どれほど理不尽で不自由な幽閉生活を強いられていても、自ら死を選ぶことだけはできなかった。

自由と話し相手以外、たいていのものは与えられたが、ユリアスが何よりも望んだものは、山海の珍味や宝物ではなく、古今東西《ここんとうざい》の書物であった。

有り余る時間を、ユリアスは書物を読むことに費《つい》やし、各時代ごとに集散する教えや学問の成果を、自分なりにまとめるなどして過ごした。

そうした暮らしに変化が訪れたのは、幽閉十四年目のある日のことだった。

どれほど心おだやかに過ごそうとしても、やはり歪《ゆが》んだ環境は心身に負担を与えたのだろう。皇太子は病がちになり、ときおり寝こむようになった。

誰よりも弟ユリアスの長寿《ちょうじゅ》を望んでいた兄皇王は、その頃宮廷で評判を得ていた「癒し手《ヒーラー》」を、地下宮に送りこんだ。

癒し手の名はイリシア。リヴサール公爵家縁《ゆかり》の女性で、歳は十九。彼女が、三十二歳になっていたユリアスと恋に落ちたのは、運命だったのかもしれない。

数回の逢瀬《おうせ》のあと、子どもを身籠《みごも》ったことに気づいたイリシアは、その事実をユリアスにだけこっそり教えた。同時に、宮殿の宝物庫の近くを通ったとき、自分の身体が不思議な光に包まれたことも。

その話から、彼女の胎内に宿った自分の子どもが、竜神の加護を受けた次期皇王であると悟ったユリアスは、兄にどれほど責められても決して教えなかった、神器の保管庫の鍵の在処《ありか》をイリシアに教え、「都《みやこ》を離れ、兄たちに知られないよう子どもを生み育てて欲しい」

そう彼女を説得した。イリシアはユリアスの元を離れることを拒んだが、最終的には彼の本当の身分と幽閉された理由、そして自分が身籠った子どもが、シャルハン皇国の未来を担《にな》うことになることを教えられ、断腸《だんちょう》の思いで都をあとにした。

イリシアが都を去った時点で、皇太子の病はすでに回復の見こみがないほど重くなっており、ほどなく生の鎖《くさり》から解き放たれ、病死という形で十五年におよぶ幽閉生活に終止符《ピリオド》を打った。

未来の皇王ルスランを身籠ったイリシアの皇都脱出を助け、その後の暮らしを支えたのが、このとき弱冠《じゃっかん》十四歳のグリファスである。

十四とはいえ、外見はすでに大人として通用しており、剣技も見識も、へたな大人では敵《かな》わないほどの実力を備えていた。

グリファスは祖父の助けを借りて、イリシア姫と彼女につき従う従者と護衛士をまとめ上げ、シャルハン最北部の辺境、ペトライア州に送り届けた。

ペトライア《岩の邦》はその名の通り、領地の半分以上が岩と砂礫の荒涼とした貧しい土地で、皇都パルティアから最も遠く、監視の目が届きにくい場所である。

グリファスはペトライア州の中でも、一番荒れ果てた枯れ森に建つ古い砦《とりで》を改修して、イリシア姫の一行を住まわせることにした。

侍女、従僕、護衛士など、合わせて十数名の当面の生活費や必需品などは、グリファスが祖父から受け継いだかくし財産によって賄《まかな》われた。

イリシア姫が皇都から脱出するのと前後して、実はグリファスの父、アスファ伯爵の身にも異変が起きていた。

皇太子が病没《びょうぼつ》したことによって、宮中から竜神の加護が消え失せ、同時に宮廷で派閥《はばつ》争いが勃発《ぼっぱつ》。その渦中《かちゅう》で、皇太子が十年以上も幽閉され病死した事実が発覚して、大問題となった。

偽皇王と秘密を共有し、宰相として権力の中枢《ちゅうすう》に陣取っていたアスファ伯爵は、その権勢の強さゆえに、偽王に疎《うと》まれることになる。

その結果、ユリアス皇太子幽閉や、これまで偽王自身の命によって行われてきた政敵粛清などの罪を、一方的に押しつけられて失脚《しっきゃく》。死人に口無しとばかりに、処刑されてしまう。

この事件によってアスファ伯爵は、竜神の加護を受けた皇太子を間接的に死に追いやった大悪人、皇国を傾けた大罪人として、人々の記憶に焼きつけられてしまったのである。

当然、アスファ伯爵の妻であるリヴサール公爵令嬢と、その息子グリファスも怨嗟《えんさ》の的《まと》となり、かつてシャルハン皇国を隣国の侵攻から守り抜いた救国の英雄、リヴサール公爵も、その栄誉と功績を剝奪《はくだつ》され、領地と爵位を没収され、庶人《しょにん》に落とされてしまった。

ただし多くの国民から慕われ、人気の高かったリヴサール公は、その高齢とかつての功績によって、辺境とはいえ、比較的暮らしやすい土地で余生を過ごすことを許された。

グリファスが、イリシア姫とその息子ルスランの養育のためにどこからか調達してくる金銭は、この祖父が、家名断絶、領地没収の混乱から守り抜いた、リヴサール家のかくし財産だったのである。

グリファスは己の出自をかくして国内を放浪し、知己《ちき》を作りながら、祖父の財産を有効に活用することで、各領地の情勢や宮中の情報を収集《しゅうしゅう》し、イリシアとユリアス皇太子の忘れ形見であるルスランが皇都に戻れる日を、ずっと窺っていたのだ。

「皇都《みやこ》に戻りましょう」

毅然《きぜん》とした口調でそう言い切ったルスランの瞳を見つめて、グリファスはかすかに肩の力を抜いた。

金の髪と琥珀の瞳を持つこの少年は、グリファスが己の父を幽閉し、結果的に死に追いやった男の息子であることを知っている。三年前、出生の秘密を明かしたとき一緒に教えたからだ。

父の仇《かたき》の息子であることを知っても、ルスランのグリファスに寄せる信頼は揺るがなかった。

拒絶され、軽蔑されることもあるだろう。そんな覚悟で互いの生い立ちと関係を明らかにしたグリファスは、少年ながらルスランが示した懐深さとやさしさに、ひとの上に立つ者の器《うつわ》の大きさを垣間《かいま》見た気がしたのだった。

「皇都へ上るなら、出立《しゅったつ》はなるべく早い方がいいでしょう。偽王が薨《こう》ずれば皇位継承をめぐって、諸侯《しょこう》の間に必ず大きな混乱が起きる。今回、都からイクリール小城に戻るまでにも、兵力を増強している領地を多く見かけました。大規模な内乱勃発だけは何としても避けたい。そのためにも…」

グリファスはそこで言葉を切り、視線を部屋の入り口へ向けた。同時に扉を叩く音がして、灰色の髪を持つ大柄な騎士が姿を現した。

「スカルド」

「遅くなってすまない」

気安い様子で入ってきたのは、グリファスが城に着いたとき、城門前で出迎えた男だ。

元はイリシア姫の生家に雇《やと》われていた護衛騎士だが、姫が皇都から脱出するのにつき従って、この地にやってきた。マハ導師を除いて、この城で唯一ルスランの正体と、グリファスの出自を知る人間であり、城の警護を統括《とうかつ》している責任者でもある。

「いや。ちょうど今から本題に入ろうとしていたところだ。座ってくれ」

　ルスランとマハ導師に一礼したスカルドに椅子を勧めてから、グリファスは再び口を開いた。

「諸侯が内乱に備え、領内の通交を厳しく監視しはじめている今、公路を行くにせよ脇路《わきみち》を使うにせよ、少人数での隠密行《おんみっこう》は却って危険が多い」

　皇国には大小十七の州があり、それぞれ諸侯が治めている。平和時であれば州境は解放され、隣州との行き来は自由であった。しかし現在は、長く偽王の治世が続いたせいで、皇国全体が疑心暗鬼《ぎしんあんき》に陥っている。

　彼らが暮らすこの城から、皇都パルティアまで、騎馬で急行すれば二旬（二十日）。しかしそれには、途中で何度か替え馬の用意が必要となる。さらに、屈強な騎士数人と少年ひとりの急ぎ旅となれば、目立つことは避けられないだろう。

　皇都に入り、衆目《しゅうもく》の面前で神器を取り出し、ルスランこそが真の皇位継承者であると、反論の余地なく証明して見せるまでは、極力正体はかくしておきたい。

　旅の途中で、ルスランが竜神の加護を受け、神器の保管庫の鍵を持った皇子であることを、偽王の配下や、皇位継承争いをしている三皇子の一派が嗅ぎつけた場合、当然身柄を奪いに来るだろう。最悪命を狙われることもあり得る。

　偽王は、イリシア姫が皇太子の子を身籠ったことに、薄々感づいていた節《ふし》があり、彼女が皇都から姿を消したあとも、ずっと行方を捜していた。当然、皇太子の血を引く子どもの消息《しょうそく》も、執念深く調べているはずだ。

　そしてルスランは、亡き父である皇太子の面影と、イリシア姫の面差《おもざ》しをくっきりと受け継いでいる。

　どちらか一方でも、生前の姿を見知っている者ならば、彼の正体を思いつく者も出てくるだろう。

「交易商人《こうえき》として、隊商《キャラバン》を組んで行くのが一番安全だろうと思う。ルスラン様には奉公人《ほうこうにん》か下働きに変装してもらい、万が一の場合に備えて身代わりを立てておく」

「身代わり？」

スカルドが訝しそうに口を開き、ルスランは無言で首を傾げた。

「そうだ。なるべく住人の少ない土地を選んで行くつもりだが、ルスラン様が通過したことで、その土地に何らかの変化が顕れることが予想される」

「――ああ、なるほど」

スカルドは窓の外に視線をやり、緑滴《したた》る風景を見つめてうなずいた。

彼もグリファスと同じく、この地方に初めて足を踏み入れた時、ここがいかに荒れ果てた土地であったかをよく覚えていた。砂と灰、泥土と石ばかりの荒涼とした大地に、ルスランが通過した場所だけ、奇跡のように草が芽吹き可憐な花が咲いたことも。ルスランの成長とともに、廃屋同然だったイクリール小城は息を吹き返し、周囲の枯れ木もよみがえり、今に至る。

「皇都に近づくにつれ、我々の――ルスラン様の正体がばれる可能性が高くなる。なるべく最後まで周囲を欺《あざむ》くために」

「身代わりを立てるというわけか」

スカルドは納得して両手を組み、椅子に深く背をあずけた。マハ導師は瞑目《めいもく》し、無言であご髭をなでている。ルスランだけが、珍しく眉根を寄せた険しい表情で身を乗り出し、

「…いったい誰が、そんな危険な役目を？」

静かな声でグリファスに問う。言葉にはかすかに非難の響きが含まれていた。この城に、ルスランの身代わりをこなせそうな人間はひとりしかいない。

庭師のボルフと召使《めしつか》いサラの息子、ハーズである。彼はルスランよりひとつ下の十三歳。まだ子どもだ。

「もしもハーズだと言うなら、わたしは反対です」

ルスランは拳をにぎりしめながら言い切った。

兄弟同様に育った少年を、身代わりとして危険にさらすくらいなら、自ら矢面《やおもて》に立つことを選ぶ。ルスランはそういう人間だ。

「いえ。それについては別にあてがあるので、心配にはおよびません」

「おい、グリファス」

今度はスカルドが身を乗り出し、探るような目つきでグリファスを一瞥した。まさかあの少年を使うつもりなのかと、表情が問うている。

「――…本人の了承《りょうしょう》は得る」

「あの子が断ったら？」

「それはない」

ぼそりとつぶやいて、グリファスは口をつぐんだ。

リィトはきっと断らないだろう。いや、断れない。

あの少年を助けたのは、ほんの偶然にすぎなかったが、そのあとグリファスが施した親切の何割かは、身代わりを頼むための下心が含まれていた。

やさしくして懐かせて、利用する。

ひとの心を無意識に操るような行動を取っていた、己の冷酷さと計算高さに気づいて、グリファスは思わず拳をにぎりしめ、強く目を閉じた。

過酷な境遇で育ったにもかかわらず、純朴で純真な好意を寄せてくれる少年に較べ、自分のこの汚さはどうだ。これでは最も嫌悪する父と同じではないか。

「グリファス、どうしました？」

「…いえ」

怪訝そうなルスランの声にまぶたを上げると、渋い顔でうなずくスカルドに肩を軽く叩かれた。

「まあ、確かに仕方ないのかもな」

そう、今さらあとには引けない。

ルスランの安全と皇国の未来がかかっているのだ。

ウルギナの砦でリィトを助け、彼の面差しがルスランに似ていると気づいた瞬間、今回の計画はできあがっていた。

皇国に暮らすすべての人々の幸、不幸を左右する次期皇位継承者と、奴隷だった身寄りのない少年。どちらを優先するべきかは、火を見るよりも明らかだろう。

ただ、そんな風に判断してしまうとき、あの父の血を引いていることを痛切に自覚させられて、グリファスは心底己が嫌になる。この身を裂いて、父の血だけを流し尽くしてしまえたら…と思うほど。

「たぶんそれが一番いい方法だ」

スカルドも優先順位は心得ているのだろう。硬い表情で立ち尽くすグリファスの心情を汲み取り、それ以上は踏みこむことなく矛先《ほこさき》を納めてくれた。


数刻におよぶ話し合いを終えて、ルスランの居室を辞去《じきょ》し、自室に通じる廊下を歩きはじめたとたん、グリファスは異変を察して視線をめぐらせた。


城内のどこかがかすかにざわめいている。

北庭が騒がしい。何かあったのか。

奇妙な胸騒ぎを覚えて立ち止まり、回廊の手すりに近づいた。階下を見下ろすと、血相を変えたサラがちょうど走ってゆくところだった。

「サラ、どうしたんだ!?」

中庭越しに声をかけると、サラは何かに引っ張られたように立ち止まり、ほっとした表情でグリファスに助けを求めた。

「グリファス様。大変です、リィト様が…!」

リィトという名を聞いたとたん、グリファスは走り出した。彼にもしものことがあれば、せっかく練った計画が無駄になる。

「何があった」

「わたくしどもではどうしようもなくて…。そんなに大切なものだとは思いもしなかったんです」

走りながら息継ぎもろくにできない状態のせいか、サラの説明は要領を得ない。グリファスは場所だけ確認すると、彼女を置いて速度を上げた。

「何の騒ぎだ？」

「グリファス様……！」

既舎《きゅうしゃ》から少し離れた北庭の外れに着くと、庭師と息子のハーズがおろおろしながら近づいてきた。

「わたくしどもにも、何が何やらさっぱり」

「鼠の糞がつまっていた人形を塵《ごみ》だと思って、父が焼いてしまったんです。そうしたら、彼が……」

恐縮《きょうしゅく》した様子でハーズが指さした先、夕闇に染まる地面にリィトが突っ伏していた。

「うぇ……っ、うぐ……ぁ」

「いったいどうしたんだ、リィト」

近づいて声をかけると、リィトは焚き火の燃えかすに額を押しつけたまま、しゃくり上げた。

「お、い…らの、と…ちゃ……燃…え、も…ひぐ」

途中から何を言っているのかわからなくなったものの、だいたいの経緯《けいい》は理解できた。

「燃えてしまったのか」

傍《かたわ》らに跪き、ため息混じりにつぶやいたとたん、地面に突っ伏していたリィトが顔を上げた。

涙と鼻水でぐしゃぐしゃになった顔。そこに燃えかす混じりの灰がこびりつき、さらに汚れた手でこするものだから、目も当てられない惨状になっている。

リィトは己の姿など頓着《とんちゃく》せず、そのままグリファスの胸元にドスンとぶつかってきた。

「うぐ……う、あぅ、あぅ……ッ！」

意味不明のうめき声とともに、にぎり拳が何度も胸にぶつかる。鍛え抜かれたグリファスの身体に、痩せこけたリィトの拳など大して響きはしない。

それでも言葉にならない感情——悲しみ、痛み、喪失感《そうしつ》——は、表現が稚拙《ちせつ》で不器用な分だけ、グリファスの胸を深く抉った。

「わかった、わかったから。俺が悪かった。あれがお前の大切なものだって、きちんと指示を与えておかなかった俺のせいだ」

抱き寄せて顔をふいてやり、赤ん坊をあやすように肩と腰をぽんぽんと軽く叩いてやる。

「すまなかった、許してくれ」

「ぅ…ぐ、ひぃっ…く」

リィトはしばらく、嫌々をする子どものように身をよじり、グリファスの肩や背中を叩いていたが、やがて泣き疲れたのか、ぐったりと男の腕に身をあずけたまま、静かになった。

興奮しすぎで意識が半分飛んでしまったリィトを、部屋に運んで寝かしつけてから、グリファスはようやく自室に戻ってひと息ついた。身代わりのことを切り出すのは、明日にした方がよさそうだ。

そして夜半。

廊下にひとの気配を感じて、グリファスはまぶたを上げた。同時に枕元に置いた剣に手を伸ばす。

廊下の気配はグリファスの部屋の前で止まり、しばらくためらったあと、コツコツと扉を叩く音が響いた。

グリファスは、衣《きぬ》ずれの音ひとつ立てずに寝台を下り、剣は枕元に戻して出入口に向かう。

「どうした？」

静かに扉を開けると、予想した通りリィトが立っていた。ぼんやりした表情で目をこすり、何かを探してあたりを見まわし、落胆した瞳でグリファスを見上げてから肩を落とし、うつむいて再び目をこする。

「どうした？」

もう一度、腰をかがめて顔をのぞきこんで訊ねると、リィトは何度か口を開きかけ、結局何も言わずに首をふり、部屋に戻ろうとした。

「大丈夫か。寝惚《ねぼ》けたのか？」

寝台のそばまでついて行くと、リィトはこくりとうなずいて夜具の中にもぐりこんだ。

グリファスは寝癖のついた赤毛を軽くかきまわしてから、「おやすみ」と言い置いて自室に戻った。

しばらくして、再び廊下に気配を感じて目を開ける。今度は剣に手を伸ばすまでもない。正体は確認しなくてもわかる。赤毛の少年だ。

　グリファスは扉を開けて廊下に出ると、途方に暮れた様子で立ち尽くしているリィトを抱き上げ、自室の寝台に下ろし、自分もその隣に座った。

「『父ちゃん』がないと眠れないのか」

　泣き腫らしたせいと、寝不足のせいだろう。真っ赤になった目元があまりにも幼く可哀想に見えて、思わず手が伸びる。

　指先でまぶたと目尻をそっとなでてやり、ささやき声で訊ねると、リィトはびっくりしたように目を見開いて顔を上げ、それからコクンとうなずいた。その拍子に、くしゃくしゃの赤毛の合間から細い首が現れる。思ったよりも白く頼りないその項を目にしたとたん、グリファスの胸がなぜか疼いた。

　ウルギナの奴隷小屋で、そして旅の間に少年が見せた、あの案山子もどきのみすぼらしい人形への執着と深い愛情――。大切なものを失くしたときの痛みは、よくわかる。

　グリファスはふ…と息を吐いて寝台に横たわると、上掛けをめくり、「今夜だけだぞ」と念を押してから、自分の隣で眠れと視線でうながした。

　リィトは半分泣きそうな顔になりながら、もそもそと空けられた場所にもぐりこみ、男の胸にピタリと額を押しつけた。それから腰や足を動かして収まりのいい場所を見つけると、そのまま夜着の前合わせの隙間に鼻先を突っこみ、スンスンと匂いを嗅いでから、安心したように大きな吐息をついて静かになった。

　ほどなく規則正しい寝息が聞こえてきて、グリファスは不思議な気持ちで懐の存在を眺めた。

　寝息とともに、寝癖で絡まった赤毛が上下する。あらわになった胸の素肌に、体温よりも少し熱く感じる吐息が触れては離れ、また触れてゆく。

　夜着の襟首から見えかくれする背中の鞭傷を目に留め、幸《さち》薄く生きてきたのだろう少年の生い立ちに手さを正当化する術を持たなかった。

思いを馳せて、唐突《とうとつ》に自己嫌悪と後悔に襲われた。

十五歳とはいえ歳相応の知識も経験もない、幼児《おさなご》のような少年を利用しようとしている。

そうなるよう仕向けたとはいえ、ここまで素直に懐かれ、あからさまな信頼を寄せられると、後ろめたさを凌駕《りょうが》して保護欲と愛情らしきものが生まれる。

腕の中の温もりが、ふいに重さを増した。

――まずいな…。

小さい者、か弱い者へ寄せる愛情深さと庇護欲は、グリファスが母方の血筋から受け継いだ美点である。それを負担に思ったことはないが、今回はまずい。

リィトに頼もうとしている役目は命を落とす危険を伴う。それが目的でこの城に連れてきたことを、グリファスはすでに悔やみかけていた。

「……」

左腕に少年を抱えながら、右腕で両目を覆う。

――能《あた》う限りの力を注いで、守ってやろう。

そう心に誓うことでしか、グリファスは己の身勝

## ・iii・　身代わり

リィトがまぶたを開けたとき、部屋の中はまぶしい陽光に満たされ、寝台の隣は空になっていた。

「グ、グリ…ファス？」

あわてて寝台を降りて部屋中を探してまわり、窓から外を見まわし、ひと気がないことを確認してから廊下へ出る。顔も洗わず着替えもせず、髪もくしゃくしゃの寝起き姿のまま裸足《はだし》で廊下を進む。ずらりと並んだ扉をひとつひとつ確認しながら歩いていると、いくらも経たないうちに、角の向こうから姿を現した家令に声をかけられた。

「お目覚めですか、リィト様」

「あ、う…。ラ、ラハム…さん？」

「鈴を鳴らしていただければ、お部屋に参りましたのに」

「あの…、あの、グリファスは？」

自分より拳ひとつ分ほど上背《うわぜい》のあるラハムの顔を見上げたリィトは、救いを求めるように両手を落ち着きなく上下させながら、男の居場所を訊ねた。

「グリファス様はお館様と歓談中でございます。リィト様のことはこのラハムが承《うけたまわ》っておりますゆえ、遠慮なく何なりとお申しつけください」

「おいら…グリファスに、――…グリファスと話がしたくて」

昨日は人形を焼かれた衝撃が大きすぎて、話をする暇も余裕もなかった。昨日感じた、身を引きちぎられ我を失うほどの喪失感は、ある程度薄らいだものの、名状し難い混乱がまだ胸の中で渦巻いている。それを言葉にするのは難しいけれど、とにかく彼の顔を見て、声が聞きたい。教えて欲しいこともたくさんある。

「まずはお召し物を整えて、食事をすませてからになさいませんか？　午後になれば、グリファス様も戻られますから」

そう言って、客間へ導こうとするラハムの瞳には、幼子に接するときの忍耐強さと寛容の光が宿っていた。昨日応対した数刻の間に、リィトの精神年齢が実際の歳よりも低いことに気づいたからである。

午後まで待てと言われて、リィトは思わず窓に視線を向けた。眼下に見える中庭の木々の影はまだ長い。昼までまだ三刻以上もある。

「でも話し、したい、聞かなきゃ…。頼みがあるって言われて、あの…」

ラハムの提案に首をふり、必死に言い募る。自分の要望をうまくまとめて伝えることは、不慣れなせいかひどく難しい。

「——わかりました。少々お待ちください。グリファス様にお伺いして参りましょう」

せっぱつまった気持ちが通じたのか、ラハムがそう言い置いて廊下の奥へ向かうと、リィトは待てと言われたにもかかわらず、ふらふらと彼を追いかけた。

白髪の家令は立派な装飾が施された扉の向こうに姿を消し、すぐに再び現れると、扉の横で待っていたリィトに小声で伝えた。

「やはり、今は席を外せないので午後まで待つように、とのことです」

「——…」

何か言おうとして言葉にならず、リィトは唇を何度か動かしたあと、落胆の重さに頭を垂れた。

お館様というのはどんなひとなのだろう。

リィトにとって『主』とは、絶対に逆らうことのできない恐怖の対象だった。鞭と怒号で小突かれ追われ、その日の機嫌の善《よ》し悪《あ》しで、食事の有無から休息の長短まで左右される。

夢のように親切で暖かいこの城の、主だというひとがそこまでひどい人物とは思えないけれど、グリファスが逆らえないのは事実らしい。

リィトは己の経験に照らし合わせて状況を理解すると、ようやくラハムの勧めに従って歩きはじめた。

昨日案内された部屋に戻り、サラに手伝ってもらいながら身支度を整える。昨日の服は人形騒ぎで汚れてしまったので、今日はまた別のひとそろえが用意されていた。

やわらかな肌触りの厚手の下着に、生成《きな》り色の内着《シャツ》と明るい煉瓦《れんが》色の胴着《チュニック》、脚衣《ズボン》と上着は深い紺色。それから、繊細な毛織りの靴下に革靴。

鏡の中に映し出された分不相応な自分の姿を見ても、リィトはまだ、その理由をあまり深く考えることができない。

遅い朝食を終えると、午後まで暇を持て余すことになったリィトのために、ラハムが城の案内を申し出た。

澄んだ水をたたえた水盤の、たゆたう水面《みなも》が陽光を反射して、まわりの壁に夢幻《むげん》のような模様を映し出している中庭。回廊に囲まれたそこをぐるりとめぐり、建物から離れて城の東に建てられた厩舎に着くと、ハーズが忙しそうに立ち働いていた。

ハーズはリィトの姿を見つけると、昨日のことを詫びるように、申し訳なさそうな表情で会釈《えしゃく》をしてから仕事に戻った。

黙々と働くハーズと空の厩舎をあとにして、城の北側に向かうと、何頭もの立派な馬たちが柵のない馬庭《ばば》で悠然と草を食んでいる。

厩舎と馬庭の間には、豚と鶏《にわとり》と兎の小屋もあり、さらに南西方向に広がる池では鴨が遊び、よく肥えた魚が泳いでいた。

馬も他の家畜たちも、悠々と自由を満喫《まんきつ》しているように見える。柵がないのに逃げ出さないことが、リィトには不思議だった。

「逃げ出す必要がないからです。ここより豊かで平和な場所など、どこを探してもないでしょうから」

リィトの疑問に、ラハムはそう答えた。

西側には手入れの行き届いた菜園が広がっており、黒々と盛り上がった畝《うね》に、早蒔《はやま》きの春野菜が艶やかな葉を広げ、朝露の名残《なごり》がきらめいている。

菜園と馬庭の間には果樹が植えられ、香草が甘い香りを放ち、下草が鮮やかな緑の絨毯のように広がっていた。そこかしこに咲いた白や黄色の小花が風に揺れ、目隠し用に植えられた常緑の木々が、木漏れ日を落としている。小さな蝶《ちょう》や、薄緑色の羽虫《はむし》がひらめき、小鳥の囀りがにぎやかに飛び交う。

生まれて初めて目にした豊潤《ほうじゅん》な自然。さほど広くない空間にぎっしりつまった美しい情景に、リィトは本能的な憧れと郷愁にも似た切なさを感じた。

「ここが気に入られましたか。ではお昼はこちらに運びましょう」

気を利かせたラハムの指示で昼食が届けられ、サラの給仕《きゅうじ》で食事を終えると、あとはひとりで過ごせるからと、ふたりには仕事に戻ってもらった。

城壁で囲まれた敷地自体、それほど広くはないので迷うこともない。グリファスを待つ間、リィトは野趣《やしゅ》に富んだ小さな庭を散策しはじめた。

やがて庭の一角に、ほんのり青味を帯びた白い花の群生を見つけて立ち止まる。茎《くき》の長さは大人の手のひら程度で、花弁《かべん》は五枚。形は質素で単純ながら、存在自体が放つ清楚《せいそ》で可憐なたたずまいに、思わずしゃがみこんで、うっとり見つめた。

「きれーだなあ…」

折り曲げた膝の上に両手を重ね、さらにあごを乗せてつぶやく。端から見ればその仕草は、何かに興味を惹かれたときの幼児の行動にそっくりだった。

花びらは先端にいくほど真珠《しんじゅ》色に輝き、逆に中心に近くなると鮮やかな青味を帯びてくる。ひとつひとつの花の大きさは親指の先程度。

風に揺れてきらきら輝く花を見つめるうちに、リィトはそれを自分のものにしたくなった。

数本でいいから部屋に持ち帰り、窓辺に飾ったらどんなに素敵だろう。そう考えた次の瞬間、自分ではなく、グリファスにあげたくなった。

見ているだけでこんなに気持ちがよくて、胸が高鳴るほどきれいな花を、グリファスに贈りたい。

そう思いついたとたんリィトは立ち上がり、花の群の中から一番形のよいものを選びはじめた。

根本を草の茎でまとめた小さな花束を作り上げたところで、木立の向こうから自分の名を呼ぶ声を聞き分けて、リィトは走り出した。

「…グリファス！」

葉が生い茂る灌木をかき分けて飛び出すと、背の高い黒装束《くろしょうぞく》の男が、少し驚いた表情でふり向いた。

「リィト、ずいぶん待たせて悪かったな」

「ううん、いいんだ。…あの、おいら、これをグリファスにあげようと思って」

花と葉の量、それぞれの長さを精一杯吟味《ぎんみ》した花束を差し出すと、グリファスは予期せぬ贈り物に驚いたのか、目を見開き、ほんの一瞬動きを止めた。

「ああ…、サリアの花だな」

すぐに戸惑いをふり払い、慣れた仕草で拙《つたな》い花束を受け取ると、グリファスは顔に近づけて香りを確かめながら、かすかに微笑んだ。

「もうこんなに咲いているのか」

「あっちにたくさんあるんだ。すごくきれいなんだよ。だからおいら、おいら…」

美しいものを、自分が欲しいと思ったものを、自分にではなく、グリファスに贈りたいと思った。

そんな心の動きを説明しようとして、なぜか急に恥ずかしくなり、リィトは意味もなく両手を上げたり下げたりしながら、足下の小石を蹴り、最後はもじもじとうつむいてしまった。

「ありがとう」

頼りなく風に揺れる赤毛を、微笑みと感謝の言葉がなでてゆく。

これまでのリィトの人生には縁のなかったものだ。その反応に想像以上の嬉しさがこみ上げる。たとえサリアの花を独り占めできたとしても、これほどの喜びは感じなかっただろう。

両手を腰の後ろで繋ぎ、背筋が反るほど背伸びをしながらグリファスを見上げ、リィトは自覚のないままとろけるような照れ笑いを浮かべた。

「…リィト」

突然まじめな声で呼ばれて、リィトは男の瞳を見つめ返す。

「なに？」

「お前を助けたとき、頼みたいことがあると言ったことを覚えているか」

「あ…、うん！」

ずっと待ち望んでいた話題がようやく出たことが嬉しくて、勢いよくうなずくと、肩に大きな手のひらが置かれた。鎖骨に触れた親指の先がかすかにさまよい、やがて痛いほど力がこめられて、リィトは戸惑いながら改めてグリファスを見上げた。

「……？」

男の黒い瞳が、苦しそうに揺らいで深みを増す。唇が何か言いたげに開き、声を発せず閉じてしまう。それが何度かくり返されて、リィトにもグリファスの頼みが難しいことだと察せられた。

「頼みがあるなら言って」

何でもできて強くてやさしいグリファスの頼みごとなら、たとえそれがどんな内容でもリィトは引き受けるつもりだった。

それで少しでもグリファスに喜んでもらえるなら、そして与えてもらったやさしさや安心、様々な恩に報《むく》いることができるなら、リィトにとってそれ以上の喜びはない。

リィトがうながすと、グリファスは深呼吸をひとつしてから、ようやく口を開いた。

「――…ある人物の身代わりを頼みたい」

「え…？」

「数日後、我々は皇都へ向けて旅に出る。この国の未来を担うとても大切な方を、都まで無事送り届けるためだ。途中、敵対者の襲撃に遭うかもしれない。だから、彼らの目を欺くために、旅の間身代わりを立てたい。命の危険を伴う大変な役目だが、とても重要な意味がある」

グリファスの話は所々難しい単語があったものの、なんとかリィトにも理解できた。

「――おいらが、その『大切な方』の代わりをすると、グリファスが助かるの？」

「…そうだ」

「じゃあいいよ。おいら、やる」

あっさり答えた瞬間、グリファスが息を呑む。

「本当にいいのか？」

肩をつかんだ両手に力が入る。その眉間《みけん》に刻まれた深い皺を見つけて、リィトは戸惑った。

頼みごとを引き受ければ喜んでもらえると思っていたのに。『いい子だ、嬉しいぞ』と頭をなでられ、抱きしめてもらえると思っていたのに。

期待していた反応が得られず、リィトは少しがっかりしてしまった。唇を尖らせ、右足の爪先でカツカツと地面を蹴る。

「変だよグリファス、どうしてそんな顔するの？おいらがその『身代わり』を引き受けたら、本当は困るの？」

「いや、そんなことはない。そうじゃないんだが」

グリファスは右手を額に当てて目元を隠し、しばらく口ごもってから意を決したようにリィトを見た。

「危険な役目だ。それでもいいんだな？」

あまりにもグリファスが念を押すので、リィトはなんだか可笑《おか》しくなってしまった。同時にぴょこりといい考えが浮かぶ。

「うん。――その代わり、ひとつだけお願いがあるんだけど…」

もう一度無造作にうなずいてから、おそるおそる交換条件を出そうとすると、なぜかグリファスはほっと安堵の表情を浮かべた。まるで肩の荷が軽くなったように。

「ああ、なんだ」

「あの……ええと」

「なんだ？　俺の力がおよぶ範囲ならできる限り叶えるから、言ってみろ」

「あ、うん。じゃ…あの、これからもずっと、ゆうべみたいに一緒に寝てくれる？」

「……――」

「だめ、かな？」

　この時のリィトにとって、貴人の身代わりという役目の危険性を考えるより、ずっとグリファスのそばにいられるか否《いな》か、燃やされてしまった『父ちゃん』の代わりを頼めるかどうかの方が、ずっと切実で現実的な問題だった。

「…いや。わかった」

　肩に置かれていた男の両手にぐっと力が漲《みなぎ》る。手のひらはそのまま腕を滑り下り、リィトの両手をしっかり包みこんだ。同時に流れるようななめらかな仕草で目の前に跪くと、グリファスはそのまま戸惑うリィトの瞳をのぞきこみ、ゆっくり口を開いた。

「旅の間、君のことは、俺が命をかけて守ると誓う」

　真摯《しんし》な瞳と、深みのある声で宣誓《せんせい》され、包みこまれていた指先にうやうやしい唇接けを受けた。

「……っ」

　その指先と胸の奥に、何かが同時に弾けて広がる。暗くじめついた穴蔵《あなぐら》からふり注ぐ陽射しの下《もと》へ抜け出せたときのような、まぶしさと暖かさ、安堵と浮遊《ふゆう》感に似たものが――。

　予想以上の成り行きに動転して舞い上がり、ぐらりとよろめいた瞬間、力強い腕に抱きとめられた。

「…あ」

　そのまま無言で引き寄せられ、背中にまわされた両手でぎゅ…と強く抱きしめられる。触れ合った胸から胸へ『ありがとう』と、グリファスの声にならない感謝の気持ちが流れこむ。

　それはしおれて枯れ果てていたリィトの心を潤《うるお》し、慈雨《じう》を得た種が膨らんで、土を盛り上げ発芽《はつが》するような力と喜びを与えてくれた。

「皆に引き合わせる前に、少し変装してもらう」

そう宣言したグリファスに連れて行かれたのは、昨夜、生まれて初めて湯浴みというものをした湯殿だった。リィトはそこで、脚衣の裾と内着の袖をたくし上げたグリファスによって、髪を染められた。

高窓から射しこむ午後の陽射しが、渦巻く湯気を貫いて光の筋を形作る。その中で染められたばかりの自分の髪が艶やかに輝く。貧相《ひんそう》だった赤毛からは想像もつかないほど豪華な、

「金色…だ」

雫《しずく》を滴らせている前髪を指で引っ張りながら、リィトがぽつりとつぶやく。

「そうだ。ルスラン様も、彼の両親も金髪だったからな」

「ルスラン様…って？」

「お前が身代わりを務める方の名前だ」

「ふうん」

「両親の名前はユリウスとイリシア。知ってるか」

「ううん」

「ユリウスというのは先代皇王の第二子で皇太子だった方の名だ。三十年前、今の皇王と当時の高級官吏たちに仕組まれた陰謀によって、皇宮の奥深くに幽閉された。そして十六年前『癒し手のイリシア』と恋に落ちて、ふたりの間に生まれたのが、この館の主、そして俺の主君でもあるルスラン様」

「ふう…ん」

染髪のあと改めて身体を洗われながら、グリファスに相づちを打つ。なんとなく愛想《あいそ》のない返事になるのは、肌をこする洗い袋のなめらかな感触や、二の腕、わき腹、足の間や爪先まで、丹念《たんねん》に磨き上げながら触れてゆくグリファスの手指の、うっとりと心地よい動きに意識が奪われるせいだった。

グリファスの手で、念入りに全身を磨きたてられると、リィトは湯殿から連れ出された。脱衣室でまだ少し痛みの残る背中の傷に薬を塗ってもらい、与えられた新しい服に手を通す。

袖や胸元の繊細な飾り釦《ボタン》や、紐の結びに手こずっ

ていると、濡れた服を着替えていたグリファスが手伝ってくれた。最後に染め上げたばかりの金色の髪を丁寧に梳《す》いてもらうと、右に左に好き放題、てんでにはねていた赤毛が、染髪剤のおかげでしなやかに落ち着き、ゆるい癖だけ残してきれいにまとまる。

「なかなか似合うな」

そう言われて姿見《すがたみ》の前に連れて行かれると、リィトは両目を大きく広げて鏡に張りついた。

凝縮した蜜色の髪、見返してくる瞳は、記憶の中よりもずっと明るい琥珀色。

「黙って澄ましていれば、それなりに見目よい貴公子で通るぞ」

「…なんだか変な感じ。これがおいら？」

「そう。旅に出て皇都に到着するまで、ずっとそういう恰好で過ごすことになる。早く慣れてくれ。それと自分のことは『おいら』じゃなくて『僕』」

「…ぼく？」

「そうだ。君が身代わりを務めるルスラン様は、この国の正統な嗣子《しし》であられるのだから」

「嗣子って、なに？」

「次の皇王、皇太子殿下という意味だ」

「え…？　そ、そんなのムリだよ…！　皇太子殿下って…皇子様で、この国で二番目にえらいひとのことだよね？　おいらには」

「僕」

「…ぼくにはムリだよ」

「平気だ。すぐそばに本物がいるから手本にすればいい。皆には、長い間行方不明だった皇子が見つかったと紹介する。多少がさつでも問題ない」

「…でも――」

唇を尖らせうつむいた項と手首に、最後の仕上げとしてなめらかな香油を塗りこめられる。甘く清々《すがすが》しい香りに包まれた瞬間、くらりと目眩《めまい》に襲われた。それは香りに酔ったせいではなく、未知の体験に対する怖れだろうか。

リィトにとって『皇子様』というものは、立派なお城に住んでいるきらきらした存在で、どんな風に暮らし、どんな言葉遣いをしているのかすら見当がつかない。羽があってふわふわ飛んでいると言われても信じてしまうくらい、遠い存在なのだ。そんなひとの代わりを務めるなんて、できるわけがない。

「大丈夫だ」

しおれてしまったリィトのつむじに、グリファスのやさしい、そして決意に満ちた声が染みこむ。

顔を上げると同時に肩をつかまれ、ぱふん…と胸元に抱き寄せられた。

「俺が、護ってやるから」

「…う、ん」

大きな胸の温もりに身を埋め、両腕に抱きしめられると不安が消えてゆく。グリファスが大丈夫と言うのなら、大丈夫なのだろう。

それでも完全には消えない気後《きおく》れを抱えたまま、リィトは城の西翼に連れて行かれた。

たどり着いたのは立派な装飾が施された扉。午前中、リィトに頼まれたラハムがグリファスにお伺いを立てに入った部屋だ。

グリファスが扉を叩くと、入室を許可する声がリィトの耳にもかすかに届いた。

扉が開いたとたん、中からふわりと清浄な空気があふれ出る。グリファスの背中越しに垣間《かいま》見えた部屋の中は、よほど採光が優《すぐ》れているのか、まばゆい光に満ちていた。鼻腔をくすぐる澄んだ香りは花とも木々ともちがう、これまでリィトが嗅いだことのない、うっとりするほど芳《かぐわ》しいものだった。

「グリファス…」

この世のものざる存在を感じて立ちすくんだリィトに気づかず、グリファスが部屋に足を踏み入れる。リィトはとっさに彼の上着の端をつかんだ。

「どうした?」という顔でふり向かれ、自分のおびえをうまく説明できないまま、リィトは手の中の布を必死ににぎりしめる。

そのとき、すがりついたグリファスの背中越しに、涼やかな少年の声が響いた。

「グリファス、もしかしてそのひとが…？」

「ええ、そうです。さあリィト、御前《ごぜん》で挨拶を」

主の声に向き直った男の手で、背後に隠れようとした身体は難なく前へ押し出されてしまった。

「うー…ぅ」

首をふりあとずさりたくなるのは、まばゆく高貴な存在を前にして感じる本能的な気後れのせい。

「初めまして、リィト。私の名はルスラン。危険な役目を引き受けてくれて感謝します」

ふわりと微笑みを浮かべながら手を差し出したのは、自分と同じ年頃、背恰好の少年だった。

「リィト、さあ」

グリファスにうながされ、目の前にある手のひらをにぎり返す。ルスランの細い指は見た目よりも力強く、温かく、リィトの手を包みこんだ。

「……」

おずおずと顔を上げると、ルスランは賢者《けんじゃ》のような深い笑みを浮かべてわずかに首を傾げた。リィトの擬《まが》い物とはちがう、本物の金糸のような髪がさらりと肩にかかる。金を溶かしこんだ琥珀を黄水晶で包んだような不思議な色合いの瞳に、外見ばかり飾り立てたリィトの貧相な姿が映っている。

——グリファスのばか。こんなきれいなひとの代わりが、おいらに務まるわけないじゃないか。誰だってひと目見たら、こっちが本物だって気づくよ。

胸をチクチク刺激するのは、リィトが生まれて初めて感じる、劣等感という名の棘《とげ》だった。

うつむいてしまったリィトの態度を誤解したのか、ルスランはにぎっていた手に、もう片手を添えた。

「身代わりの件、もしも意に添わぬまま承諾してしまったのなら、今からでも遅くない。断っても構わないんだ」

「…ルスラン様！」

「グリファスは黙って。わたしはリィトと話している」

少年の凜とした物言いに、リィトは驚いて顔を上げた。

同じ目線にある怖いほど澄んだ瞳に嘘はない。

視線を上げると、グリファスが苦り切った表情でわずかに肩を揺らしていた。

「おいら…、ぼくは、身代わりを引き受けました。自分で決めたことだから、嫌なんかじゃないです」

「本当に？　とても危険な旅になるんだよ？」

「グリファスが、守ってくれるって約束してくれたから、…だから平気です」

馴れない敬語を使ってたどたどしく説明すると、ルスランは愁眉《しゅうび》を開いてうなずく。

「そう。それなら安心だ。グリファスの剣技は国一番だと評判だもの」

突然の手放しの賛辞に、グリファスが咳払いをしながらあらぬ方向を見つめる。ルスランはふ…っと表情を和ませ、自分の耳元に手をやると、何かを外す動作をした。やがて、

「これを、君に」

そう言いながら差し出された手のひらに乗っているのは、ふたつのきらめく紅い石。

傍らに立っていたグリファスが何か言いたげに身《み》動《じろ》いだものの、ルスランの許可なく発言することをはばかったのか、結局口をつぐむ。

澄んだ血のように鮮やかな紅玉の大きさは小指の半分程度、台座は一等星よりもまばゆく輝く白金製。裏側には、まるで今にも飛び立ちそうなほど、精緻《せいち》な造りで九翼の竜が彫りこまれている。

九枚の翼竜を身に着けていいのは、皇位継承権を持つ皇族のみ。

昔、皇都から売られてきた奴隷仲間の誰かが、そんな話をしていたことを思い出し、リィトは困惑《こんわく》して、グリファスに助けを求めた。グリファスが何か答える前にルスランが口を開いた。

「グリファス、これをリィトに着けてあげて」

「…畏《かしこ》まりました。では、道具を取って来ます」

感情の見えない顔で一礼したグリファスが、音もなく部屋から出ていく。その後ろ姿を追っていたリィトの耳に、

「あ…、そうか。孔《あな》を開けないといけないからね」

「え？」

不穏な言葉にあとずさりかけたリィトを手で制したルスランは、椅子に座るよう勧めてから、自分も小卓を挟んだ向こう側に腰を下ろした。

「この石には不思議な力があってね、『対の石』と惹き合う特性がある。ここにほら、猫の瞳のような細い線があるのがわかる？　これが対の石の動きに合わせて動く…、ほら」

ルスランの手のひらにある紅玉に顔を近づけると、確かに二日月のような細い線が浮き上がっている。その先端がゆっくり南から東に動いて止まり、しばらくすると、先刻と逆の動きをして元に戻った。

同時に扉が開き、小さな箱を手にしたグリファスが姿を見せる。

「お待たせしました」

「あれ…、もしかして」

「気がついた？　グリファス、貴方の剣をリィトに見せてあげて」

小卓に置いた小箱を開けて、何やら準備をはじめたグリファスは、主の命に素直に従い、腰に提《さ》げた剣を鞘ごと吊り緒《つお》から外して見せた。

「石の説明ですか？」

「そう」

「この剣のここについてる青藍石《インディゴ》と、ルスラン様の耳飾《ピアス》の紅玉は、『対の石』と言って互いの存在を指し示し合う。こうして並べると表面の線がまっすぐになるが、互いに離すと…ほら、線の向きが変わるだろう」

淡々と説明していても男の口調の奥底に、ほんのかすかな苛立《いらだ》ちを感じるのは、気のせいではないはずだ。グリファスはきっと、この紅い宝玉をルスラン皇子の耳に着けておきたかったにちがいない。

「リィト、耳を出してここへ」

耳飾《ピアス》と一緒に卓上に並べられた道具を見て、リィトは椅子ごと身を引いた。

「や…だ」

「リィト？」

「着けたくない。それは皇子様の方が似合ってる」

「似合うとかそういう問題じゃない。孔を開けるのが怖いのか？　痛みはほとんどないぞ」

「怖いわけじゃな…！」

椅子の背当てを盾《たて》にして駄々をこね続けるリィトの名を、ルスランがやさしく呼ばわった。

「リィト。旅の間、これが一番必要になるのは君だ。無事皇都に到着したら返してもらうから。ね？」

ルスランの身代わりとして、襲撃者の標的《ターゲット》になるのはリィトだ。万が一その身に何か起きたとき、探索が容易になるように。降りかかる危険性が最も高くなる者が、皇室の秘宝を使うべきだろう。

ルスランの言葉に含まれた意図は、リィトにというよりも、グリファスに向けられたものだった。

「リィト、座れ」

改めて着席をうながしたグリファスの声は、先ほどまでの頑なさが削げ落ちていた。だからリィトも素直に従い、耳をゆだねた。

穿孔《せんこう》は、グリファスが言った通りほとんど痛みがなかった。最初にひんやりした液で念入りにふかれ、次にもったりとした膏薬を塗られた。しばらくするとその場所だけ感覚がなくなり、銀色の細い針で刺されても、蚊《か》に貫かれた程度の刺激だけですんだ。

最後に、清められた紅い耳飾がリィトの耳朶《じだ》を彩《いろど》ると、ルスラン皇子は微笑み、グリファスは少しだけ複雑な表情を浮かべ、けれど大きな手のひらで、いつものようにリィトの頭をなでたのだった。

‡

リィトの髪を染めて身支度を整え、ルスランとの

きた。

引見《いんけん》を無事すませると、グリファスは中庭にやってきた。

東と北が吹き抜けの回廊になっており、朝方などは中央に設《しつら》えられた水盤に陽光が反射して、幻想的な波紋を周囲に投げかける。陽が傾くにつれ建物の影が射しこみ、陽の当たる場所と、影に沈んだ芝生や草木の色の対比が鮮やかになる。夜は月光に照らされた白い石畳《いしだたみ》が淡い光を放つ。一日のどんな時間帯でも、調和のとれた美しさを見せる庭である。

グリファスは西陽を浴びた中央の水盤に近づくと、小さな花束を持ち上げた。昼過ぎ、西の菜園でリィトにもらったあと、湯殿へ行く前に、しおれてしまわないよう浸《ひた》しておいたのだ。

「サリアの花束とは、またずいぶんと可愛いものを持ってるじゃないか」

背後から飛んできた、冷やかしを含んだ声にふり返ると、銀葉樹の木陰《こかげ》からスカルドが姿を現した。

灰色髪の四歳年長の親友は、軽く手を上げてグリファスをその場に押し留めると、ゆっくり近づいてくる。何か話があるらしい。

手の中の白い花束に視線を向けて、グリファスは苦笑した。

白石と天青石で造られた水盤の噴水口から、静かに湧き出ているのは、そのまま飲むこともできる澄んだ真水。盤の端からは小指の先ほどの水玉が、ころころと軽やかな音を立てながら誘水溝へこぼれ落ちている。

芽生《めばえ》ノ月《のつき》を終え、花《はな》ノ月を迎えたばかりの今の季節。夕刻ともなれば、水のそばで涼を得る必要はないものの、清らかな流れは、それだけで心を落ち着かせる作用がある。

グリファスは水盤の端にもう一度、小さな花束の茎を浸けてやった。

「いったい誰から求婚されたんだ?」

ニヤリと笑うスカルドの問いに、指先についた水滴を払いながら、もう一度苦笑を浮かべる。

リィトが自分に捧げた贈り物は、別名『求婚の花』と呼ばれているものだったのだ。野に咲く花で、シャルハンに住む者なら誰でも知っている。ただし、どちらかというと幼い子どもや、思春期前後の少年や少女が、初恋の淡い想いとともに贈り合う素朴な花でもある。

だから花束を差し出されたとき、グリファスは一瞬呆気に取られた。しかしリィトの他意のない笑顔を見て、彼が花の持つ意味を知らないのだと気づくと、その事実の背景にある過酷だったこれまでの暮らしを思い、憐《あわ》れみが生まれた。

「懐かしいな。俺も五歳のとき、近所の幼なじみに贈ったことがある。ちゃんと結婚してくださいって言いながら。思えばあれが初恋だったたな」

指先で可憐な花びらをつつきながら、温もりのこもった声で思い出を語るスカルドに、「お前はどうだった」と訊ねられ、グリファスはふっと視線を虚《こ》空《くう》に向けた。

「俺は…」

初恋と呼べる感情を経験したのは遅かった。

「十一歳の夏、かな」

「そりゃ初耳だ。十一歳なら、けっこう真剣だったんじゃないか。うまくいったのか？」

基本的に陽気でおおらかな男の屈託のない問いに、グリファスは軽く肩をすくめることで否と伝えた。

七歳年上の従姉《いとこ》に抱いた憧憬《しょうけい》は、淡く儚《はかな》く、すぐに手の届かない存在になってしまったからこそ、強く心に残ったのだろう。

知り合って半年後。真剣な想いをこめて差し出した一輪の白い花を見て、彼女はありがとうと言いながら、けれど申し訳なさそうに首を横にふった。

今思えば、あのとき彼女はすでに自分の運命を感じ取っていたのかもしれない。

陽射しの下できらめいていた長い金の髪。若草色の瞳。そばに寄るとほのかに漂う香りは、どれほど高名な調香師《ちょうこうし》にも再現できないだろう、清涼感と甘

みのある特別なものだった。

「で、この可愛らしい花束の贈り主は？」

「リィトだ」

「それがあの子の名前か」

「ああ」

「――…本気であの子を、ルスランの身代わりに立てるつもりか」

スカルドはルスランを呼び捨てにする。もちろんしかるべき場所では主従のけじめをつけるが、普段は当人の希望を優先して呼び捨てである。

グリファスもそうするよう求められてはいるが、どうしてもできないまま今に至る。理由はルスランに対する痛烈な負い目だ。

ルスランは本来なら真の嗣子として、国民からの尊崇《そんすう》と父母の愛情を一身に受け、豊かで安全な暮らしを送っていたはずだった。そうしたすべてがグリファスの父、アスファ伯爵の醜《みにく》い権力欲と愛欲によってねじ曲げられ奪われたのだ。

国の命運と皇子の運命を狂わせることに荷担した男の息子であるグリファスは、周囲が思う以上に己を律する必要がある。幼少時から守り育ててきたとはいえ、未来の主君の厚意に溺《おぼ》れ、臣下としての立場を逸脱《いつだつ》してはいけない。

そう強く自戒《じかい》しているのだ。

今はルスランを護る立場だが、やがて皇子が本来の地位に就いたとき、自分は一介の庶人に戻る。

おそらくルスランは、長年自分の命と安全を守ってくれたグリファスに感謝して、何某《なにがし》かの褒美、たとえば爵位や領地を与えようとするかもしれない。

だが、絶対にそうなるとも限らないのだ。

ルスランの心身を保護してきたという事実より、ユリアス皇太子を幽閉し、死に至らしめた罪の方が重いと、今は皇都で息をひそめている先代の重臣たちが結論を下せば、それに抗い、なおかつ彼のそばにいることは難しくなる。

幼少時からの濃密な関係は、どれほど隠しても、

聡い者には伝わる。グリファスの出自が明らかになれば、主従を越えた親密な交わりをしていた事実が、様々な波紋を呼ぶことになるだろう。

要らぬ憶測《おくそく》を呼ぶことも充分考えられる。

グリファス自身も、ルスランが寄せる親愛の情に馴れたとき、己の身体に流れる父の血がどのように反応するか予測がつかない。何らかの権力を欲するか、寄せられる信頼と愛情を利用して、年若い嗣子に影響力を与えられるよう狡猾《こうかつ》に立ちまわろうとするか。それらの可能性に思いを馳せると、自分の身体に流れる父の血に、怖れと同時に憤《いきどお》りすら感じる。

叶うなら父の血など捨ててしまいたい。

そして、初恋の女性の忘れ形見であるルスランに、愛情と純然たる忠誠心《ちゅうせいしん》を惜しみなく、誰はばかることなく捧げてみたかった。

主従の垣根《かきね》を築いて距離を取る。そのことでルスランにさみしい思いをさせていることは承知しているが、これだけは譲ることができない。

もちろん父のように堕落《だらく》しない気概《きがい》はある。

しかし同じ強さで、淀んだ血が生み出すかもしれない、醜い我欲の深さを怖れてもいる。

現に、自分はときどき驚くほど冷徹になれる。

ルスランというかけがいのない存在を守るため、行きずりの少年を助けて身代わりに立てる非情さ。

自分がリィトをルスランの身代わりに仕立てたのは、サラの子どもであるハーズを危険な目に遭わせたくなかったからだ。身寄りもなく、奴隷として死にかけていたリィトなら、今さら命の危険を伴う役目を頼んだところで、それまでの暮らしより酷くなることはないだろう。そう安易に考えていた……。

澄んだ水面に影を落とす、青味を帯びた白い花びらを見つめて、グリファスはそっとまぶたを伏せた。

『いいよ。おいら、やる』

呆気なくうなずいた少年の顔を思い出すと、胸の奥が疼く。交換条件があると言われた瞬間、却ってほっとしたのは、己に対する感謝の気持ちと寄せられる純朴な思慕の情を、利用したという後ろめたさゆえだった。

リィトが求めた交換条件が地位や財産という俗なものであったら、これほど胸は痛まなかったろう。けれど少年の希望は、いじらしいほど些細《ささい》なことだった。

『一緒に眠って欲しい』

——いや、リィトにとっては大切なことなのか。

『求婚の花』を、意味も知らず差し出した少年の、無知ゆえの無邪気さを不憫《ふびん》に想い、哀れに想う心。

そして、優先するべき事柄を見極める冷徹な心。

異なる熱量を持つふたつの血が、グリファスの身のうちで渦巻いている。

「…本人が了承した。ルスラン様にも紹介してきた。今は彼と一緒に、マハ導師の講義を受けてる」

「そうか」

盤をこぼれ落ちる水滴を目で追いながら、感情を殺した声で答えると、スカルドはあっさりと矛先を納めた。追及されないことで逆に心苦しくなり、グリファスは顔を上げ、自分より少し下にある親友の顔に視線を向けた。

「あの子のことは、俺が責任をもって守る」

「ああ、それがいいだろう。ルスランの方は俺がきっちり守る」

「——…」

「どうした。ルスランをつきっきりで守れないのが悔しいのか?」

「ああ…まあ、確かにそれはあるな」

「気持ちはわかる。が、あの子…リィトが身代わりになるなら、襲撃者の目を欺《あざむ》くためにも、あの子を皇子として扱い護る人間がいなけりゃだめだ。従者に化けたルスランのそばに、俺はともかくお前ががっちりつき従ったりすれば、目敏《めざと》いヤツならすぐに、ルスランの方が重要人物だと見抜いちまう」

「それは、わかってる」

グリファスは塩魚と蜜菓子を同時に口に含んでしまったような、微妙な面持ちで首筋に手のひらを当てた。

「それとも、お前さんも変装をするか？　まあ、背が高くて脚が長くて剣の達人、その上びっくりするほどの男前とくれば、髪の色を変えた程度じゃ簡単にばれると思うがね」

ニヤリと笑い、グリファス・フレイスがある意味有名人であることを揶揄《やゆ》するスカルドの肩を、拳で軽く小突いて止める。

確かにグリファスの顔はシャルハン国内のそここで、ある程度知られている。情報収集や国内情勢を見極めるため、一年の大半を国内巡行に費やす、という暮らしを続けてきたせいだ。

偽王が倒れ、真の皇王が顕れるのをじっと待ち続けている潜在的な協力者を、各地で捜し出しては連絡を取り合い、ルスランが玉座を取り戻す日のための、有機的な繋がりを確保する。

そのためには、間諜《かんちょう》や密偵《みってい》のように自分の顔を持たず隠密行動を続けるより、顔を売り、信用を得る方が得策だったのだ。その間、グリファスが隠れ蓑《みの》として選んだ職業は用心棒である。

用心棒とひと言で言っても、無頼《ぶらい》上がりから主を失った騎士まで出身はさまざまであり、依頼される仕事も酒場や商家、両替商などの警護から、貴人や隊商の護衛などいろいろである。

偽王が皇位に就いてから急速に荒れはじめた人心を反映して、彼らの需要《じゅよう》は多くなり、中には組織立って運営をしているものもあるが、個人で、己の剣の腕ひとつを頼りに世間を渡り歩く者も多い。

彼らが依頼を受けるために必要なものは、信用と強さ。そのふたつが現在最も高いと評価されているのがグリファスだった。

一度でも彼と剣を交えたことがある者ならば、その冴えた剣技と際立った容姿《ようし》を忘れることはないだろう。盗賊や無頼以外に同業者にも、ある程度は顔

を知られている。名前だけなら市井の間にも浸透《しんとう》し
ているほどだ。
そんな男がルスランの護衛について旅などすれば、
ひと目で誰が重要人物なのかわかってしまう。
午前中、グリファスとスカルド、導師、そしてル
スラン本人が話し合い決定した旅の方針は、真の皇
位継承者という正体は、皇都に入るぎりぎりまで伏
せるというもの。結果として、グリファスの願いは
却下《きゃっか》せざるを得ない。
もちろん皇都には、彼ら四人だけで向かうわけで
はない。この城で暮らしている他の騎士たちも同行
する。しかし当面、彼らにはリィトが皇子であると
教える。なぜなら、
「敵の目を欺くにはまず味方からと言うからな」
一行全員が本物はルスランであり、リィトは身代
わりに過ぎないと知れば、自然とルスランを庇う行
動が多くなる。襲撃者がどこで一行を狙っているか
わからない以上、用心に越したことはない。

「まあ、他の連中を騙《だま》すようで申し訳ないけど」
スカルドはそう苦笑してから表情を改め、
「当然、襲撃者が狙うのはリィトになる。あの子を
護るために一番必要なのは、お前さんの剣の腕だ。
ただし、ルスランの身に危害がおよびそうで、なお
かつ俺が防ぎきれない場合は――」
リィトの安全よりも、ルスランを護ることを最優
先にしろ。言葉ではなく視線で確認するスカルドに、
グリファスは「当然だ」とうなずいた。
グリファスとスカルド、そして導師の法力《ほうりき》でも防
ぎきれないほどの危険が迫るようなら、全員に真実
を話し、全力でルスランを護る。
ふたりはそのことを改めて確認すると、水盤のそ
ばを離れ、旅の準備を整えるために中庭をあとにし
たのだった。

## ・iv・　旅立ち

ルスランの居城であるペトライア州イクリール小城から皇都パルティアまでの旅程は、皇国東公路を使えばさほど困難な道のりではない。徒歩ならひと月と二旬（約五十日）、早馬を使えばその半分ですむ。ただし今回の旅は、偽王とその一派の探索をかわすため、公路の使用は極力避けることになる。

未だ執拗に続いている、前皇太子ユリウスとイリシア姫の遺児捜索の目を避けるのと同時に、真の嗣子ルスランが結界を出たことによって起こるであろう変化を、なるべく人目につかないようにするためだ。

支道や裏道を使い、替え馬が必要になるような強行軍は避けて進む。順調に行けば、ひと月程度で皇都パルティアに到着できるだろう。

一行が出立《しゅったつ》したのは、リィトがイクリール小城に着いてから四日目。花ノ月上旬の、よく晴れた日の早朝だった。

季節は中春。平和な御代《みよ》であれば、街道わきのそこここに花が咲き乱れ、大地を覆う新緑が旅人の目を和ませてくれる時季である。ただし。

イクリール小城周辺に張られているという結界を出たとたん、リィトの目に映ったのは数日前通り過ぎてきた通りの、荒れ果てて殺伐《さつばつ》とした湿地と、立ち枯れた木々の連《つら》なり。ちがうのは、一日中立ちこめていた生臭い霧が晴れ、抜けるような青空が広がっていたことだ。

「あ…れ？」

リィトが慣れない馬上で身体を揺らしながら、空を見上げて声を上げる。それにつられて周囲の者たちも次々と視線を向けた。

「おお…！」

皆が感嘆の声を上げて見守る中、蒼穹《そうきゅう》に、ゆるやかな弧を描いた雲が生まれてゆく。

それは一行が背にした北涯《ほくがい》山脈から、皇都のある、正南に向けて天空を弓なりに貫いてゆく。

星が見えそうなほど深く濃い青空に、くっきりと筋を描く白い雲をよく見ると、所々虹色に淡く輝いている。

「瑞雲だ」

誰かが感極まったようにつぶやく。

「リィト、いい加減前を向かないと落馬するぞ」

雲の美しさに見とれて上体をぐらつかせていると、見かねたらしいグリファスが馬体を寄せて、背中を支えてくれた。リィトはありがとうと礼を言ってから、好奇心の赴《おもむ》くまま勢いよく訊ねた。

「『ずいうん』て何？」

「めでたいしるしの雲、って意味だな。竜神の加護を受けた嗣子が出現したことを、天が祝福してるんだ。たぶんこの先も、いろいろ徴が顕れるはずだ。覚悟しとけ。何が起きてもあまりうろたえるな」

言いながらグリファスは眉根を寄せ、空と道の彼方を眺めて少しの間考えこんだ。ああいう顔をしているときは、どうしたのかと訊ねても答えてくれないことを、リィトはここ数日で学んでいた。

ルスラン皇子の身代わりを引き受けてから、三日後の昨日。リィトは皆の前で「長い間、行方《ゆくえ》知れずになっていた真の嗣子」だと紹介された。

食堂兼広間を満たした歓声の大きさに、リィトは正統な皇位継承者の存在が、どれほど切望されていたかをひしひし感じ、居心地の悪い思いもしたのだった。同時に皆を欺いている後ろめたさに、居心地の悪い思いもしたのだった。

「まさしく。あれはリィト様が真の嗣子であられる証《あかし》。みんな、気を引きしめて行きましょう！」

頬を紅潮させて声を出したのは、感情が表に出やすいクライスという名の青年騎士だ。城では警護を担当していたが、今回の旅では用心棒役として、周囲に目を光らせている。

今回、隊商に扮した一行の顔ぶれは、髪を黒に近い栗毛に染め従者の身なりに変装したルスラン皇子、隊の警護を頼まれた用心棒という役回りのグリファス。用心棒役は他にもスカルドと、彼の腹心《ふくしん》クライスとその従者が務める。

商隊の頭役《かしら》には、その落ち着きぶりと貫禄《かんろく》から、イクリール小城で長年護衛騎士を務めてきたという四十一歳のアズレットが。同じく護衛騎士だった三十七歳のマレイグ、一行の中ではリィトに次いで新顔だというイールとその従者も商人役だ。

マレイグの息子で、十六歳なのに身長が二タール(約一九〇センチ)もある親爺《おやじ》顔のアクスと、庭師とサラの息子のハーズは奉公人として。料理人助手だったメリルは下働きに扮している。

導師というのは役目柄、国内を巡回《じゅんかい》することがよくあるので、マハ導師は特に変装の必要もなくそのまま。そしてリィトは、この隊商の元締めである豪商の御曹司《おんぞうし》、という役どころだ。

以上総勢十四名の中で、リィトは身代わり、ルスランこそが本物の皇子であると承知しているのは、グリファス、スカルド、導師の三名だけである。

自分の正体を知らない者たちの、尊敬と期待に満ちた視線を浴びて、リィトは外套の中で冷や汗をかきながら首をすくめた。

「リィト様はあまり恵まれた生い立ちではなく、そのせいか人見知りなところがある。新しい境遇に慣れるまでは、温かく見守って欲しい」

感激して話しかけてくる城の者たちの質問に、たどたどしく応えるリィトをさりげなく背後に庇いながら、グリファスが説明すると、皆は素直に引き下がった。

本来の主であるルスランに対しては、控えめな態度を崩さないグリファスが、次期皇王であるリィトには保護者の態度で接する。それを不思議に思う者もいたが、長身の男の背中にすっぽりと隠れ、外套をにぎりしめながらそろりと顔を出す少年の幼い反応を見ると、微笑んで納得せざるを得ないのだった。

出立から半日。わずかな乾地を見つけて簡単な昼食を摂り、さらに半日進んだところでようやく湿地を抜けると、一行は足を止めた。

「なんとか日暮れ前に抜け出せたな」

「しかし東山公路《とうざんこうろ》に出るまでは、おおっぴらに煮炊きしない方がいいだろう」

頭上で交わされるグリファスとスカルドの会話を聞きながら、リィトはおっかなびっくり馬を降りた。

慣れない乗馬で尻が痛い。へまをすれば鞭で打たれた、十日前までの境遇を思えば大したことはないものの、この先ひと月以上続く旅程を思うと、少しだけため息が出る。

一行が野営地に選んだのは、ゆるやかな丘陵に生えた木立のわきの窪地。周囲に点在するいくつかの大岩が、風よけと目隠しの役目をしてくれる。

今回は馬車を使わない馬のみの旅なので、野営の準備は少し大変になる。馬を降りると、みんなそれぞれ天幕を張ったり竈を作ったり、馬の世話をしたりと、慣れた様子で仕度をはじめた。

リィトは痛む尻を庇いながら、近くで薪《たきぎ》を拾いはじめた。すると、すぐさまクライスが飛んできて、

「リィト様はこのようなことをなさらずともよいのですよ。食事の支度ができるまで、天幕でお休みください」

集めたばかりの小枝をそっと取り上げられ、つかまれた手をうやうやしく押し戴かれてしまった。そのまま一番大きな天幕に案内されそうになったとき、背後から呼び止められた。

「待て」

「！　グリファスさん」

クライスに手をつかまれたままふり返ると、夕陽を浴びた黒衣の男が、組んでいた腕を解きながら近づいてくる。

「何ですか？　リィト様なら私がお連れして…」

「旅の間は皆《みな》、自分ができることをする。世継ぎの君とはいえ、薪拾いくらいしていただいても罰《ばち》は当たるまい。そうでしょう？　リィト様」

「……リィトって、呼び捨てでいいです。クライスさんも」

「とんでもない、私こそ呼び捨てで構いません」

「クライス、向こうでスカルドが呼んでるぞ」

無益な会話を絶ち切って、グリファスが天幕の方を指さしてみせると、クライスはリィトに一礼を残し、尊敬する大先輩の元へ走り去った。

ふたりきりになるとリィトは「えへ」と照れ笑いを浮かべてグリファスを見上げ、薪拾いを再開した。

自分に何かあると、すぐそばに来てもらえることが無性に嬉しい。ちらりとふり向くと、グリファスもゆっくりリィトのあとを追いながら、落ちている枯れ木を拾い集めている。

「尻が痛いのか？」

気をつけていたのに、グリファスはリィトの動きのぎごちなさに気づいたらしい。

「え…あの、うん」

拾った薪を腕に抱えながら、リィトはおずおずとうなずいた。自分の身に起きる小さな変化を、目敏く見つけてもらえることが嬉しい。

「そうか。すぐに慣れるとは思うが一応明日、鞍の敷物を一枚増やしてやる」

「ありがとう！」

その気遣いが嬉しくて、リィトは薪をぽいと放り投げて、男の胸に飛びこんだ。

皇子様の身代わりなんて、自分にできるんだろうかと最初は不安だった。けれどルスラン皇子は想像していたよりもずっとやさしくて親しみやすいし、旅の仲間はみんな親切で好意的だ。そして何よりも、グリファスがいつも自分を気遣ってくれる。

『身代わり』を引き受けて本当によかった。

リィトは、もう覚えてしまったグリファスの匂いを吸いこみながら、心底そう思った。

「こら、甘えるのはふたりきりだけのときにしろ」

一応たしなめられたものの、それでも腰のあたりを軽く抱き寄せられ頭をひとなでしてもらう。それから素直に身を離して、ちょこんと謝った。

「ごめんなさい」

「ルスラン様を見習って、もう少し皇子らしい仕草を身につけた方がいいな」

「う…」

苦笑しながら言われた言葉が、なぜかチクリと胸に刺さった。なんだろう、この痛みは。

無意識に服の裾を引っ張り、釦を指先でいじりまわすリィトに、グリファスはさらに言い重ねた。

「それからしばらくは俺かスカルド、マハ導師以外とはあまり親しく口をきくな。ぼろが出るから」

「あ、うん」

またチクリ。

「ルスラン様のそばにもあまり近寄るな」

今度ははっきり、ズキ…っと胸が疼いた。

「…どうして？」

「それは」

言いかけて、グリファスはバツが悪そうに口をつぐんだ。

「――いや、いい。今のは撤回《てっかい》する。気にするな」

「…うん」

奇妙なグリファスの態度にも、自分の胸に走った痛みの理由にも、きちんとした答えが得られないまま、リィトはうなずいた。

このときグリファスが何を言いかけて、そして止めたのか、リィトはあとで気づくことになる。

けれどこのときは、言われた通りにした方がいいと思っていた。グリファスの言う通りにしていれば間違いない。リィトはそう信じていた。

落としてしまった薪を拾い直し、ふと顔を上げてグリファスを仰ぎ見ると、彼の視線は、天幕のそばでスカルドと談笑しているルスラン皇子を追っていた。

「……」

――あれ？

奇妙な違和感が、……いや不安が胸を過《よ》ぎる。

なぜかグリファスを遠く感じる。体温が伝わるほど近くにいるのに、グリファスの存在がとても遠い。

リィトは思わず手を伸ばし、彼の外套をぎゅっとにぎりしめた。けれどグリファスは、それには気づかないようだった。


人煙ひとつ見えない荒野を進み、ようやく人の手によって造られた道と呼べる場所に出たのは、出立から三日目の午後のことだった。

道なりにしばらく進むと、さびれた邑《むら》が現れる。

支道わきとはいえ、本来なら宿場として栄えているはずだろうに、長年続く偽王の支配と、それによって引き起こされる天災や政情の不安定さ、それでも課せられる重い税負担によって、すでに廃墟《はいきょ》に近い有り様だった。

家の造りは、土台は石、柱や梁《はり》は木、壁は煉瓦と土を使った典型的な農家のものだが、どの家屋も傷みが激しくどこかしら壊れている。

無人の小路も、そこに集《つど》う半壊の家々も、舞い上がる土埃《つちぼこり》で白茶けて、広場の中心にある井戸のまわりの李《すもも》の木は枯れ果て、よく見ると井戸も涸れていた。

野営よりましという理由で、邑の外れに建つ元は豪農らしい大きな廃屋を借りて泊まることにした一行は、すぐにその考えが甘かったことに気づく。

料理人のメリルが煮炊きをはじめたとたん、どこに隠れていたのかと不思議に思うほど、多くの邑人が集まりはじめたのだ。

水場を探して廃屋から出ようとしていたリィトは、寸前で襟首をつかまれ引き戻された。

「リィトは中へ。スカルドはルスラン様を」

「了解」

「アズレットとマレイグは表を、クライスとイールは家の裏を固めろ。アクスとハーズは馬の様子を見てくるんだ。何かあったらすぐに知らせろ」

「わかりました」

「マハ導師、何かわかりますか？」

グリファスは次々と指示を与えてゆき、最後に窓から外を見つめている白髪の導師に、状況を訊ねた。

導師は軽く瞑目して周囲の気配に集中すると、すぐに結論を出した。

「んむ。直接危害を加えるつもりはないようだな。あれは、腹が減っておるだけだ」

「腹?」

拍子抜けしたように聞き返すグリファスのわきをすり抜け、窓から顔を出したリィトは、集まりつつある住人の、痩せこけた身体と落ち窪んだ眼窩《がんか》の奥の、救いを求めてぎらぎらと光を放つ双眸に射抜かれて息をつめた。

わずか半月前の自分の姿がそこにある。

そう思うと、居ても立ってもいられない。

リィトは厨房跡でパンを焼いていたメリルの元に走り寄り、自分の分をつかんで扉に向かおうとした。その腕を、ぐいと引き戻される。

「待て。何をするつもりだ」

「分けてあげる。これを、少しでもいいから…」

引き止めるグリファスを見上げ、すぐに視線を窓の向こうに戻しながらリィトは説明した。

胃壁《いへき》がよじれるようなひもじさを、自分は知っている。このまま放っておくことはできない。

「止めておけ」

「どうして?」

「あとでお前が辛くなるだけだ」

「平気だよ。一回や二回食事を抜いても、ぼくは」

「そういう意味じゃない」

じゃあどういう意味なのか。聞き返そうと口を開く前に、有無を言わせぬ強さで部屋の奥に追いやられてしまった。

太い柱のそばに、ルスランが座り、その傍らにスカルドが自然な様子でたたずんでいる。

リィトをふたりにゆだねると、グリファスは落ち着いた足取りで戸口に近づき、外の様子を窺ってから出て行ってしまった。

「グリファス！」

どこへ行くのかと、あわてて追いかけようとしたとたん、腕をつかまれ引き戻される。

「駄目だよ、外に出ちゃ」

「スカルドさん。あの、でも…グリファスは？」

「やつならすぐに戻って来るよ。心配いらない」

リィトを安心させるためだろう、笑顔を浮かべたスカルドにそのまま奥へと連れ戻された。

足下の床は、方形の石板が敷きつめられており、そこには長い間降り積もった埃と砂が吹き溜まっている。スカルドにうながされてリィトがそのまま座ろうとすると、身体をずらしたルスランに敷物を半分譲られた。

ありがとうと礼を言い腰を下ろしてから、手にしたままだったパンとスープの椀に気づいて大きなため息をつく。さっきの言葉に納得できないリィトに、

「気持ちはわかるが、今回はグリファスが正しい」

やり取りを聞いていたらしいスカルドが、すっぱりと判断を下した。

「ざっと様子を見たところ、この邑全体が窮乏《きゅうぼう》している。我々が今持っている食糧や備品をすべて与えても、数日しのげる程度だ。それと引き替えに俺たちは旅が続けられなくなる。次に食糧《しょくりょう》を仕入れる予定の街は半月も先だからな」

「でも…、だって――」

外に集まってきた邑人の中には、乳飲み子を抱えた女のひともいた。怪我をしたひともいた。せめて小さな子どもだけにでも、何か分けてあげられないだろうか。

リィトがぼそぼそ言い募ると、スカルドはひょいと片眉を上げておどけた表情を作り、少年の少しだけ肉づきのよくなった肩を抱き寄せながら、言い聞かせた。

「俺たちやリィトが、ここで自分の食糧を分け与えても、根本的な解決にはならないんだ。中途半端に情けをかけたりすると、却って仇《あだ》になることがある。

――心配しなくてもグリファスがうまくやる。あいつは俺たちの中で、誰よりも国内の様子に詳しいから、ここの住人が助けを求められそうな、近くの邑や街を教えることができるだろう」

だからそんなに気に病むなと、最後に肩を軽く揺すられて、リィトは曖昧にうなずいた。

納得したわけではない。スカルドの説明も、半分はよくわからない。腹を空かせたひとが目の前にいて、自分の手元には食べ物がある。それを分けてやることがどうしていけないのか。

ウルギナの砦から助け出されたあと、初めてグリファスにもらった食事は、物理的に空腹を満たす以上の何かをリィトに与えてくれた。

あのときもらった感謝と喜びを、少しでもいいから誰かに分けてあげたいと思う。

「……」

うつむいて唇を噛みしめ、リィトは手の中のパンをじっと見つめた。


一刻後。夕食の途中でリィトは席を立った。

「どこへ行く？」

一緒に立ち上がり、当然のようにあとをついて来るグリファスに「厠《かわや》」と答えて外へ出る。食べずに隠しておいた。パンと乾肉とチーズをそっと懐に抱えて扉を出ると、夕闇の向こうに、施しを期待して待っていたらしい複数の人影が揺らめいた。

リィトは厠とは逆方向の庭先へと歩を進め、素早くあたりを見まわした。十人近い人影の中から、目敏く見つけた一番小さな影に近づいて、手早く食べ物の包みを取り出す。次の瞬間、

「！　リィト、止め…ッ」

背後でグリファスが珍しくあわてた声を上げた。彼が駆け寄るより早く、手の中から包みが消え去り、リィトの腕は弾き飛ばされ、身体は四方からぶつかってきた人影に押されてひっくり返った。

「あ…――」

倒れて宙に浮いた足を蹴飛ばされ、腿を踏まれ、

地面に着いた指を踏まれかけたところで、力強い両腕に助け起こされた。

「グ、グ…リファ…」

仰ぎ見たグリファスは無言で、十数人の男女が小さな包みを取り合い争っている場所から、リィトを引きずり出し、小わきに抱えてその場を離れた。ふたりの背後で、散り散りになった包み紙の残骸《ざんがい》が、砂埃を含んだ風に吹き払われる。

リィトが最初に食べ物を与えようとした子どもは、身体の大きな大人に横取りされ、結局パンのひとかけらも腹に入れることができず泣いていた。

「…ごめんなさい」

建物の中に逃げこんだリィトが、すぐに頭を下げると、グリファスはやる瀬ないため息をひとつこぼし、金色に染めた頭にぽんと手を置いた。

「だめだと言った理由がわかったか？」

「うん…」

自分のやり方は間違っていた。あの子どもには却って酷い思いをさせてしまった。それはわかる。

では、どうすればよかったのか――。

奥歯を噛みしめて涙をこらえ、顔を上げると、潤んだ視界の中で、グリファスの黒い瞳がわずかに揺れた。そのままふいと視線を外され、

「彼ら全員を豊かに、そして幸福にする方法はひとつ。真の嗣子を玉座に就けることだ」

淡々と告げられた声から、負の感情は窺えない。けれどリィトには、彼がとても苦しそうに見えた。扉のわきの小さな窓から、外を見つめる男の周囲だけ、彩度が落ちて空気が深みを増すように。

――どうしてそんな顔をするの…？

そう思ったときには手が伸びていた。厚い生地越しに指先が硬い筋肉に触れると、なぜか胸が高鳴る。そしてそんな反応をする自分に驚く。うろたえて、それでもつかんだ袖を小さく引っ張りながら訊ねてみる。

「どこか、痛いの？」

ささやき声に、グリファスが夢から覚めたような顔で向き直った。

「…いや」

「だって苦しそうだったよ?」

「何でもない」

でも…と食い下がりかけ、グリファスの視線が再び窓の外に向かうのに気づいて、口をつぐんだ。

『どうしたの?』と自分が訊ねても、きっとグリファスは答えてくれない。

そこまでの信用が自分にはまだない。けれど訊ねたのがルスラン皇子やスカルドだったら、彼の反応はきっとちがっていただろう。

ふいに生まれた確信に、リィトの胸が切なく軋んだ。

出会って間もない自分が、彼らと同じ信頼を得られないからといって、落胆するのはおこがましい。

わかってはいるけど、生まれてしまったさみしさを消し去ることはできなかった。

‡

冴えた月明かりに照らされて、さびれた邑はますます廃墟のように暗く沈んでゆくようだ。

宿にしている廃屋の壁に背をあずけたグリファスは、庭の木立の向こうに広がる集落の、灯りひとつ点《とも》らない暗い影を見つめて、深く息を吐いた。

夕食前に住民たちの暮らしぶりを見てまわり、この邑の現状をほぼ把握したグリファスにできたのは、深いため息をつくことだけだった。

邑がさびれた一番の原因は水涸れ。

ここ数年の干魃《かんばつ》で池や川が干上がり、数十本あった井戸は数本を残して涸れてしまったという。飲み水は辛《かろ》うじて確保できているものの、畑を潤し、作物を稔らせるには到底足りない。

郊外の畑には、何年も前に立ち枯れた作物の残骸が、黒い消し炭のようにわだかまり、半分崩れ落ちた廃屋の影に、腹を空かせた子どもがうずくまる。

そうした惨状を目にするたび、グリファスは自分の父が犯した罪の深さを思い知り、憤りを感じる。

――なんとしてでも、ルスラン様を皇都へ送り届けなければ。そして玉座に就いてもらう。そのために、できることは何でもする。

「どうした。やけにため息の数が多いな」

音もなく扉が開いて、スカルドが姿を見せた。

それへわずかにうなずいて、グリファスは壁を離れた。そのまま荒れ果てた前庭にスカルドを導く。

「夕飯のときのあれ、ヒヤリとしたよ」

干涸らびた灌木をかき分け、横に並んだスカルドがぽつりとこぼす。

「その、言いづらいんだが。リィトに、あまり軽はずみなことをしないよう、もう少し強く注意しておいた方がいいんじゃないか?」

今回は大事にならずにすんだが、今後リィトの行動が原因でルスランに害がおよんだりすれば、本末転倒になる。

親友の忠告に、グリファスはうなずいてみせる。けれど口から出たのは逆の言葉だった。

「確かに。だけどあれはあれでいいと思う」

言いながら立ち止まり、跪いて、

「これを見てくれ」

怪訝そうにのぞきこんだスカルドの前で枯れ草をかき分け、青白い月明かりを浴びてほのかに光る、小さな新芽を見せた。

「これは…『皇王《おう》の花』の芽じゃないか…!」

皇王の花は、十五年前、ユリウス皇子の死とともに全滅し、それ以来一度も咲いたことのない花だ。

「そう。おそらく、これまで通過してきた道にも芽吹いているはず」

スカルドは「なるほど」と、立ち上がった。

「お前が予測した通りだな。ルスランが結界を出れば様々な『徴』が顕れる――」

「そう。遠からず我々一行の中に、真の世継ぎの君がいることは誰の目にも明らかになる。城を出立した日、瑞雲が現れただろう。おそらく国中の者が見たはずだ。真の皇王の御代を覚えている者なら、あれが嗣子出現の徴だとすぐに気づく。当然、偽王の一派も」

「それでリィトを？」

「今日みたいなことがあれば、慈悲深い皇子だと評判になる。それはルスラン様が速《すみ》やかに即位するために有利に働くはずだ。無駄にはならない」

現在、偽王とその一派は国軍の大半を手中に収めている。強大な軍事力を怖れて、各州の領主たちも息をひそめている状況だ。

ルスランが皇都に上り、速やかに真の皇王として即位するためには、宮廷に巣喰う偽王派を駆逐《くちく》しなければならない。そのためにもこの旅で、多くの国民に偽王打倒の気運を高めておく必要がある。

そこまで話して、グリファスはふと口をつぐんだ。

「…ひどい男だと思うだろ。俺は結局、ルスラン様が本来の地位に就き、荒れ果てた大地と苦しんでいる民を幸福にしてくれればそれでいいんだ。そのためには、無知な子どもを利用することくらい平気なんだよ」

――君のことは命をかけて守る。

あのとき、リィトに誓った言葉と気持ちに偽りはない。けれど、だからこそ無条件に寄せられる信頼が苦しい。懐かれれば懐かれるほど、少年の好意を利用している自分が嫌になるのだ。

あの子がもう少し大人だったら、もしくは物ごとの判断を自分の意志で決められる程度に、経験や知識があったなら。助けられた恩と、自分の命を危険にさらす役目を、天秤《てんびん》にかける程度の自我が育っていれば、これほど後ろめたくはなかっただろう。

けれど現実は、リィトはものを知らない子どもだ。他人からあまり親切にされた経験がないせいで、グリファスのちょっとした気遣いにも感激する。まるで鳥の雛《ひな》が、卵から孵《かえ》って初めて目にしたものを親だと思い、追いかけまわすように。

「……」

苦い自嘲がこぼれて、地面に落ちる。淡い光を放つ皇王の花の芽が、夜風を受けてゆらりと揺れた。

「お前さんは自分が思っているよりは、ずっと情が深いよ」

そう言って気さくに肩を叩いてくれるスカルドの笑顔に、これまでどれほど救われてきただろう。

グリファスは力なく首をふってから、膝の土を払い落として立ち上がった。スカルドと肩を並べ、建物に向かって歩きながら思いをめぐらせる。

――これ以上懐かれないように、少し厳しく接した方がいいのかもしれない。甘やかさずに距離を取り、リィトが自分に利用されていたと気づいたとき、あまり傷を負わずにすむように。

そこまで考えてグリファスは、自分があの少年に嫌われたくないのだと気づいた。

「どうした?」

スカルドが、突然立ち止まったグリファスをふり返る。

「…いや、何でもない」

気づいたばかりの思いを追い払うように、頭をふってから、グリファスは再び歩きはじめた。


翌朝、邑に奇跡が起きた。

未明のうちに、外から聞こえてくるかすかなざわめきに気づいたグリファスは、腕の中で眠っているリィトを起こさないよう、そっと夜具でくるみ直して身を起こした。スカルドやアズレットたちも目を覚ましたのを確認して、音も立てずに建物を抜け出す。

茶色が目立つ前庭に降り立ったとたん、変化に気づいた。枯れ果てた下生えの奥に、瑞々しい新緑が芽吹いている。ひとつふたつではなく、無数の草木が新たな命を春の暁《あかつき》に謳歌《おうか》しているのだ。昨夜スカルドに示して見せた皇王の花は、ひと晩で小指一本分ほども伸び、すでに小さな蕾《つぼみ》がふくらみはじめていた。

グリファスは頭をめぐらせ、ざわめきが大きくなりつつある広場へ向かって歩き出す。

石畳が剝がれかけた路地を通って広場にたどり着く前に、騒ぎの原因がわかった。

「水だ…！　井戸に水が湧いてるぞッ！」

「南の辻《つじ》と霧山の井戸も湧いたらしい」

ざわめきは次第に抑えがたい歓声に変わってゆく。

前の路地から飛び出した初老の男性が、痩せた腕をふりまわしながらグリファスに叫んだ。

「旅のひと、あんたたちは運がいい！　これほどの吉祥《きっしょう》は十五年ぶりだ」

涙ぐみ、指先を震わせながら感激している男に、

「そうか。よかったな」とうなずいて、広場の中心に歩み寄る。なるほど、昨日見てまわったときは涸れきって土砂が堆積《たいせき》していた井戸に、澄んだ水が出ていた。地上に積み上げた基部からあふれ出た湧水が、乾いた大地に染みこんでゆく。

釣瓶《つるべ》を使わなくても汲み出せる豊かな水量に、大人たちは歓喜の声を上げ、子ども達は全身ずぶ濡れになるのも構わず、はしゃぎながら水遊びをはじめた。

「おい、木の芽も出てるぞ。新芽だ！」

春になっても枯れ果てていた井戸まわりの木々に、新芽がふくらんでいる。広場から見渡せる郊外《こうがい》の畑も、きらめく朝陽を浴びて、うっすら翠色《みどり》に染まっていた。

「奇跡だ…！　天の恵みだ」

「真の皇王が立たれたのやもしれぬ…。幾日か前、北の空から南にかけて瑞雲が走ったのを、皆も見たじゃろう」

杖をついた老人が明け初《そ》めの空を指さしながら、真の皇王が竜神の加護を受けていた御代の、豊かで平和な時代のことを語りだすと、年若い者や子どもたちが興味津々で老人のまわりに集まる。

誰かが、皇王の『徴』についてしゃべるのは危険だと忠告したが、老人は、今さら命を惜しむこともないと、三十年前から禁止されていた神器のこと、竜神と皇王の契約、祝福された御代のことなどを懐かしそうに話し続けた。

その場を静かに離れたグリファスには、ひと晩のうちに起きたこの現象が、ルスランの存在によるものだとわかっていた。

「グリファス！　すごいよ、昨日は涸れてた井戸から水があふれてるんだ」

宿にしていた廃屋に戻ると、リィトが息を弾ませながら駆け寄ってくる。その笑顔からスイ…と視線を逸らし、出立の準備を終えたアズレットやクライスたちに向き直った。

「様子はどうでした？」

「予想以上の影響力だ。さすが真の嗣子」

質問に答えながら、グリファスは上着にしがみついたリィトの肩を、そっと押し返して距離を取った。

そうしてスカルドの隣にひっそりと立つルスランに、さりげなく視線を向ける。

本物の皇子は、落ち着いた表情でまぶたを伏せ、わずかに微笑んだ。感情を抑えたその仕草から、未来の皇王の深い喜びが窺える。

――我々には確かに竜神の加護がある。

ルスラン、そしてスカルドとうなずきあったグリファスは、外套の裾をにぎりしめたままのリィトには、あえて視線を向けないまま歩き出した。

‡

奇跡の起きた邑を出立して二日。旅も五日目を過ぎると、リィトもだいぶ慣れてきた。

日に三度きちんと供される食事と、たとえ野営であっても屈強な騎士たちに守られている限り、約束された安眠。それらが少しずつ痩せた身体に肉をつけ、リィトは少年らしいしなやかさを手に入れつつある。

さらに、暖かな寝床と滋養に満ちた食事が、これまで痛みや苦しみを鈍麻させるため、リィトが本能的にまとっていた無感覚という名の靄《もや》を追い払い、明晰《めいせき》さを取り戻す役目を果たしているようだった。

この日は雨のため、夕食は天幕の中で摂ることになった。ひとつの天幕にリィト、グリファス、ルスラン、スカルド、そして導師が腰を下ろす。

「そもそも竜神の加護とは千三百年前、時の聖王ヤクート一世が、源初の大陸からやってきた一頭の竜と契約を交わしたことにはじまる」

「源初の大陸って?」

「ふむ、知らなんだか。源初の大陸とは、この世の中心にある謎に満ちた大陸で、陸地の半分以上が真っ黒い森に覆われておる」

「…リィト」

「真っ黒? 炭みたいに?」

「そう。幹も葉も黒だ。でも炭とは少しちがう。黒《こく》曜石《ようせき》や黒金剛石《こんごうせき》のように美しい。そして恐ろしい」

「恐ろしい? どうして!?」

「リィト」

マハ導師との会話に割りこんだ低い声に、リィトはあわててふり向いた。

「え、なに? グリファス」

グリファスの方から声をかけてもらえたことが嬉しくて、リィトは勢いよくふり向いた。それなのに、男の言葉は素っ気《そけ》なく、そして厳しいものだった。

「食べるかしゃべるか、どちらかにしろ」

「あ…ぅ?」

がっかりしながら、指さされた自分の胸元を見下ろすと、夢中で質問している間に、口からこぼれた料理のかけらが、点々と上着や脚衣に染みを作っていた。

「ご、ごめんなさ…」

幼い子どものような自分の有り様に、思わず頬が熱くなる。あわててこぼれたパンくずや肉のかけらを拾い、素早く口に放りこむと、それを見たグリファスが、また何か言いたげに口を開きかける。

マハ導師が軽く手を上げて制しながら、

「まあまあ。あまり堅いことは言わんでも。夢中になるのは好奇心がある証。よいことですよ」

そう言って微笑むと、グリファスは仕方ないという風に肩を落とした。

「まあ、導師がそう仰《おっしゃ》るなら。だけどリィト、前にも言ったが、少しはルスラン様を見習って品よくふるまう努力をしてくれ。旅の間のお前の行いは、即位してからの評判に関わるのだから」

「――……」

胸を衝《つ》かれたような衝撃に、リィトはとっさに声が出せなくなる。

数日前からグリファスは、なぜか急によそよそしくなった。最初は気のせいだと思ったけれど、やっぱり気のせいなんかじゃない。

他人の目があるときは、これまでとあまり変わらない。変化を見せるのはふたりきりのとき、そしてリィトの正体を知っている数人の前でだけ。

声が冷たい。当然のことを言われているのに胸が痛くなる。どうしてそんなに素っ気なくするの？

そう思ったとたん、じわりと涙がこみ上げた。

潤んだ瞳でグリファスを見上げると、なぜか視線を逸らされてしまう。余計悲しくなって、リィトは肩を落としてうつむいた。

「リィト？」

「う……ん。…はい、気をつけます。ごめんなさい」

「グリファス、そんな言い方は」

スカルドとグリファスに挟まれる形で座っていたルスランが、苦笑しながら窘《たしな》めかけると、

「ルスラン様は、もう少し粗野《そや》にふるまわれた方がいい。見る人が見れば、生まれの高貴さに気づかれてしまう。あとで導師にもう一度、惑わしの術をかけてもらっておいた方がいいですね」

逆にグリファスは、淡々と忠告を重ねたのだった。

夜半。雨が上がるのを待って、リィトはこっそりと天幕を抜け出した。

雪を冠した蒼竜大山脈の峰々《みねみね》が、月光に照らされて青白く浮かび上がる。夜が真闇ではないことを、リィトはこの旅に出てから初めて知った。

リィトがこれまで親しんできた夜は、湿った土と黴の臭いが鼻を突く、暗くじめついた地下室のどんよりとした暗闇だ。

あの無明《むみょう》の闇から助けてくれたグリファスのために、自分にできることなら何でもしようと思った。

今でも思っている。

けれどさっきのように、ルスラン皇子と較べられ、劣《おと》っている事実を突きつけられるのは辛い。実際、劣っているのは紛《まぎ》れもない真実だから、言われても仕方ないのだけど。

リィトはじっと自分の両手を見つめた。甲の側は骨っぽく肌も荒れ、手のひらの方は、長年の奴隷暮らしでできたひび割れや堅い肉刺《まめ》が、未だ治りきらず残っている。

見習えと言われて盗み見たルスランの手は、白くなめらかで、形のよい長い指は、椀を持っても手綱をにぎっても、何をするにも繊細で、しっとり落ち着いて見えた。あれが『品』というものなら、自分には逆立ちしても真似することはできそうもない。

ぐすんと鼻をすする音に、やさしい声が重なった。

「風邪をひくよ」

ふり向くと、月明かりを浴びて淡い銀色を帯びた人影が、夜風にさらりと髪をなびかせながら近づいてくる。

「ルスラン様…」

本物の皇子は、リィトの肩にふわりと毛布をかけたあと、そのまま静かに腰を下ろした。

同時にふわりといい香りが漂う。かすかな、けれどとても清々しい、懐かしさと憧れを含んだ香り。

リィトは無意識にルスランの肩や胸元に顔を近づ

けて、鼻をひくつかせてしまった。

「どうしたの？」

きれいな声で不思議そうに訊ねられ、リィトはハッと我に返ると、あわてて身を起こす。

「あの…、えっと」

前に突き出した両手と首をぷるぷるふってから、ずり落ちそうになった毛布を引き上げ、ふと気づいて手を伸ばした。

「その、よかったら半分コで…」

おずおずと毛布の半分をルスランの方へ差し出すと、本物の皇子は夜目にもまばゆい笑顔を浮かべた。

「ありがとう」

微笑みの神々《こうごう》しさに、思わず見とれてしまう。

ルスランはリィトに身体をくっつけて、毛布を身体に巻きつける。それからふっと息を吐いて、本題に入った。

「さっきグリファスが言ったこと、誤解しないで欲しいんだ。言い方は少しきつかったけれど、あんな風に彼が言うのは悪気があったわけではなく、君のことを考えてなんだと思う」

「え、あ…、でも」

「わたしも昔、汚い言葉遣いをしたとき、叱られたことがあるよ」

「ええ…!?」

まさかそんなことが、と思いながら、リィトの心は少しだけ軽くなった。

「リィトはとてもよくやっていると思う。二日前に立ち寄った邑でも、小さな子どもに食べ物を分けてあげようとしたでしょう。本当は立ち居ふるまいなんかより、ああいう気持ちの方が大切だもの」

「でもグリファスが」

「旅の間の評判なんて私は気にしない。大切なのは皇位に就いてからどうするか。偽王のために苦しんできた国民をどうやって幸せにするか、だから」

凛とした口調で、まっすぐ前を見据える皇子の瞳は、自分よりひとつ年下とは思えないほど大人びて、深く強い思いを秘めている。

「リィト。君は自分が生まれてきた意味を考えたことがある？」

「え、え…？」

そんな難しいことは考えたことがない。思いきり首を傾げると、ルスランは小さく微笑み、思い出を探るように視線を空へ向けた。

「――わたしが初めて父と母、そして叔父のことを知ったのは三年前、十一歳のときだった」

父というのは幽閉されてしまった前皇太子、そして叔父というのは、今、皇都で不当に玉座を占めている偽王のことだろう。

「物心ついたころには、母はもういなくて…」

ルスランは母の実家からつき従ってきた騎士たちと従僕、マハ導師、そしてグリファスに育てられた。

そして十一歳のとき、狭いわけではないが広いというわけでもないイクリール小城の敷地から、生まれて初めて外の世界へ飛び出した。城から徒歩で半日離れた場所に、小さな街がある。城で働く庭師や料理人がときどき買い出しに出かける馬車に忍びこみ、こっそり抜け出したのだ。そして初めて目にした外の世界の荒廃ぶりと、殺伐《さつばつ》とした街の様子に、

「……とても驚いた。けれど自分と同じ年頃の子どもがたくさんいて、声をかけるとみんな一緒に遊んでくれて、それがとても楽しくて。仲よくなった街の少年と、次に来たときも一緒に遊ぼうと約束したのに…」

結局脱走に成功したのは一度だけ。二度目は、ちょうど城に戻っていたグリファスとスカルドに見つかり、街へ行く前に連れ戻されてしまった。

『勝手に城の敷地から出てはいけません』

『他人目《ひとめ》に触れてはいけません』

ふたりの長い説教を要約すると、そういうことだった。理由を訊ねても答えてもらえない。

『どうして？　どうして僕だけ、隠れて暮らさなきゃいけないの？　街に行きたい、みんなと遊びた

い！　約束したんだ！　理由を教えてくれなきゃ、絶対納得なんてできない！』

普段のおだやかさからは想像もつかないほど激しく駄々をこねたのは、たぶんそこに重大な秘密の匂いを嗅ぎ取ったからだろう。

実際、ルスランがたった一度訪れただけで、小さな街にはいくつもの奇跡が起きた。饐《す》えた葡萄酒が豊潤な美酒に変わり、濁った水が澄んだ真水に変わる。病気の牛が元気になって乳を出し、何年も孕《はら》まなかった山羊《やぎ》や羊に仔ができた。

グリファスとスカルドも、このまま隠し続ければ城の結界を破って外に出たがり、却って問題が大きくなるだけだと判断したらしく、ルスランに父の身分、母との出会い、そしてルスラン自身が何者であるかを伝えたのだった。

「…自分が皇子様だって知ったとき、驚いた？」

リィトがおそるおそる訊ねると、ルスランはゆるく首を横にふった。

「驚いたけれど、納得する部分の方が大きかったかもしれない。マハ導師が教えてくれるのは帝王学や、古代の賢者、賢帝、英王の治世についてが多かったから。それに、導師の遠見《とおみ》の術で国内の惨状を見せてもらう度、とても胸が痛んだ。なぜか責められているような気分になった。そしていつも思っていた。もしも自分に竜神の加護があったなら、苦しんでいる人々を幸せにできるのに、って――。だから本当に自分がシャルハンの嗣子で、父の形見だと言われていたこの鍵が、神器を納めた宝物庫の扉のものだと教えられたときは、嬉しかった」

ルスランはそう言って、胸元から繊細な刺繍の施された小さな革袋を取り出して見せた。

「わたしは大切に守られ、愛情をたっぷり注いで育ててもらった。厳しい餓えや寒さに苦しむこともなく、不当に傷つけられる痛みに涙することもなかった」

好奇心の赴くまま小さな革袋に触れて、中に納められた鍵を探っていたリィトの指先を、ルスランは両手で包みこんだ。そして長年の重労働で傷つき硬くなったリィトの荒れた指先や甲、そして手首に残る小さな傷跡をそっとなでてから、静かに額に押し当てた。

「玉座を不当に独占し、多くのひとを、…リィトの父さんや母さん、それにリィト自身を含めた本当に多くのひとを、苦しめ続けてきた叔父を許すわけにはいかない。竜神との契約を果たし、真の皇王となることは、わたしの義務であり権利なんだ」

そう宣言したルスランの瞳は、どこまでも澄み渡り、強い意志の光が揺らめいている。

自分と一歳しかちがわない少年はすでに己の運命を受け入れている。その器の大きさと、きらめくような尊《とうと》さに、リィトは圧倒されてしまった。

こんなに素晴らしいひとが、自分をなぐさめるためにわざわざ来てくれた。そして一枚の毛布と体温を分け合っている。

やさしくて気高いルスラン。

彼のそばにいると、グリファスに抱きしめられるときとはちがう、もっとやわらかくておだやかな何かに包まれる。凍《こご》えた身体を温めてくれる陽光のような、ほっとできる、広く、深く、尊い何かに…。

ぽぅ…っと見とれていると、ルスランがふっと口調を変えてこちらを向く。リィトはあわてて視線を逸らし、また戻し、そして照れ隠しにずっと気になっていたことを聞いてみた。

「ルスラン…様は、その…ずっとグリファスと一緒に暮らしていたの？」

「うーん。ずっと一緒というわけではないかな。彼は年中旅をして城を留守にしていたから。でも、小さい頃はたくさん遊んでもらった。剣を習ったり、勉強を見てもらったり、行儀作法を習ったり」

「いいなぁ」

思わず本音が漏れる。

「ふふ。君はグリファスのことが好きなんだね」

「え…っ!?」

「いつでもグリファスの姿を追ってるし、それに、彼の言うことはとても素直に聞くでしょう。こんな言い方をしたら失礼かもしれないけど、初めて見たとき、狼《おおかみ》にじゃれつく仔犬のようで、とても微笑ましかった」

「好き…って、仔犬…あの、それ…」

「グリファスも、君には遠慮なく本音を出してるようだし。…少し羨ましいかも」

小首を傾げて微笑むルスランの言葉に、リィトはひっくり返るほど驚いた。

「そ、そ、そんな…」

自分よりすべてにおいて優れているルスランに、羨ましいと言われたことにも驚いたけれど、それよりも『好き』という言葉に、強く胸を揺すられた。

好きか嫌いか問われたら、当然好きと答える。

けれどリィトが、これまでグリファスに対しておぼろげに抱いていた感情は、幼い頃に逝ってしまった、大好きな父に対する慕わしさと同じものだと思っていた。それなのに他人の唇から発せられた瞬間、『好き』という言葉は、何かちがう色合いをまとって、リィトの中に根づいてしまう。

なんだろう。胸の奥が熱い。

トクトクと、小さな珠《たま》が小突き合うような鼓動《こどう》に手を乗せて、リィトは自分の胸元を見つめた。当然、生まれたばかりの感情の正体が見えるはずはない。

ふと隣を見ると、ルスランが月を見上げていた。

月光を浴びた横顔は凜とした美しさ。髪を染め地味な衣服に身を包んでも、内面の高貴さは隠しようもない。

きれいだな、と思う。こんなにきれいなひとをずっと見てきたグリファスにとって、自分はどれほどみすぼらしく、頼りなく、劣って見えるのだろう。

「…ぅ……」

その夜、リィトの中に初めて生まれた感情の名は、劣等感と強い憧れ、そして恋だった。

砂と岩ばかりの荒野が大半のペトライア州を出て、隣州エヴァイアに入り、石畳で舗装された公路を進むようになったのは、旅をはじめて五日目。翌日にはエヴァイアの州都を通過して、さらに四日が過ぎる。一行は東の国境でもある蒼竜大山脈に沿いながら、今度は東山公路を避けて支道を進んでいた。

エヴァイアの州都で一夜を過ごしたとき、なんとなくきな臭い気配を感じたグリファスが、公路を行くのをしばらく止めた方がいいと提案したためだ。

公路を行けば、たいてい一日の旅程置きに宿場や小さな邑があるため、野宿は避けられるが、支道ではそうもいかない。

夕刻。いつものように一行が馬を降り、野営の準備をはじめたので、リィトも進んで薪拾いや竈作りを手伝おうとした。

「殿下はそんなことをなさらなくてもいいんです」

竈作りのために拾い上げた石をひょいと取り上げ、リィトに仰々《ぎょうぎょう》しく話しかけたのは、用心棒役のクライスだ。その後ろで腕組みをしていたマレイグが、大きくうなずいて同意する。

「その通りです。皇都に到着する前に、リィト様に何かあったら一大事ですから」

忠誠心あふれる騎士たちは、リィトを本物の皇子だと信じている。だから、リィトが思わずたじろぐほど、丁重な態度を取るのだった。

「でも、みんなでやった方が早く終わるから」

リィトはルスランの仕草を思い浮かべ、なるべく優美に見えるよう石の方へ手を伸ばした。

『ルスラン様を見習って、品よくふるまえ』

グリファスにそう言われたせいもある。けれど何よりもリィト自身が、ルスランのようになりたいと強く願った。純粋に憧れている部分はもちろんある。

けれど無意識に、彼のように気高くやさしい雰囲気をまとい、優美さを身に着ければ、グリファスの注意をもっと惹けるんじゃないか、と感じたからだった。

食事の仕方や馬の乗り降り、歩き方、しゃべり方、おっとりとした笑い方。ひとつひとつの仕草をルスランに似せるたび、これでグリファスに気に入ってもらえると、無邪気に思いこんでいた。

「殿下の御身《おんみ》には、我ら国民すべての希望がかかっているのです。どうか、それをお忘れなきよう」

石をつかみかけた手をそっと押し戴かれ、マレイグに真摯な瞳で見つめられて、リィトは思わず錯覚しかけた。自分は身代わりに過ぎないのだとわかっていても、下にも置かぬ扱いを受けると、大切にされることの心地よさと戸惑い、そして照れくささに襲われる。

グリファスがあまり保護者然とした態度を取らなくなると、反対に他の騎士たちが甲斐甲斐《かいがい》しくリィトの世話を買って出た。

水が欲しい素振りを見せれば、声を出す前にうやうやしく水筒か杯が差し出される。馬の乗り降りにもさりげなく手が貸される。天幕の敷物は一番上等で、寝床の毛皮も最上級品。

そんな風に、旅がはじまって以来リィトは常に、騎士たちの温かい眼差しと『貴方のために』という熱意に囲まれて過ごしている。

そうした環境に少しずつ慣れてくると、リィトの中にも騎士たちひとりひとりに対する観察眼が育ってくる。アズレットは最年長らしく落ち着いている。マレイグは無口だけどやさしい。クライスはリィトに対して一番仰々《ぎょうぎょう》しい態度を取る。イールは物静かだけれどさりげなく目敏い…など。

その日の野営地でも、リィトは最も座り心地のよい場所に席を用意してもらい、道の途中でアクスが仕留めた雉《きじ》の焙り肉の、一番いい部分を与えられた。

「どうぞリィト様、熱いですから気をつけ…」

メリルが熱々のスープを盛った深皿を差し出す。注意されたにもかかわらずリィトはそれを落としてしまった。深皿が地面に落ちてスープが飛び散る。

「あぁ…ッ」

素早く駆け寄ったクライスが、驚いているリィトに怪我がないかを確認する。メリルは地面に跪いて皿を片づけ、汁の飛び散った場所をふき清めた。

粗相《そそう》した本人が何もしないうちに、周囲はあっという間に元へ戻り、リィトの手には改めて食べやすい温度に冷まされたスープが差し出される。

「申し訳ありませんでしたリィト様。さ、どうぞ」

恐縮するメリルから新しい深皿を受け取りながら、リィトはできる限り鷹揚にうなずいて見せた。

――きっとルスランなら従者の粗相に怒ったりせず、こんな風に応えるよね…?

胸のどこかで居心地悪さに蠢《うごめ》いた後ろめたさを、そんな言い訳でなだめすかしながら。

一連の出来事を焚き火の向こうで見守っていたグリファスの眉間が、苦々しく歪んだことに気づいた人間は誰もいなかった。


夕食のあと、グリファスに話しがあるからと連れ出されて、リィトはいそいそとあとをついて行った。

天幕を離れてふたりきり、夜露に濡れた草むらを歩きながら、リィトの胸はすぐ傍らの体温を感じて高鳴っていた。

空には星、足下では夜咲きの月恋花が、かすかに甘い蜜の香りを漂わせている。

「勘違いするんじゃない」

「え？」

グリファスの言葉に、リィトは思わず首を傾げた。

「皆がお前に親切なのは、お前を皇子だと信じているからだ。…あまり思い上がってはいけない」

もう一度、きっぱり言われた言葉の意味を理解するより早く、リィトの身体はぐらりと揺れた。

「――…あ」

心が頑なに拒もうとした言葉の意味を、明晰さを取り戻しつつあるリィトの頭は理解してしまった。

「夕方お前が、クライスやマレイグたちに傅《かしず》かれて得意そうに見えた。夕食のときは、悪くもないのにメリルに謝らせておいて、満足そうな顔をしていた。最初のうちは仕方がないと思って見逃していたが、あまり度を超してはいけない」

「……」

――見透かされていた。

自分でも、心のどこかで気づいていた驕《おご》りを。

少しずつ思い上がってゆく自分を、グリファスはずっと見ていた。そう理解した瞬間、肌に火が点いたような羞恥《しゅうち》に襲われる。それから自己嫌悪。

ルスランを見習え。ルスランのように上品にふるまえと言われたからがんばってきた。そうすれば前みたいに、グリファスがやさしくしてくれると思ったから。それなのに、その結果が『思い上がるな』だなんて…、――ばかみたい。

「ルスラン様の表面上の仕草だけを真似ても意味はない。もっとあの方の本質を見るんだ。己の身分に驕らず、謙虚で、気高い精神を…」

自分でも思ったことを駄目押しされた瞬間、こらえきれずにぽろりと涙が滑《すべ》り落ちた。

「――…泣くな」

小さな舌打ちの音とともに、頭を撫でられそうになり、とっさに身をよじり涙をぬぐう。そのまま胸元で拳をにぎりしめ、必死に言い返す。

「泣いてない」

「言い方が悪かったか…。皆に親切にされて嬉しいのはわかるが、それは幻《まぼろし》みたいなものだから。夢や幻は、わかっていても酔いすぎると危険だと、お前はまだ知らないだろう」

「……」

ぐすぐすと洟をすすりながら「はい」とも「いいえ」とも答えられず、リィトはうつむいた。

確かにあのとき一瞬、ルスランになったような錯覚に陥りかけたのは事実。

皇子として扱われるのは、それが偽りだとわかっていても嬉しかった。

自分がもしもルスランだったら。多くの国民にとってかけがえのない存在、そしてグリファスにとって特別な人間として生まれていたら。

そんな夢想《むそう》に浸りかけたことも、グリファスは鋭く見透かしたのかもしれない。

頭に昇った血がその場で凍りつき、粉々になって再び足下に降り注ぐような、羞恥と後ろめたさと悲しさ、それでも認めて欲しいという貪欲《どんよく》な願いに蹂《じゅう》躙《りん》されて、リィトはその場にしゃがみこんだ。

「ルスラン様が皇都で無事戴冠《たいかん》したら、お前は普通の少年に戻る。慎《つつ》ましく、身の丈に合った暮らしを送るためにも、常に己の立場を念頭に置くんだ」

肩に手を置かれ辛抱強い口調で諭されて、リィトは辛い気持ちのままうなずいた。

「ご、ごめ…っ、な…さ」

口を開いたとたん、吹き出た涙と鼻水で息がつまる。リィトは久しぶりに触れてもらった手の温もりにしがみつき、「うぐ…えぐ」と洟をすすりながら泣きじゃくった。

ごめんなさい。もう思い上がったりしないから。

ちゃんとルスラン皇子の本質を、いいところを、見習うから。

――だから嫌わないで。

「行…かな……、置い…てか、な…で」

困ったように立ち尽くし、やがて離れて行こうとしたグリファスに必死にすがりつきながら、リィトは泣き続けたのだった。

‡

子どもの涙と鼻水で濡れた上着を指先でつまみ、グリファスは大きなため息をついた。

隣では泣きながら寝入ってしまった擬《まが》い物の金髪が、寝息に合わせてゆるゆると上下している。泣きすぎて腫れたまぶた、涙に洗われてつるりとした鼻の頭、赤味を帯びた半開きの唇。右手はしっかりグリファスの服の裾をにぎりしめている。

「まいったな…」

寝床に上半身を起こし、立てた片膝に肘を乗せ、まぶたに落ちかかる髪をかき上げながら、もう一度息を吐く。

あんなに泣かせるつもりはなかった。

額に指先を押し当て、まぶたを軽く閉じたグリファスの脳裏には、かつて皇家の第一子として生まれ、多くの人臣に傅かれて育ったため、正統な権利がないにもかかわらず皇位を簒奪《さんだつ》する暴挙におよんだ偽王のことがあった。

そして何より自分の父のことが。

ひとの心は弱い。

何が原因で魔がさすかわからない。

無知ゆえの無垢さを持っていたこの少年が、皇子の身代わりという役目を請《う》け負《お》ったばかりに、純朴さを損なうところは見たくない。

まだあどけなさの残る寝顔を見つめ、そっと額に手のひらを乗せる。そのままわずかに赤味を帯びた金髪をやさしくかき上げてやると、不安そうだったリィトの面に笑顔が広がった。

「うん…、グ…リファ…」

どんな夢を見てるのか、必死ににぎりしめていた五本の指がふっとゆるんで、何かを探すように宙をさまよう。

あまり甘やかさず、距離を取ると決めたのに、こんな風に無心に求められると放っておけない。

細く頼りない指先をそっとにぎり返してやりながら、グリファスは三度目のため息をついた。


「何だって、もう一度言ってくれ」

スカルドのあからさまな問い返しに、グリファスは珍しく視線を逸らし、感情をこめずに応えた。

「リィトの護衛役を代わって欲しい」

「何だって今さら?」

「……」

グリファスは腕を組み、ぐるりと周囲を見渡した。

昨夜の野営地だったおだやかな丘陵地は、立ちこめる朝靄でまだあまり視界が効かない。二十歩ほど離れた場所で、メリルとハーズが朝食の後片づけをしている。その向こうでアクスたちが天幕を畳み、馬に荷物をくくりつけている。丘陵の半分を覆う林の木々が、風に吹かれて梢を鳴らす。

自分たちの会話が聞こえる距離には誰もいないことを確認すると、グリファスは低い声で理由を述べた。決してスカルド以外には聞かせられない、情けない理由を。

「リィトが、泣くんだ」

「うん？」

「いや…、リィトを泣かせてしまうんだ。俺がそばにいると」

何を言い出すのかと身構えていたスカルドの肩から、みるみる力が抜けてゆく。親友の顔に笑みが浮かぶのを目の端に入れながら、グリファスはため息混じりに続けた。

「笑いごとじゃない。あんたはあの子に泣きつかれたことがあるか？　上着がびっしょり濡れるくらい泣くんだぞ。そのくせ離れようとするとしがみついてくる。厳しくしても、素っ気なくしても、あの瞳《め》で見つめられるんだぞ」

「懐かれて情が湧いたか。それなら素直に可愛がればいいじゃないか」

スカルドは口元を拳で押さえ、笑みを噛み殺している。柄にもなくうろたえている黒髪の親友の姿が、珍しくて面白いらしい。

「…そういうわけにはいかない」

自分には、あの少年を立派な大人になるよう導く義務がある。己の目的のために、彼の安全と命を脅《おびや》かしているのだから、せめて皇都に到着したとき、奴隷上がりは無教養で品がないなどと言われないように、恥をかかずにすむようにしてやりたい。

そうした理由以上に少年を利用している後ろめた

さ、そして心苦しさが、日を経《へ》るごとに増してくる。

——これ以上そばにいるのが辛い。

有《あ》り体《てい》に言えばそういうことになる。けれどそれをそのままスカルドに告げることは、さすがに憚《はばか》られた。

「元々、俺はルスラン様の護衛に就きたかったんだ。昼間堂々というのがむりなら、せめて夜、天幕での番だけでも交代してもらえないか？」

リィトに頼まれた添い寝は、燃えてしまった『父ちゃん』の代わりに過ぎない。それなら相手がスカルドでも、リィトは納得するんじゃないか。

グリファスは安易にそう考えることで、身の内に生まれた奇妙に甘痒《あまがゆ》い痛みから逃れようとした。

「お前さん、もしかして…」

笑みを含んだスカルドの問いに、グリファスは「何だ？」と続きをうながした。

「これ以上一緒にいると、あの子を襲いそうだから…とか、そういう理由なのか？」

「——スカルド、俺は真面目に頼んでいるんだ」

一瞬、動揺しかけた自分を抑えるために、必要以上に低い声が出てしまった。

答えるスカルドは、対象的にからりと明るい。

「じゃあ俺も真面目に答えよう。交代はできない。その理由は旅に出る前に説明した通りだ。——旅はまだ半分以上残っているぞ。グリファス・フレイス、己の責務を果たせ」

年長の親友の、がっしりした手のひらが背中を叩く。そう言われてしまえば、それ以上私的な弱音を吐くことはできない。グリファスはわずかに肩を落とすと、出発の準備を終えた野営地跡に向かって歩き出した。

‡

『俺はルスラン様の護衛に就きたかったんだ…』

聞いたばかりの言葉がリィトの中で、捕まえられない蛾《が》のような騒々《そうぞう》しさで暴れている。

ちょうどよく茂った灌木の陰にしゃがみこみ、リィトは折り曲げた膝に額を押しつけた。

「ひ…っぐ」

グリファスとスカルドが茂みのそばから離れると、こらえていた嗚咽がこぼれ落ちる。地面にしがみつくように生えている草の葉に、雨とはちがう雫がぽつりぽつりと露を結ぶ。

昨夜大泣きしたことを謝ろうと思い、こっそりあとをつけてきたことを猛烈に悔やんだ。ひとの気配に敏感なグリファスが、立ち聞きしていたリィトに気づかなかったのは、それだけせっぱつまっていたからだろうか。

——聞きたくなかった。

薄々わかってはいたことだったけど…、はっきりとグリファスの口からは聞きたくなかった。

『俺はルスラン様の護衛に就きたかった…』

わかっていた。当然だと思う。


気高くて美しいルスラン皇子。本物の世継ぎの君。グリファスが誰を一番大切に思い、守りたがっているかなんて、これまでの態度や視線を見ていればすぐにわかる。——最初から、わかっていた。

なのに突きつけられた現実に胸の深い場所が、予想以上に痛めつけられてゆく。乾燥には強い泥煉瓦が、水に浸されたとたんもろく崩れてゆくように。

グリファスに助けられてから、リィトの中で育《はぐく》まれていた大切な何かが、踏みにじられ泥にまみれてしまった気がする。

「も、戻らなきゃ…」

馬の嘶きが聞こえて、リィトは震える膝で立ち上がった。戻って、何でもないふりをしなければ、ここで立ち聞きしていたことがばれてしまう。そうなったら、またグリファスはため息をつくだろう。

これ以上呆れられたくない。嫌われたくない。

「どこに行ってたんだ。もう出発だぞ」

とぼとぼと野営地跡に戻ると、自分を捜しに出ようとしていたグリファスに呼び止められた。

「……」

声を出せば泣いていたことがばれてしまいそうで、リィトはうつむいたまま無言で首をふる。

「リィト？」

怪訝そうに顔をのぞきこまれかけ、あわてて身体の向きを変え、馬の方へ逃げ出した。

「どうしたんだ、リィト」

ずっとよそよそしかったくせに、どうしてこんなときだけ粘り強く気遣ってくれるのか。

「…なんでもない」

小さくつぶやいて鐙《あぶみ》に足をかけると、さりげなく背後から伸びた手が腰を支えてくれた。

リィトが鞍にまたがってしまうと、グリファスは「そうか」と答えて、おもむろに指を伸ばし、

「なんだ、また泣いたのか？　そんなに泣くと目が溶けてしまうぞ」

目元が隠れるようにわざと下ろしていた前髪を、長い人差し指と中指でかき分けられ、苦笑される。

きゅっと唇を噛んで胸の痛みに耐えた。自分がどうして泣いたかなんて、グリファスにはわからない。

何も答えないリィトの頭を久しぶりになでてから、グリファスは自分の愛馬の元へ去って行った。

その後ろ姿を切なく見つめながら、リィトは馬に出発の合図を出した。

——いいんだ。

聞いてしまったグリファスの本音は、鋭い言葉の棘となって突き刺さり、このまま抜けそうにない。けれどリィトの胸のもっと奥には、大切なものが息づいている。

『君のことは、俺が命をかけて守ると誓う』

あの誓いの言葉…、あれだけはぼくのもの。

ぼくのためだけの誓いの言葉。

胸に手を当てまぶたを伏せると、あの庭で、リィトが贈った小さな花束を手に、地面に片膝を着いたグリファスの姿がよみがえる。

辛いときは、あのときのことを思い出せばいい。

リィトはそう自分に言い聞かせることで、悲しみの淵へ沈みそうになる気持ちを食い止めた。

それでも、ぼんやりしてしまったのだろう。

小休止の合図で馬を止め、下馬しようとしたリィトはうっかり着地に失敗して、地面に転がり落ちてしまった。

「痛《い》た…ッ」

「リィト！」

とっさに受け身を取り、ころりとひっくり返ってから手を着いて顔を上げると、真っ先に駆け寄ってきたグリファスが、心配と呆れに半分ずつ占領された表情でのぞきこんでいた。

「大丈夫か」

グリファスは素早くリィトの全身に手を滑らせて怪我の有無を確かめ、ふり返って馬の様子を確認すると、集まりかけた他の騎士たちに軽く手を上げて無事を知らせた。

「矢でも射かけられたのかと思って、一瞬焦った。鐙が壊れた…わけでもなさそうだな」

「うん。ぼんやりして足が滑っただけ」

とっさにうつむいて視線を逸らす。変わりなく接しようとしても、やはり態度はぎごちなくなってしまう。胸に刺さった棘が、リィトの中に消えない痛みを生む。凝《しこ》りとなって沈殿《ちんでん》してゆくそれが、ときどき見えない触手を伸ばし、言葉になる前の気持ちに絡みついて舌を重くするのだ。

立ち上がるのに手を貸してもらい、服についた汚れを軽く叩いて落としてもらいながら、

「ごめんなさい、それからありがとう」

ぼそぼそと礼を言う。

真っ先に駆け寄ってもらえたことは嬉しい。あんな本音を抱えているのに、グリファスはやっぱりやさしいと思う。でもそれが却って辛い。

「先は長い、気をつけてくれ」

「うん…」

肩に置かれた手が離れてゆく。声がどこか上の空だったなと感じながら仰ぎ見たとたん、

「イール！　アズレット殿と一緒に、しばらくリィトを頼む」

　グリファスは一番近くにいたふたりの騎士にリィトの身をあずけると、空をちらちら見上げながら、小さな木立の方へ小走りに去ってしまった。その理由はすぐにわかった。木立のわきでグリファスが腕を上げると、拳ふたつ分ほどの大きさの鳥がスイ…と降り立ったのだ。

「あれは？」

「遣い鳥ですよ。グリファスさんの鳥はとてもよく馴らしてあるから、こうして移動していても、きちんと飼い主を見つけてやってくる」

　遣い鳥とは、急を要する手紙や密書を運ぶため、特別に訓練された鳥のことである。一羽の育成に手《て》間暇《まひま》かかることと、素質のある鳥の雛は非常に高価であることから、貴族や豪商、一部の高級官吏、そして院長階級の導師くらいしか使用できない。

　通常は、砦と城の間のように固定された基点の往復のみだが、飼い主と強い絆で結ばれている場合は、特殊な感応力を発揮するため、基点が移動しても往復が可能になるのだ。

　確かに、黒衣の男の肩にちょこんと乗った地味な色合いの遣い鳥は、ときどき小首を傾げながら飼い主の首筋や耳元へ、嬉しそうに身をすり寄せている。遠目にもよく懐いているのが見て取れる。

　グリファスは鳥の脚から取り外した通信文を一読すると、スカルドや導師と何やら話しこみはじめた。

「リィト様、先ほどの落馬で怪我をなさったんじゃありませんか？　服に血がにじんでますよ」

「え、どこ」

　やさしい声のイールに指摘され、あわてて身体を見まわすと、確かに左の肘のあたりに小さな紅い染みができている。妙に肘がひりひりするな…と思ったら、擦り剥いていたらしい。

「手当てしましょう」

「でも、これくらい舐めておけば治るから」

「とんでもありません。消毒だけでもしておかないと、黴菌《ばいきん》が入って化膿でもしたら大変です」

大人に真顔で説得されると、何やら小さな擦り傷を放置しておくことが、大変な間違いであるような気がする。リィトはうながされるまま、岩の上に畳んだ毛布を置いた、即席の椅子に腰を下ろした。

「グリファスさんに見つけられるまで、お辛い暮らしをしてきたそうですね。ご自分の身体に無頓着なのはそのせいかもしれませんが、これからはもっとご自分のことを大切になさってください」

数年前、やはりグリファスに窮地《きゅうち》を救われたのだというイールは、そう言いながら傷の手当てをしてくれた。清露《せいろ》の水で傷を洗い、銀と青石が象嵌《ぞうがん》された、見るからに高価そうな入れ物から膏薬をすくい、うっすらと血のにじんだ傷にやさしく塗りつける。最後に、きちんと幅のそろった生成り色の包帯を、しっかり巻いてもらう。

奴隷暮らしだったときは、怪我のうちにも入らない小さな傷に、ここまで丁寧な手当てを施される。真の嗣子——皇子という存在は、こんなにも大切にされるものなのだ。

その理由を、今のリィトは知っている。かけがえのない存在だから。自分以外の、多くの民の幸福を願い、それを実現する力のある人間だから。

自分はそのひとの身代わりとして危険を引き受けているから、こうして仮初《かりそ》めの親切と忠誠を受けている。

だから勘違いしてはいけない。けれど卑下する必要もない。それが、この旅に出てからリィトが学んだことだった。

昼食と休憩を終えて出発すると、リィトのまわりには当然のように人馬の盾ができる。

先頭はたいていマレイグかクライス、次にスカルドとハーズに挟まれる形でルスラン、さらにグリファス、リィト、アズレット等が半馬身ほど前後しながら続き、最後にイールやアクスやメリル、騎士の従者たちが固まり、後衛の形を取っている。

リィトは斜め前方を行くグリファスの横顔を、こっそりと見つめた。

ぴんと伸びた背筋。手綱をにぎる手。風になびく外套の裾。そこから見え隠れする剣の柄。

こぼれ落ちた前髪が額や目元に影を作っている。うるさそうにかき上げた前髪の下から、深く吸いこまれてしまいそうな黒い瞳が現れる。

その瞳に映っているのは、前を行くルスラン皇子の姿だ。

「……」

半歩進んで馬体を寄せれば、手が届く距離。

グリファスは、いつでもリィトのそばにいてくれる。けれどそれは身体的なことでしかない。彼の意識は、心は、常にルスランに向かっている。

以前はぼんやりと、忙しいひとだから放っておかれるのは仕方ない。そう思うことでごまかしていたさみしさの理由が、今ならわかる。

ルスランに言われて、グリファスのことを特別な意味で好きだと自覚したとたん、彼が誰を一番大切に想っているのか、嫌というほど思い知らされた。

さりげなさを装っていても、グリファスの視線は今みたいに、いつでもルスランを追っている。

たとえ傍らで護衛役をしていても、その黒い瞳にリィトの姿が映っていても、彼の気持ちは本物の皇子だけに注がれている。

そばにいてくれるからこそ、逆にわかってしまう。

グリファスの気持ちが、自分には向けられていないことが。

現に今、こうしてじっと見つめていても、グリファスは決してふり返らない。さっきのように落馬でもして注意を引かない限りむり。だけどそんな、親の注意を引きたくて駄々をこねる子どものような真似は、今さらできない。

——どうしたら、グリファスはふり向いてくれるだろう。自分だけを見て、心の全部で抱きしめてもらえたら、どんなに…。

自分がしてもらって嬉しかったことを思い返す。

けれどリィトには、服や美味しい食べ物を贈るような財力はないし、剣で身を守ってやれるような強さも、知らないことを教えてやれる知識もない。

リィトがぼうっと見守っていた視線の先で、グリファスの隣にルスランが並んだ。身を少し傾けて何かささやいている。グリファスが少し首を横にふってから、それに返事をする。

ルスランが控えめに微笑むと、グリファスの顔にも深い思いを秘めた——リィトにはそう見えた——やさしい笑みが浮かぶ。

「……——」

リィトは手綱をにぎった自分の手元を見つめた。

——ぼくにできることは、ルスラン皇子の身代わりをきちんと務めること。グリファスがぼくに望んでいることは、それ以上でもそれ以下でもない。ルスランは自分に与えられた運命を受け入れ、それを果たそうとしている。それなら自分も弱音を吐かず、最後まできちんと成し遂げよう。

そうすれば、きっとグリファスも少しはぼくのことを見てくれるかもしれない。

よくがんばったなと褒めてくれるかもしれない。

旅に出る前みたいに、やさしく笑いかけてくれるかもしれない——。

新たに生まれたほのかな夢を胸に秘め、リィトはしゃんと背筋を伸ばした。

前を行く本物の皇子のように、凛とした表情で。

「グリファス、今夜はルスランと一緒の部屋になったら？　ぼくはスカルドと同じ部屋がいい」

山賊が出没する情報が入ったため公路に戻り、久しぶりに大きな街の宿に泊まることになった夜。

宿に併設《へいせつ》された厩に馬を預けたあと、部屋の案内を待つ間に、リィトはぽつりと宣言した。

「どう…したんだ、急に。昨日から変だぞお前」

グリファスは冗談だと思ったのか、笑いながらリィトの肩に手を置こうとする。

「別に、変じゃないよ」

リィトはくるりと向きを変え、さりげなくグリファスのそばから離れると、驚き顔でふたりのやり取りを見守っていたスカルドの方へ移動した。

野営の天幕では当然のようにグリファスと一緒だが、彼の本音を聞いてしまった以上、一緒に眠るのは辛い。昨夜と一昨日の夜、いつものように抱き寄せられ、添い寝をしてもらったものの、却って辛くなってしまいよく眠れなかった。

「ま、俺は構わんが?」

スカルドが後ろ頭をかきながらカラリと言い放つ。

「そういうわけには、いかないだろう」

グリファスはスカルドに向けて、低い声でひと言ずつ区切るように言い返した。

「お客さん、お待たせしました。お部屋は全部で五つ、一階の中庭に面した上等の房《ぼう》になります」

間に割って入った宿屋の主人の声で、リィトの提案は流されてしまい、結局いつものようにグリファスと同室になってしまった。

案内された部屋は、上等とは言っても元は大部屋を薄い板で区切っただけのものだった。扉を入って突き当たりが小さな窓。無賃《むちん》宿泊防止のための鉄格子が嵌っているから、外には出られない。

細長い板間に作りつけの簡素な寝台がふたつ、左右の薄い壁に沿って並んでいる。寝台の間はひとひとりがようやく通れる程度の間隔しかない。

部屋に入ってしばらくの間、リィトは何もしゃべらなかった。無言で左側の寝台の下に荷物を押しこみ、身の置きどころがないまま仕方なく腰を下ろす。

旅に出てそろそろ半月。これまでのところ心配されていたような襲撃は受けていない。旅程も順調にはかどっている。宿の夕食は量もそこそこで味もよかった。

今までのリィトなら、はしゃいであれこれ質問している状況にもかかわらず、黙りこんでいるのがよほど気になったのか、ずっと無言だったグリファスが、外套を脱ぎながらぽつりとつぶやいた。

「最近、だいぶ皇子らしくなったじゃないか」

どこか機嫌を取るような物言いが却って悲しい。リィトは顔を上げられず、うつむいたまま首を傾げた。

「…そうかな?」

「ああ。言葉遣いもきれいになってきたし、食事の作法も優雅になった」

部屋の左隣はスカルドとルスラン。右隣はマハ導師とクライスとその従者である。壁は薄いものの、小声でしゃべれば内容まで聞き取られることはない。

互い以外は誰もいない気安さからか、黒髪の騎士はいつもよりくつろいだ様子で寝台に腰を下ろし、上着を脱いで内着の襟元をゆるめながら続けた。

「その調子なら皇都に着く頃には、ルスラン様とお前の、どちらが本物の皇子か見分けがつかなくなりそうだな」

グリファスとしては褒めたつもりなのだろう。

リィトも、そう言われたのが一昨日より前だったら、もっと素直に喜べたかもしれない。

けれど今はもうむり。

「……ありがと」

それでも儚く笑って礼を言う。今はそれが精一杯。

――ぼくはいったい、何を求めていたんだろう。

自分の望みを見失いかけて、リィトは上掛けをにぎりしめた。なんだか居たたまれない。もう眠ってしまった方がいいのかもしれない。

靴を脱いで寝台に上がり、壁の方を向いて上着の釦に指をかけたところで、グリファスが小さく咳払いをする。

　ちらりとふり返ると、グリファスは膝に両肘を乗せ、開いた脚の間で合わせた指先を、ゆっくり持ち上げて唇の前に当てながら、言いにくそうに口を開いた。

「なあリィト、さっきの部屋割りのことだが…」

　びくっ…と揺れかけた肩をごまかすために、わざと大げさに上着を脱ぎ、聞こえないふりで寝支度をはじめた。

　結局同室になるのなら、あんなことは言わなければよかった。そう悔やんでみてももう遅い。ルスランと一緒になれるなら、グリファスは喜んで提案を受け入れると思ったのに。

「――…その腕の包帯、どうしたんだ」

「え？　あ、これは一昨日」

　突然話題が変わったことに驚きつつ、リィトは半分ほっとしながら答えた。落馬したときイールに手当てしてもらったのだと、言い切る前に怪我をしていない方の腕をつかまれ、ぐいと引き寄せられる。

「あのとき怪我をしたのか？　どうしてすぐ俺に言わなかった」

　どれくらいひどいのかと訊ねながら、グリファスは手早くリィトの包帯を解き、もうほとんど治りかけた擦り傷を見た瞬間、大きく肩を落とした。

「…リィト」

　手の中の包帯と傷を見比べ、眉間に指先を当てたグリファスに名を呼ばれ、リィトはひくりと息を飲む。また何かいけないことをしてしまっただろうか。

「な…に？」

「その程度の傷で無駄に薬を使ってはいけない。その膏薬は貴重で、たぶん皇都に着くまで補充はきかないだろう。いざというときのために、なるべく残しておきたいんだ」

　ものを知らない子どもに噛んで含めるような口調で諭されて、リィトは身の置きどころのなさにうつむき、グリファスから身を離した。

「あ、ご…ごめん…なさ」

自分でもこの手当ては大げさだと思っていた。『断ろうとしたんだ』と言い訳をしかけたけれど、口を開けば涙が出そうで、何も言えなくなる。

剝き出しにされたささいな擦り傷を手のひらで隠しながら、リィトが尻でじりじりあとずさると、腕を離したグリファスが両手を腰に当て、ため息をついた。男はそのまま何か言いかけて口をつぐみ、右手で前髪を梳《す》き上げて首をふった。言うべきか否か迷ったあと、最後に意を決したように唇を開く。

「――…前にも言ったな？　皆がお前を大切に扱おうとしても、それに溺れるなと」

「…うん」

胸に重苦しい痛みが重なって、うまく息ができない。どうしてこんな風になってしまうんだろう。

好意に溺れるな。思い上がるな。

何度も言われるうちに、まるで自分が抱いたグリファスへの想いまで、否定されているような気がしてくる。

――思い上がるな。お前がどれほど皇子を真似てみたところで、所詮は紛い物。俺の心は本物のルスラン様のものだ。

そう言われた気がする。

「叱っているんじゃない。俺はお前が」

あまりにもリィトがしょげてしまったので、あわてたようにグリファスが言い繕う。

「お前を…その、大切に思っている。だから」

――そんなはずはない。

とっさに否定してしまうくらい、今のリィトには余裕がなかった。子どもを慰めるための、その場しのぎの言葉にちがいない。そんな風にしか思えず、せっかくの言葉が今夜は胸に届かない。

嬉しいのに悲しくて、思わず笑いの形に唇が歪む。

「…ありがと」

むりやり笑顔を作って礼を言うと、今度はグリファスが微妙な表情を浮かべた。

「リィト?」

「…ごめんさない。これからは気をつけるから」

これ以上会話を続けるとまた泣いてしまいそうだった。リィトはうつむいて自分の寝台へ戻ると、上掛けをすっぽり被《かぶ》って壁を向く。さすがにもう、グリファスと一緒には寝られないと思った。

「リィト、泣くな」

「泣いてない」

「独りで眠れるのか」

グリファスが心配そうな声で訊ねてくる。『父ちゃん』を失くして以来、リィトが独りでは眠れないことを、リィト自身よりもよく知っているからだ。

「うん」

せっかくの誘いを断ると、上掛け越しにグリファスが枕元をのぞきこむ気配がした。リィトが意地になって寝たふりを続けると、

「――そうか」

やがてため息とともに、どこか疲れを含んだ声と気配が遠ざかる。衣ずれと寝台が軋む音、ごろりと寝返りを打つ音を最後に部屋はしんと静まり返る。

心の臓がきゅっ…と縮み上がり、上掛けからそろりと顔を出してふり返ると、隣の寝台に大きな背中が、リィトを拒むように横たわっていた。

まるで、面倒だった添い寝から解放されて、安堵しているように見えて、余計悲しくなる。

「……ぅ…ぐ」

一緒にほとばしり出た涙と鼻水を、内着の袖で無造作にぬぐってから、ふと、ルスランだったらきれいな刺繍のある絹の手巾《ハンカチ》で、品よくそっと目元を押さえたりするんだろうなと思い、また涙がこぼれた。

せめて自分が、ルスラン皇子くらいきれいで上品でやさしくて、頭がよくて、魅力があったら、こんなにみじめな思いはしなくてすんだだろうか。

そんなことを考え出すと、涙はいつまでたっても止まりそうになかった。

＊

白い靄の向こうにグリファスの背中が見える。

リィトは無邪気に駆け寄ろうとして、その場に転んでしまった。足首に得体の知れないものが巻きついている。包帯？　それとも鎖？

なかなか外れないそれに焦れながら、ふと顔を上げると、白い靄の中に、慣れない馬の世話をしているルスランの姿が浮かび上がった。

金髪に戻ったルスランにグリファスが声をかけ、そのまま近づいて手元を指さす。グリファスが腰の携帯袋を探り何か取り出して見せると、ルスランは何でもないという風に首をふりながら、両手を背中に隠した。その仕草にやさしい笑みを浮かべたグリファスが、さらに何か言い重ねると、観念したのかルスランは両手を男の前へ差し出した。

グリファスはその手をそっとにぎりしめてから、指先に何かを塗りこめた。丹念にやさしく。

目をこらしてよく見るとグリファスが持っていたのは、銀と青石が象嵌された小さな膏薬入れだった。

そしてルスランの指先には、慣れない従者仕事ででできたらしいあかぎれが。

確かに所々血がにじみ出た指先は、元の肌が白くなめらかなだけに痛々しい。

けれどリィトには無駄遣いするなと叱っておきながら、同じ薬をルスランには惜しげもなく使っている、その事実が切ない。…たまらなく切ない。

――おいらは駄目で、ルスラン皇子ならいいんだ。

切なさを言葉にしたとたん、幼児のような剝き出しの嫉妬心に変わってしまう。

向けられる笑顔の回数がちがう。

気遣いの質がちがう。

皇子がしてもらっていることと、同じことを望んでも叶うわけがない。以前は曖昧でよくわからなかった現実も、今はもう充分思い知っている。

それでも――…。

ルスランのようになりたい。

ルスランのように愛されたい。

自分の中にこれほど強い、剝き出しの感情があったことに驚き、そして怖くなる。

当然のことだからとあきらめようとしても、身体中でグリファスの愛情を求めてしまう。憧れの花を求めて、足がかりのない砂の山を登るような焦燥感《しょうそう》に襲われ、足下から自己嫌悪の闇に沈みそうになる。

——助けて……！

いつの間にか白から黒に変化した、濃い靄から逃げ出そうと必死に手足をばたつかせ、指先に当たった堅い何かにしがみつく。

『どうしたリィト。そんなに泣くと瞳が溶けるぞ』

——父ちゃ…！

笑いながら両手を広げ、自分をしっかり抱きしめてくれた大きな存在にすがりついて、心底安堵する。

その腕は強く逞《たくま》しく、胸は広く温かい。そして頭をなでてくれる手のひらはやさしかった。

洗いざらしの布と革に混じるかすかな汗の匂いは、もうすっかり嗅ぎ慣れた黒髪の騎士のものだった。

けれどリィトはそれを父のものだと信じることで、安らかな眠りの中に落ちていった。

＊

翌朝。頰に当たる布の硬い肌触りに違和感を感じて、目を開けた。しばらくぼうっとしてから、泣きすぎて腫れぼったいまぶたを指先で押し上げ、己の状態に気づいて呆然とする。

グリファスの胸に顔を埋めて眠っていたからだ。

昨夜は確かに別々の寝台で寝入ったはずなのに、なぜだろう。いや、それよりも目の前にある、グリファスの寝衣の生地が妙にごわごわしているのは、もしかして自分の涙と鼻水のせいだろうか…。ひと晩中にぎりしめていたのか、所々ものすごいにぎり皺もある。

「——ぁ…ぅ」

眠気が覚めて少しずつ意識がはっきりしてくると、恥ずかしさと情けなさが湧き上がる。リィトはグリファスを起こさないようにそっと身を起こした。

昨夜あれほどはっきり、もう独りで大丈夫だと言い切ったくせに、気がつけばグリファスの懐にもぐりこんでいる。

それだけ強く求めている。

さみしくて、ひと恋しくて…。

枕元に着いた手首に眠る男の吐息が触れた。伝わる体温に胸が痛む。閉じたまぶたに影を落とす黒髪に触れてみたい。

「……っ」

そのとき、自分の中に初めて生まれた衝動に、リィトはひどくうろたえた。

確かに、大きな存在に包まれて眠るひとときは、リィトにとって何物にも代え難い時間だった。

――けれどグリファスはちがう。

『勘違いするな』

以前、グリファスに言われたことを思い出せ。

グリファスはやさしい。けれどそれは自分がルスラン皇子の身代わりを務めているからだ。

――ぼくが一番好きなのはグリファスだけど、彼の一番はぼくじゃない。ぼくじゃない。彼が一番大切にしたいのもぼくじゃない。さみしいけれど、それが現実。

リィトはそろりと身を起こし、静かに自分の寝台へ戻っていった。

小さくしぼんだ薄い背中を、ずっと寝たふりをしていたグリファスが、静かに見つめていたことには気づかないまま。

## ・V・　騎士の夢

長く続く日照りで荒れた土地を進み、砂塵《さじん》が舞う荒野を踏破《とうは》し、岩場の多い山岳地帯を乗り越えて、久しぶりに大きな街に立ち寄ったのは、旅がはじまって十五日が過ぎる頃だった。

日干し煉瓦を重ねて作っただけの防護壁は、いかにも急場しのぎの出来で、その事実がここ数年の急速な荒廃と国内の無法化を物語っていた。

それでも街に入れば多くの人々が行き交い、市場では威勢のいいかけ声や呼びこみ、値切り交渉が盛んに行われていた。風が吹くたび砂埃が舞い上がり、焼き肉の匂いや、焚き火の煙が混じり合う。

グリファスたちの、いかにも訳ありな闇商人といった風体《ふうてい》も、ここではあまり目立たない。他にも胡《う》散《さん》臭い連中が大勢いるからだ。

「お兄さん、何見てるの?」

市場の奥まった場所にある店先で、食糧その他の必需品を買い入れているとき、それは起きた。

スカルドとアズレットが口頭で次々と注文してゆく品を、奉公人が店から運び出し、小間使いがてきぱきと書き留めてゆく。

質の悪そうな茶色い紙葉に、品物の名前と値段を書きこんでいるのは十歳くらいの少年だった。

自分より幼い子どもの行動を、珍しそうに、不思議そうに、じっと見つめていたリィトは、ふいに鋭い口調で訊ねられてたじろいだ。

「あ、その…」

「ぼんやり見ている暇があったらこの注文書を確認してくれる? 値段と数が間違ってないか、合計は合ってるか。まあボクが間違うわけないけどね。確認したら、ここに署名を」

「え、ぼくが?」

「だってあんたがこの隊商で一番えらいんだろ? 一番いい服着てるし、あっちの親爺やそっちの用心棒さんたちも敬語を使ってるしね」

十歳の驚くべき観察眼に、二の句が継げず絶句しているリィトの手に、問答無用で茶色い紙葉が押しこまれた。

「はい、ここに署名！」

渡された書面をじっと見ても、リィトにはまるでちんぷんかんぷんである。文字はおろか、数字さえまともに読めないのだ。

「あの…」

「すまないが、うちの若君の筆跡《て》を、そう簡単に渡すわけにはいかないんだ」

一連の行動をずっと見守っていたグリファスが助け船を出すと、ふり向いたリィトは心底ほっとした表情を浮かべ、恥ずかしそうにそろりと背中に隠れた。

薬を無駄遣いするなと諌《いさ》めた一件以来、添い寝しても微妙に避けられ、それまでのよそよそしさにも拍車《はくしゃ》がかかり、互いにぎくしゃくとした日々が続いていた。

そのせいで何となく物足りなさを感じていたグリファスは、外套にしがみつかれる久しぶりの感触に、思わず笑みを浮かべながら一歩前へと歩み出た。

腰に手を当て、尊大に反り返っていた少年は、黒衣の大男の存在感に、さすがに三歩ほどあとずさる。

「ほら、これでいいか」

グリファスはリィトを背中に庇いながら、書面を確認し、素早く署名を書きつけると少年会計士に返してやった。

「…ありがとう」

店先を離れると、リィトがぽつりとつぶやいた。もう隠れる必要などないのになぜか背後にまわったまま、グリファスの外套を小さくつかんでもじもじしている。

何かを恥ずかしがっているときの仕草だ。

グリファスはちらりと、赤味を帯びた金色のつむじを見下ろしてから空を見つめ、もう一度リィトの顔を見つめた。

「読み書きできないのが、悔しいのか？」

「……！」

リィトは勢いよく顔を上げ、グリファスの外套を強くにぎって引っ張った。瞳が懸命《けんめい》に「そうだ」と訴えている。

「だって、ルスランはできるんだよね？　だったらぼくも覚えないといけないよね？」

必死な様子が何やらいじらしい。

身代わりのためだけなら、別に読み書きは必要ないぞと言いかけて、グリファスは思い直した。

本人が勉強したいと望むなら、止める理由はない。どのみち、皇都に着いてから必要になるだろうし。

「そうか。俺でよければ教えてやるぞ」

断られるかな…と一瞬覚悟しながら提案した瞬間、リィトの面に花が咲いたような笑みが広がる。

久しぶりに見る明るい笑顔だ。

このところ、泣き顔ばかりさせていた自分に嫌気がさしていたグリファスは、その笑顔にほっとして少年の肩を抱き寄せた。

「じゃあ、さっそく簡単なとこから攻めてみるか」

ささやきながら市場を離れ、人通りの少ない小路で立ち止まると、落ちていた小枝の先で、地面にふたつの名前を書き記した。

「これが『リィト』。こっちが『グリファス・フレイス』」

「ぼくの名前とグリファスの名前だ」

「そう。書き順はこうだ」

リィトに小枝を持たせ、その上から自分の手を添えて、もう一度ふたつの名前を地面に書いてゆく。ちらりと横に視線を滑らせると、唇を少し開いたまま、頬を紅潮させているリィトの顔が見えた。

新しいことを覚えるのが嬉しいのだろう。

――可愛いな。

ふいに純粋な愛おしさがこみ上げて笑みが漏れる。

書いては消し、消しては書いてを二、三度くり返しただけで、リィトはふたつの名前を完璧に覚えてしまった。どうやら記憶力は悪くないらしい。

ウルギナの砦から助け出したばかりの頃は、身体と同様、知識面の成育も遅れがちかもしれないと心配していたが、杞憂《きゆう》ですみそうだ。

「グリファス、次は？」

きらめく瞳で見上げてくる少年の顔は、期待で輝いている。

「いや、そろそろ戻らなければいけない」

地面に書いた文字を、完璧に消し去りながら言い聞かせると、リィトの顔にありありと落胆が浮かぶ。

「続きは夜だ」

ルスランよりも少し癖がある代わり、やわらかな擬い物の金髪をくしゃりとなでてやると、しぼんだリィトは再び笑顔を浮かべ、勢いよくうなずいた。

「うん……！」


東に蒼竜大山脈を見ながら進む旅程の、ほぼ半分が過ぎた。季節はそろそろ草《くさ》ノ月《つき》に入る。

イクリール小城の周辺ではまだ晩春だろうが、南に上るに従って、北部育ちのリィトやルスランにとっては初夏と変わらない汗ばむ陽気が続いた。

その日一行はいつもより少し早く、公路を外れた支道のわきで野営の準備に入った。

「リィト。日のあるうちに水浴びをしてしまえ」

天幕張りを手伝っていた少年に声をかけ、野営地に近い川の方を指さす。大きく蛇行した川の彎曲部《わんきょく》が浅瀬になっており、日中の陽射しで温められた水温が、水浴びにはちょうどいい具合になっているはずだ。

今日は朝から陽射しが強く、風もあまり吹かなかったので、汗をたくさんかいたにちがいない。

グリファスの言葉を聞いたとたん、リィトはぴょんと飛び上って走り出した。その後ろからグリファスもついて行く。もちろん護衛のためだ。

ひと目をはばからず服を脱ぎ捨て、水しぶきを上げて浅瀬を走りまわるリィトの姿は、遊びたい盛りの仔犬のようだ。

いっとき、リィトの態度がぎくしゃくしたことがあったが、マハ導師と一緒に文字や、歴史を教えてやっているうちに、また以前のような子どもらしい無邪気さが戻ってきた。

彼自身のためとはいえ、時々厳しいことを言っている自覚はある。そのせいでリィトの笑顔が強張り、泣かせるようなことになると、どうにもやりきれない気持ちになるのだ。

浅瀬にもぐったり足をばたつかせてはしゃいでいる姿を見ると、頬に自然と笑みが浮かぶ。同じ年頃の少年でも、ルスランを見ているときとはまるでちがう感覚だった。

「グリファース！　グリファスも汗を流そうよ！」

一緒に水を浴びようと、腕をふって手招くリィトに苦笑しながら、グリファスは腰を上げた。

もしもルスランに同じように誘われても、護衛中の水浴びなど、絶対に応じたりしなかっただろう。けれどリィトとふたりきりなら構わない。

グリファスは手早く着衣を脱いで下穿き一枚になると、リィトが戯《たわむ》れている浅瀬を大股で横切り、いきなり底が落ちこんでいる深い淵に向かって飛びこんだ。

陽射しに温《あたた》められた浅瀬とちがい、水はかなり冷たい。小さな滝の直下《ました》から少し離れた場所は、表面的には波のない静かな水溜まりに見えるが、底の方では複雑な水流が渦巻いている。

グリファスは危険な場所を巧みに避けながら、痺《しび》れるほど冷たい水中でくるりと向きをかえ、日暮れ間近の空色に染まる水面に向かって、思いきり足を蹴った。

「…リ…ファス！」

勢いよく水上に顔を出したとたん、泣き出す寸前の叫び声が聞こえた。思ったよりも長い間水中にいたらしく、心配したリィトが、自分を追って淵に飛びこもうとしている姿が目に入った。

「！　止めっ」

危険だから止めろと叫ぶ前に、リィトはドボンと水中に沈み、予想外の冷たさに驚いて泳ぎを忘れたのか、両腕をふりまわし、頭の天辺まで沈みかけては顔を出し、また沈みかける。

「ったく…」
二、三度水を切ってそばに近づき、溺れかけた細い身体を抱えて浅瀬に戻る。すっかり冷えてしまった身体を何度もさすって、震えが治まるまで抱きしめてやる。
「ご、ご、ごめん…なさ…」

「泳げもしないのに、足の着かない場所に飛びこむとはな。そういうのを何て言うか知ってるか？　無謀と言うんだ」

「だ、だって」

「まあ、勇気があるとも言うがな」


しょんぼりと肩を落としかけた少年を抱いたまま、水から揚がって身体をぬぐい、服を着る。

手櫛《てぐし》で梳いた髪が乾くまで、ふたりそろって川縁《かわべり》に座り、夕暮れの風に吹かれてみる。

そうしていると、不思議と気持ちが和んだ。

「グリファスって何でもできるんだね。馬にも乗れるし、剣もすごく強い。狩りもうまいし、難しいこともたくさん知ってる。料理もできて、それに泳ぎまで得意なんて、すごいや」

「まあ…、お前さんよりひとまわり多く生きてるからな。いろいろ経験してるのさ。お前だって、あと十三年も生きれば、俺みたいにでかくなって泳ぎもうまくなるさ」

発育不良で歳よりふたつも幼く見えるリィトが、この先十三年経ったからと言って、自分と同じくらい逞しくなるとは到底思えないが。子どもらしい純粋な称賛に苦笑して、グリファスは湿った髪をかき混ぜながら、そんな風にからかってやる。

「グリファスがぼくの歳…、十五歳の頃って、どんな子どもだったの？」

「……」

無邪気な質問だ。深い意味はない。けれど過去を探られるようで、反射的に身構えてしまう。

「どこで育ったの？　お父さんとお母さんはどんなひと？　兄弟はいる？」

それまでの和やかな空気に気がゆるんだのだろう。リィトはここぞとばかりに、これまで聞けなかった疑問をぶつけてくる。他意はないと頭ではわかっても、触れられたくない過去に突然手を突っこまれ、無遠慮にかきまわされるような不快感が走る。

「お前には関係ない」

言ってから、しまったと口を閉じたがもう遅い。

「ご…、ごめん…なさ」

――またやってしまった。

とっさに片手で口元を押さえたものの、リィトはグリファスから視線を外し、うなだれた。生乾きの髪の合間からのぞく項が目に痛い。かすかに震える肩が哀れで可哀想で、後悔がこみ上げる。

「リィト、ちがうんだ」

「ぼく、先に戻るね。うるさくしてごめんなさい」

「待て」と腰を浮かせかけ、腕を伸ばす前に、リィトは素早く立ち上がり天幕の方へ逃げ出した。

追いかければ簡単に捕まる。けれどそれでは意味がない。

捕まえて何と言えばいい。謝ればいいのか？　我ながら冷たい物言いだった、お前は何も悪くないのに…と。

――そう。父のことに触れられたくないと思うのは自分の弱さだ。それを理由にリィトを傷つけてどうする。

グリファスは自嘲のため息をついて立ち上がり、少年の髪の感触が残る手のひらを見つめてから、野営地へ戻った。

食事中も、寝支度の間も、リィトはいつもよりややうつむき加減で言葉も少なかった。明らかに先刻のグリファスの態度に傷ついている。

ようやくふたりきりになれた天幕の中で、グリファスはなんとか謝罪しようと切り出した。

「リィト、あのな」

「グリファス、ぼく、今夜から、今度こそ、本当にひとりで寝るから」

「…ちょっと待て」

「なんだかこの頃暑いし、グリファスも迷惑だったよね。ごめんなさい。それから今までありがとう」

うつむき加減でぼそぼそとそれだけ言い終えると、リィトは寝床に潜りこみ、頭から毛布を被って背中を向けた。

「リィト?」

「お休みなさい」

そうやって全身で拒絶されてしまうと、それ以上何も言えなくなる。自業自得《じごうじとく》とはいえ少々切ない。

……切ない?

たかが子どもひとりの機嫌を損ねたことで、なぜこれほどあと味が悪くなるのか。

「――…」

丸まった小さな背中を見つめ、思わず肩で息をついてから、グリファスも横になり目を瞑った。

これまでずっと、当然のように腕に抱いてきた温もりを、ふいに失くしたせいなのか、胸元や腕がひどくさみしく感じる。肌寒さに、思わず天幕の裾や出入り口を確認してみたが、結局隙間風の原因は見つからなかった。

‡

ジディーグ州はシャルハンにある十七州のうち、反偽王派の領主が治める数少ない領地である。自治力が強いため、偽王が放つ探索兵もあまり大きな顔で公路や州内をうろつくことができない。

領主と面識のあるグリファスは、州内に入る前に遣い鳥を飛ばして州内通行の安全を取りつけてある。さらに数日前、州都に宿泊した折りには、秘密裏にルスランと領主を引き合わせもした。そのためジディーグ州内を通過する間は、他のどこよりも安全だと思っていたのだ。

その油断が隙になった。

襲撃は、多くの場合がそうであるように不意討ちだった。第一波は矢。第二波は賊たちの雄叫《おたけ》び、そして第三波は賊自身が雪崩《なだれ》を打って、襲いかかってきた。

山側から飛んできた第一波を、グリファスは光の速さで抜き構えた剣でほとんど打ち落としてみせた。

ただし右にルスラン、左にリィトがいた。左右平等にとはやはりいかず、無意識にルスランを庇う気持ちが強く働いたのだろう、手薄になった剣先をかいくぐった矢の一本が、リィトの左ふくらはぎを刺し貫いた。

乱戦の最中だ。リィトはグリファスの注意を逸らさないよう痛みに耐え、うめき声ひとつ上げなかった。長革靴《ちょうか》を貫通して刺さった矢を、深く考えず反射的に引き抜いた直後、逆向きになった鏃《やじり》が肉を抉る衝撃に息を止め、足を抱えて身をかがめた。

「……——ッ」

飛び出しかけた悲鳴を懸命にこらえていると、踵から靴底にじわりと濡れた感触が伝い落ちる。

抜き取って見た鏃は小振りで、出血も、痛みのわりに外へ染み出すほどではないようだ。外から見る限り、革靴に小さな裂《さ》き傷ができただけで、怪我をしているとはわからない。濡れた感じはするものの、きっと大したことはないだろう。

弓箭《きゅうせん》による攻撃が止むか止まぬかのうちに、リィトとルスランのまわりには、商人と用心棒の仮面を脱ぎ捨てた騎士たちがずらりと取り囲み、鉄壁《てっぺき》の盾となって剣を構えている。

「金髪だ！　金髪の餓鬼《がき》を狙え！」

「馬鹿野郎ッ！　殺すな、生け捕りにしろ!!」

賊たちが発する不穏な叫び声を聞いたとたん、スカルドがグリファスに目配せした。

「奴ら、ただの山賊じゃあないぞ」

「だが正規軍の変装でもなさそうだ。傭兵《ようへい》崩れといったところだな。問題は誰に雇《やと》われたか、だが」

味方は戦力外のルスラン、リィト、ハーズ、料理人のメリル、そしてマハ導師を除いた九名。対する賊は約三倍。

山賊に扮した正体不明の傭兵たちは、一級の戦闘集団と化したグリファスたちの殺気の強さに一瞬怯《ひる》みつつ、数を恃《たの》みに襲いかかってきた。

「アズレット、マレイグ、アクスは盾になれ！　スカルドは左を、イールは後方、クライスたちは右」

敵味方の動きを見極めながら素早く指示を出したグリファスは、雄叫びを上げて正面から襲いかかってきた大男に向かって、剣を一閃《いっせん》させた。

「…ッ…ぐふ」

大男はふり上げた巨大な段平《だんびら》ごと、両手を斬り落とされて仰け反る。刹那《せつな》の差で噴き出した血しぶきを、グリファスは一滴も浴びることなく身をかわし、斜め右から斬りかかってきた覆面《ふくめん》男のひざを叩き割った。覆面男が地に崩れ落ちた瞬間、手にした得物を蹴り上げ、一緒に指の二、三本も折ってしまう。

三人目の、無毛頭の賊と対峙《たいじ》したグリファスの背後、十歩ほど離れた場所の茂みが不自然に揺れて、何かがぎらりと光った。鏃だ。弓遣いが残っていたらしい。

「グリファス…！　危なッ――」

リィトが叫んで危険を報せた瞬間、矢が放たれる。

黒髪の騎士は、無毛頭の両目を横一文字《いちもんじ》に斬り裂いた。その剣で、ふり向きざま飛来した矢を音もなく斬り捨てる。右側で応戦していたクライスが、茂みの弓遣いに向かって短剣を投げると、一瞬遅れて無様な悲鳴が響く。そのときすでにグリファスは、四人目の片腕を斬り落とし、五人目の太腿に深手を負わせたところだった。それだけ動いて息が乱れていない。対する賊たちは、明らかに動揺している。

「すご……い」

盾役の騎士たちの背中の隙間から、戦いの様子を見ていたリィトは思わずつぶやいた。

グリファスが剣の達人だとは聞いていた。けれどこれほどとは思わなかった。あんなに強い騎士が、『命をかけて守る』と誓ってくれたのだ。その言葉の重みがリィトの胸にずしりと響いた。

賊たちはあっという間に、ほぼ壊滅《かいめつ》状態に陥った。唯一五体満足で応戦していた賊のひとりが、窮地を悟って身をひるがえす。

「クライスッ、追え！　逃がすな！」

スカルドの鋭い命令にうなずいて、クライスと彼の従者が逃亡者を追って山間の茂みに飛びこんだ。

残りの騎士たちは油断なく剣を構えたまま、リィトたちの元へ戻ってくる。

「リィト様！　ご無事ですかッ!?」

口々に叫んで駆け寄るアズレットやイールたちの肩越しに、ルスランの無事を確かめているグリファスの背中が見えた。

「マハ導師、息のある者たちの記憶を消せますか」

「んむ」

グリファスの問いに、導師は難しい素状でうなずいた。

「強い神力《しんりき》を使うと、偽王派が嗅ぎつける怖れがある。結界を張ってからの方がよいかもしれぬ。方々《ほうぼう》に転がってる痴《し》れ者たちを一カ所に集めなさい」

突然襲いかかってきた正体不明の賊たちは、明らかにリィト——たぶん真の嗣子と思った上で——の捕縛《ほばく》が目的だった。そうである以上、生き残りをそのまま放置するわけにはいかない。

「大丈夫。それよりみんなに怪我は？　ルスランやハーズやメリルは？　馬たちは平気？」

リィトは自分以外に注意を向け、その隙に左足をうまく外套で隠しながら立ち上がる。

イールが引いてきてくれた馬の手綱を受け取った

ところで、ようやくルスランの無事を確かめ終わったグリファスがやってきた。

時間にすればわずか。

けれどそこには、越えがたい愛情の差がある。

「リィト、大丈夫か？」

「…うん」

以前、擦り傷に貴重な薬を使ったことを叱られたことがよみがえり、反射的に怪我はないと答えていた。怪我したことを怒られることはないだろう。けれど治療のためにまた薬を使うことになれば、グリファスはきっと内心苦々しく思うかもしれない。

肩に手を置かれ、視線で怪我の有無を確認されながら、リィトは平気なふりをした。足の傷はそれほど痛まない。それを大げさに言い立てて、また呆れられることとの方が怖い。

「そうか。すぐにここを離れてアルシュに向かう。しばらく馬を走らせることになるが、平気か？」

「…うん」

「どうした？　少し顔色が悪いな」

「え、そうかな？　びっくりしたから…、ほら手がちょっと震えてるけど平気だよ。ぼくのことより、ルスラン様に怪我はなかった？」

「ああ。大丈夫だ。だが…」

本物の皇子の名を出すと、グリファスはあっさりリィトから意識を離し再びルスランへと視線を向けた。その向こうから賊の生き残りを捕まえに行ったはずのクライスが、手ぶらで帰ってきた。

「殺《や》ったのか？」

素早くリィトのそばから離れたグリファスは、どうやら不首尾に終わったらしいクライスの報告を聞いて、苦い顔つきになった。

リィトを本物の皇子だと思いこみ、捕獲を狙った賊の生き残りが逃げおおせた。その意味と危険性の高さはおぼろげながら理解できる。けれど今は、襲撃の恐怖とは別の意味で指先が震えた。

そして唐突に思い出す。以前グリファスに『ルスラン様にはあまり近づくな』と言われたことを。

あれは、敵の標的となる自分がそばにいて、万が一にもルスランを巻きこむような事態になっては本末転倒だから。

たぶんそういう意味だったのだろう。

震えていると言ったのを気にしてくれたのか、戻ってきたグリファスはリィトが馬に乗るのを手伝うと、自分も鞍にまたがり、出発の号令をかけた。

速歩《そくほ》で三刻《とき》ほど走り続け、伏兵《ふくへい》が出没《しゅつぼつ》しやすい山岳地帯を抜けると、荒涼とした風景から一転して、緑の平原が広がった。ゆるやかな起伏の所々に、丈の低い茂みがある。追っ手のないことを確認して、一行は馬を休ませるために足を止めた。

リィトのふくらはぎから伝い落ちた血は、靴の中で水音を立てるほど溜まったあと、足裏をぬるつかせる澱みとなっていた。

馬から降りて、さりげなく川下に向かう。グリファスの代わりに護衛としてついてくれたイールに、小用だからと手をふって距離を取り、茂みの陰に隠れると、傷口を確認するために素早く靴を脱いでみる。

紐をゆるめたとたん、血の匂いがむっと鼻を突く。素足の裏と指の間には、糊《のり》のようになった赤黒い血がべっとりこびりついていた。

リィトは急いでそれを洗い流し、靴も濯《ゆす》いだ。

血で張りついていた脚衣を、そろりとたくし上げて傷口を見ると、周辺は少し腫れているものの、傷自体はそれほど大きくない。ただ、赤黒く固まった血糊の中心から、未だにぬらぬらと真新しい体液が流れ出ている。

腰に結《ゆ》わえた携帯袋の中から布を取り出し、適当に傷を押さえて巻きつける。それから脚衣を下ろし靴を履くと、腹具合が悪そうな顔で茂みの陰を出た。

「お待たせ、イール。みんなの所に戻ろうか」

「——リィト様、もしかして、さっきの襲撃で怪我をしたんじゃありませんか？」

「…え、どうして？」

「左足が濡れてます。その染みは血ではないんですか？」

「これはさっき滑って川に突っこんだだけ。やだな、イールってば心配性。こんなに染みになるほどの怪我をしてたら、ちゃんと言うに決まってるよ」

カラリと笑ってみせると、確かにリィトが怪我を隠す理由など思いつかないイールは、ほっと肩の力を抜いた。

「何かあったらすぐ言ってくださいね。もしもグリファスさんに言いにくいことだったら、私でも他の誰にでも、遠慮なく仰ってください」

柔和な笑顔とやさしい声を持つ青年騎士の、真摯な言葉に、リィトは泣きたい気持ちでうなずいた。

独りで眠ると夢を見る。

炎の中に父が倒れている。

うつ伏せで、背中は炎を映して紅く染まっていた。


……いやちがう、あれは血だ。幼い息子を庇って夜《や》盗《とう》に斬られた致命傷《ちめいしょう》。取りすがって泣いている子どもに、血塗《ちまみ》れた刃を持った悪鬼のような影が近づく。

目の前に手が伸びて…——捕まる！

——助けて…ッ
…ィト！

——誰か、父ちゃんを助けて…ッ！

「リィト」

「あ…」

「大丈夫か」

「……グリ…ファス？」

「怖い夢を見たのか。ひどくうなされてたぞ」

「…うん」

冷たい汗で額に張りついた前髪を、やさしくかき分けてもらう。そのまま、すぐそばにある温もりにすがりつきたい衝動を、リィトはぐっとこらえた。

——落ち着いて深呼吸をして。ルスランのように余裕のある、上品な仕草を心がけなければ。

悪夢を見たのは、添い寝をしてもらえなかったせいではなく、足に負った傷のせいかもしれない。

熱を伴った痛みが、ズキズキと小さな心臓のように疼いている。けれどグリファスに、それが痛いと訴えることも、彼に隠れてこっそり誰かに手当てをしてもらうこともできなかった。

知られたら、また叱られる。

貴重な薬はお前のためにあるんじゃない。ルスラン皇子のために、取って置かなければならないんだとたしなめられる。

あんな思いはもう嫌だ。

自分がグリファスにとって、それほど重要でも大切でもない存在だと思い知らされるのは、もう嫌だ。

「やはり、まだ一緒に眠った方がいいんじゃないか」

気遣わしげに顔をのぞきこむ男に首を横にふり、リィトは小さく微笑み返した。

「ううん、平気。たまに怖い夢を見ちゃうんだけど、もう平気だから…。ごめんねグリファス。せっかく眠っていたのに起こしちゃって」

再び悪夢を見ることより、添い寝をしてもらって、足の怪我に気づかれる方が怖い。たぶんそんな心配はいらないとは思うけど、油断は禁物。

「明日も早いんだし、ぼくもう寝るね。おやすみ」

まだ何か言いたそうなグリファスに背を向けて、毛布を頭から被り目を瞑る。少しの間をおいて、布越しに頭を撫でてゆく大きな手の温もりと、「おやすみ」という低いささやきが残された。

グリファスはやさしい。充分やさしい。これ以上を望むのは、きっと彼が言う『増長《ぞうちょう》』というものにちがいない。

苦しいのは、ぼくが欲張りだから。

与えられるやさしさだけでは満足できなくて、もっともっとと欲しがるから。自分だけを見て欲しい、一番大切にして欲しいなんて、分不相応なことを望むから。こんなに欲張りで醜い独占欲を抱えていたら、到底ルスラン皇子のようにはなれない。

がんばらなきゃ、ルスラン皇子のように『気高く』なって、少しでもグリファスに気に入ってもらえるように…。

堅い決意とともに毛布の下でにぎりしめた拳の、指と指の間に、涙がじわりと染みこんだ。

夕方の風に吹かれて、グリファスの癖のない黒髪が揺れている。地面から突き出た岩に腰かけ、腕を組んで軽く瞑目している横顔に、幾筋かの前髪がかかり、男らしい表情に憂《うれ》いを落とす。

正体不明な賊の襲撃を受けたあと、大事を取って公路に戻り、ジディーグ州南端の街ガルパで食糧、備品、情報を仕入れて一泊した一行は、再び公路を逸れて支道を進んでいた。

グリファスの顔に憂いの色が濃いのはガルパの街で、真の嗣子の存在を嗅ぎつけた偽王が、すべての州の領主に一行の捕縛命令を出したという情報を得たからだ。

幸《さいわ》いジディーグの領主は、昔から反偽王派を貫いている高潔《こうけつ》な人物だったから、匿《かくま》われることはあっても州兵に追われるようなことはない。ただし、このあと通過するイリリア州の領主は、偽王に与《くみ》することで領地と地位を得た奸物《かんぶつ》だ。当然、公路以外にも州兵が目を光らせているだろう。イリリア州を迂回しようにも、隣州アルクマールも偽王派の領主なので、状況は変わらない。

明後日にはジディーグを出てイリリアに入る。皇都パルティアまでは八日の距離だ。ただし、食糧などを求めて街に立ち寄ることはほぼ不可能になるため、これまでで一番きつい道行きになるだろう。

「グリファス、ちょっといいか」

スカルドに呼ばれた男は顔を上げ、返事をしながら立ち上がり、誰かを捜すように周囲をぐるりと見渡した。けれど目的の人物は見つからなかったらしい。そばにいたイールに何かささやくと、グリファスはそのままあっさり呼ばれた天幕へと去って行った。

天幕が張られた場所から少し離れた、茂みの隙間からそれを見ていたリィトは、ため息をついてそこを離れた。

「痛…」

昨日の矢傷がずきりと疼いて、思わずしゃがみこみ、左足に穿たれた傷の上をそっと手のひらで押さえながら、目を閉じて痛みをやり過ごす。

グリファスが呼ばれたのは、たぶんルスラン皇子に関わることだ。立ち去る前に一応リィトを捜す素振りは見せたものの、本気で見つけようとは思っておらず上の空だったことくらい、すぐにわかった。

好きな相手に、自分が想うほど必要とされていないことを思い知るのは切ない。

グリファスから向けられる笑顔や気遣いは、自分だけのものではなく、他のみんなに向けられるものと同じに過ぎない。

それでも充分嬉しかったし、幸せだった。

それなのに気がつけば、『もっと、もっと』と望んでしまう貪欲な自分がいる。

ぼくを見て。少しでいいからぼくを見て。

ぼくだけを見て。

そう叫ぼうとしたことが何度もあった。でも…。

「痛い…」

もう一度鋭く疼いたのは、足の傷か胸の奥か。

痛みはリィトを現実に連れ戻す。グリファスの『特別』になりたいという自分の願いは分不相応なもので、叶う確率などかけらもないと。

わかっていても願わずにいられない。ほんの少しでいいから、ふり向いて欲しい…と。そのために自分にできることは——。

「こんな所で何をしてるんです。イールさんがあちで捜して…、探し物ですか?」

背後から声をかけられて、リィトはあわててふり向いた。相手がハーズであることを確認するとほっと息を吐き、表情と態度を取り繕う。

「あ、うん。マハ導師に教えてもらった薬草を見つけようと思って」

「何て名前のですか？」

「えーと青椒葉《あおしょうよう》」

とっさに口にしたのは、昼間さりげなくマハ導師に聞いておいた血止めと殺菌作用のある薬草の名だ。

「ああ、それならそんな地面じゃなく、こういう太い木の根本を探さないとだめですよ」

ハーズは慣れた様子で木立に分け入ってから、ふと立ち止まり、

「どこか怪我をしたんですか？」

「ううん。いざというときのために覚えておこうと思ったんだ。イリリア州に入ったら、街で補給するのが難しくなるってグリファスが言ってたから」

「ああ、それでみんな難しい顔をしてたんですね」

ハーズはあっさりと納得し、青椒葉の他に、痛み止めになる樺《かば》の皮や腹痛に効く銀梅花《ぎんばいか》などを一緒に探してくれた。

天幕に戻る前、リィトは昨日と同じく小用だと理由をつけて、茂みの陰でひとりになった。

左の脚衣をめくりあげ、巻いておいた布を外すと、じくじくした痛みを訴えている矢傷が現れる。急いで摘んだばかりの青椒葉の葉を引きちぎり、両手のひらで素早く揉《も》んで葉汁を出してから、薄く広げて傷に貼りつけた。その瞬間、

「…ッ」

予想以上の痛みに奥歯を嚙みしめ、傷口の周辺を十本の指で強く押さえる。痛み止めだと教わった樺の皮を口に放りこみ、生のまま咀嚼《そしゃく》すると、今度は足の痛みに負けないほどの苦味に襲われる。

痛みも苦味も治まるまで待つ時間はない。リィトは肩で息をしながら、手早く血で汚れたままの布を巻きつけた。ひとりきりになれる時間がほとんどないため、手当てがずさんになるのは仕方ない。

傷の大きさ自体は昨日からあまり変わっていない

ものの、周囲が腫れて変色しているのが気にかかる。

――大丈夫、青椒葉がきっと効く。

リィトは祈るような気持ちで脚衣の裾を下ろし、立ち上がった。ゆっくり足を踏み出すと、さっきよりも痛みが引いた気がする。ほっとしながら、それでも慎重に下生えをかき分けて進む。

山賊に襲われて怪我をするという昨日の出来事があって、リィトは初めて『身代わり』という役割の本当の意味を知った。

イクリール小城で、グリファスに頼まれた時点では、まだ事の重大さを充分に理解していなかった。

グリファスが困っている。自分が頼みを聞いたら、喜んでくれた。感謝された。それだけでとても幸せな気分になれた。

『危険だ』と言われたことの意味も知らずに。

けれど今ならわかる。

奴隷として暮らしていたときも、ときどきひどい癇癪《かんしゃく》を起こす監督官相手に、リィトたちは暗黙《あんもく》の了《りょう》解《かい》として、その時点で一番弱っている、回復の見込みのない者を人身御供《ひとみごくう》として差し出していた。そうすることで他の多くの仲間が無意味に傷を負うことを避けられ、体力を保つことが可能になる。

グリファスの頼みはその行為に似ている。

そう思い至った瞬間、リィトは無意識ににぎりしめた拳で胸元を押さえた。

「…それでもいい。だって」

命をかけて守ると誓ってもらった。

たとえ、現実には果たすことが難しいとしても。

にぎられた手、見上げてきた黒い瞳。真剣な表情、真摯な誓いの言葉。

あの瞬間の約束だけが強く胸に刻みこまれている。

死んでしまった両親以外に、自分をあんな風に大切に扱ってくれた人は、今までいなかった。

だから…。

グリファスがこの世の誰よりも大切にしている皇子を守る。自分に与えられたその役目を全《まっと》うすれば、きっと喜んでもらえる。『よくがんばったな』と褒めてもらい、大きな手のひらで頭をなで、肩を抱いてもらえたら。そしてずっとそばにいられるなら。

――グリファス。ぼくはあなたのためなら何でもする。だから安心して。あなたは気にせずルスラン皇子を見つめていればいい。

好きなひとのために受けた傷だと思えば、足の痛みすら、どこか甘く感じてしまうリィトだった。

野営中の食事は、雨の日以外は基本的に外で摂る。その日、夕食を終えて立ち上がりかけた瞬間、後頭部でひとつにまとめていたグリファスの髪が解けて、ぱさりと頬にかかった。昼間はもちろん、眠るときもたいてい結わえたままなので、総髪状態はめずらしい。

いつもはあらわな頬や目元、あごのあたりまでが艶のある黒髪に覆われる。それを、長い指で無造作にかき上げる仕草にどきりとする。

リィトがぼうっと見とれている前で、グリファスは切れてしまった髪紐を取り外し、しばらく眺めてから、もう使い物にならないと判断したのか、消えかけた焚き火の中に投げ入れた。

「あ…っ」

「どうした？」

「ううん。何でもない」

馬の様子を見るため、グリファスがそばを離れた隙に、リィトは急いで焚き火の中から捨てられた髪紐を拾い上げた。

半分は燃えてしまったけれど、半分は無事。細い色糸を縒《よ》り合わせて作ったらしい紐には、何度も切れて修理した跡があった。手になじむやわらかさから、そうとう使いこまれたものだとわかる。

そういえば、グリファスが身に着けているものは胴帯《ベルト》はもちろん、外套や靴、手袋に至るまで、どれも長い間大切に扱われていることが、ひと目でわかるものばかりだ。

手の中で役目を終えて横たわる髪紐に、リィトはそっと唇接けてから、布で包んで携帯袋にしまった。

次の日リィトはメリルに頼んで小さな袋を作ってもらい、革紐を通して首から下げた。中にはもちろん、昨夜手に入れたグリファスの髪紐を入れて。

翌日になってもふくらはぎの傷は治る気配がなく、むしろ悪化しているようだった。

得体の知れない色合いの染みがついた布を慎重に外すと、昨日は赤黒かった傷口が、今日は奇妙な黄色と緑、そして白い粘液に覆われている。さらに傷のまわりが腫れ上がり、紫と緑と青のまだら模様に変色している。

これまでの経験から、傷に黴菌が入って膿《う》みはじめたのは明らかだった。小さな傷なら、水で洗って乾かせば何とかなるかもしれない。けれどリィトの足の傷は大人の親指ほどもあり、さらに隠さなければいけないので厄介《やっかい》だ。

「……」

不安になって助けを求めかけたリィトの瞳に、グリファスの広い背中が映る。

あの背中にすがりついて、『足が痛い』とひと言言えたら、どんなに楽になるだろう。

「――だめだ」

弱音を吐きかけた自分に言い聞かせるよう、リィトはきっぱり頭をふった。

――傷の中には、治る前に一旦《いったん》悪化したように見えるものもあるって、確か前にマハ導師が教えてくれた。これもたぶんそれだ。明日か明後日《あさって》になれば、ずっと楽になる。大丈夫。ぼくは身体だけは丈夫だもの。鞭打ち十五回にだって耐えられた。……あのときはグリファスが薬を塗ってくれたんだけど。

「…大丈夫!」

とりあえず傷に新しい薬草を貼り、布で縛って脚衣を下ろす。それからうつむきかけた顔を上げて、リィトはしっかり立ち上がった。

三日も経つと、リィトの足の矢傷はどうしようもない痛みを訴えるようになり、グリファスの目を誤魔化すのも限界になってきた。

どんなに平気なふりをしても、無意識に怪我を庇うせいで歩き方が変になる。傷のまわりだけでなく身体全体が奇妙に熱っぽく、食欲もなくなった。

その日の夕食をほとんど残してしまうと、さすがにグリファスの視線が鋭くなった。逆に、そこまでひどくならなければ、気づかなかったとも言える。それだけリィトがうまく隠していたということであり、グリファスの意識がルスランに注がれていた、ということでもある。

夕食のあと、どうしようもない痛みに襲われたリィトは、さりげなさを装って天幕から出ようとした。

「どこへ行くんだ？」

少しだけ不機嫌そうなグリファスの声に、ぎくりと身を固めてふり向いた。

「あ…、ちょっとそこ。すぐ戻るから」

作り笑いを浮かべ、小用だからと身振りで説明しながら、そそくさと垂れ幕をめくり、外を指さす。早くどこかで傷の手当てをしたい。ふくらはぎで主張を続ける痛みは、耐え難いほどひどくなっている。

「ちょっと待て」

天幕の外に半身が出るより早く、素早く追ってきたグリファスにあっさり捕まり引き戻される。

「嫌《や》…」

「やじゃない。何をこそこそしてるんだ」

「こそこそなんてしてな…っ」

「じゃあ、どうして足を庇う！　どこか怪我してるんだろう？　脚衣《ズボン》を脱いで見せてみろ」

「やだ！」

抵抗も虚しく、簡単に寝床まで連れ戻されたリィトは、意地でも脱ぐものかと腰のあたりをしっかり押さえてうつ伏せになった。けれど、鼻で笑う気配と同時に、背後から胴帯をひょいとつかみ上げられ、軽々と裏返されて抵抗する間もなく帯を外される。

「グリファス、止めて！」

とっさに怪我をしてない方の足を蹴り上げると、そのふくらはぎをしっかり捕らえられ、ゆるんだ胴帯もろとも一気に脚衣を剝ぎ取られてしまった。

「い痛《ッ》……――」

布でこすれた矢傷が焼けるように痛む。リィトは思わずうめき声をあげながら、身体の下でぐしゃぐしゃになった上掛けに顔を埋めて痛みに耐える。

その隙にグリファスは、リィトの左ふくらはぎに巻かれた汚い布切れを取り外し、無造作に貼りつけられた青椒葉の手揉みかすを慎重に剝ぎ取った。

「――…い…ッ」

痛いのは膿んだ傷なのか、強く捕まれた足首か、それとも胸なのか。身体中で疼く苦しさに飛び出しそうになった悲鳴を、リィトは必死にこらえた。

「どうしたんだこの傷は。いったいどこで…」

布の下から現れた傷のひどさに驚いたのか、グリファスの声がわずかに震える。

「この間の山賊たちの襲撃か？」

幾分強い調子で問いつめられて、却ってリィトは何も言えなくなった。グリファスから顔を背けて、唇を真一文字に食いしばる。

「……」

ここまできて弱音は吐きたくない。せっかく今日まで痛みを我慢して隠してきたのだから。なのに、

「どうしてずっと黙っていたんだッ!!」

これまで一度も聞いたことのない大声で、頭ごなしに怒鳴られて、リィトの意地はぽきりと折れた。

「だって…」

「だってじゃない。こんなにひどくなるまで、どうして放っておいたんだ」

「放っておいたわけじゃない。ちゃんと…」

手当てはした。自分なりにできる範囲で。

「手当てなんかしてないだろう。傷口が化膿して、こんなに…！」

苛々とした口調で責められれば責められるほど、

どうしてこれほど怒られなければいけないのか、理解できなくなる。自分は何も悪いことはしてないはずだ。足が痛くても自分が我慢すればいいだけで、誰にも迷惑はかけていない。

「…だって」

言いたいことが山ほどあるのに、喉に何か大きな固まりができてうまくしゃべれない。じくじくと膿んだ傷口より、胸の方がずっと痛かった。

「いいからそこに座れ、治療するから。…まったく、放っておいて足を失うことになったらどうするつもりだ」

皺を寄せた眉間を指先で押さえながら、大きなため息をついたグリファスに、椅子代わりの毛布の山を指さされ、あまりの居たたまれなさに、リィトは天幕を転げ出た。

「リィト！」

名を呼ぶ声をふりきって、篝火《かがりび》のわきに立っていたスカルドとルスランの間を走り抜ける。


――走るというより、ほとんど片足で飛び跳ねているようなものだったけれど。驚いたふたりの視線も問いかけも、悲鳴を上げる左足の痛みも無視して、闇雲に夜の木立へ駆けこみ、いくらも行かないうちに無視しきれない痛みに全身を貫かれて、とうとう湿った地面に倒れ伏す。

「ばかっ！　どうして逃げたりするんだ⁉」

草の根と砂利混じりの土に突っこんだ顔を、自力で上げるよりも早く、すぐ後ろから追いかけてきた力強い両腕に、かるがると抱え起こされる。

腹部を支えたまま身体ごと持ち上げられ、爪先が地面から離れる。あがく気力も失くしたリィトは、四肢を投げ出したまま両の拳をにぎりしめ、胸の支えを吐き出した。

「――薬を無駄使いするなって言われたから、言う通りにした！　誰にも迷惑かけてない…ッ！」

我慢に我慢を重ねてきた、理不尽な叱責《しっせき》への悲しみが、涙と一緒にほとばしる。

「それなのに、どうして怒鳴られなきゃいけないいんだッ」

「リィト…」

「グリファスはいつもそうだ。ぼくのことなんか本当はどうでもいいくせに…！」

言い募るうちに声がかすれて悲鳴になった。

「リィ…」

言われたことがよほど意外だったのか、それとも呆れてしまったのか、グリファスの腕の力がわずかにゆるむ。その隙を逃さず、リィトは可能な限り身をよじって縛《いまし》めを逃れようとしたが果たせず、地面に崩れ落ちかけたところを、改めてグリファスに抱きとめられた。

「グ…リファスなんて…き、き…らいだ！」

正面から抱きしめられて、久しぶりの胸の温かさが辛くて悔しくて、リィトはふたつの拳を思いきり叩きつけた。何度も、何度も。

けれど抱きしめる腕の力は少しも弱まらず、逆にどんどん強くなってゆく。後ろにまわった手にやさしく背中をなでられ、項から後頭部を支えられると、まるで恋人同士の抱擁のようで、余計腹が立った。

「いっつも、訳のわかんないことで怒ってばかりで、ぼくだって一生懸命やってるのに！」

生まれて初めて弾けた癇癪玉は、自分でもどうにも制御できなくて、リィトはそのまま泣き続け、なじり続ける。

「め…わくかけないようにいろいろ考え、か、考え…て、か…ぇ…っぐ、えぅ…っう…――」

けれどそれ以上は止めどもなく流れる涙で、鼻と喉がつまって言葉にならなかった。

‡

泣きすぎて熱を帯びた細い身体を抱き上げて、グリファスは自分たちの天幕に戻った。

心配して顔を出したスカルドやルスランを遠ざけ

てふたりきりになると、畳んだ毛布の上にリィトを座らせ、その前に跪いて傷の手当てをはじめた。

「――その…怒鳴ってすまなかった」

何よりもまずそのことを詫びる。怪我に気づかなかった迂闊《うかつ》な自分への憤りを、少年にぶつけてしまったことを。

『訳のわかんないことで怒ってばかりで』

そうなじられても仕方ない。心配と驚きで動揺したからとはいえ、怪我をしたリィトが怒鳴られる理由など、ひとつもないのだから。

「本当に、悪かった」

改めて謝りながら顔を上げると、リィトは泣き腫らして真っ赤になった瞳をまだ潤ませながら、まぶたを伏せ、鼻をグスンとすすり上げた。

唇が少し尖っているのは、まだ何か言い足りなくて拗ねているのか。

最近は、落ち着いた立ち居ふるまいを身につけて、すっかり大人びたと思っていたが、それが身代わりを務めるための、必死に取り繕ってきた仮面だとしたら、可哀想なことをしたと思う。

「すまなかった。守ると約束したのに破ってしまったこと。それから怪我に気づかなかったことも」

「別に…、もういい」

鼻声でぼそりと言い捨てられても、はいそうですかと引き下がるわけにはいかない。

「リィト…」

悪かったと、もう一度詫びながら、草の葉がついたままの頭に手を伸ばす。染薬で色を変えた擬い物の金髪に触れる寸前、リィトは身をよじり横を向いた。身動いだ拍子に、再びこみ上げた涙がぽろりとこぼれ落ちる。こらえようとして強くまぶたを閉じると、よけいぽろぽろとあふれて止まらないらしい。

リィトは右の拳でぬぐい、足りなくて左の拳を濡らし、両手をびしょびしょにしながら、それでも嗚咽を噛み殺している。

その姿がいじらしい。そして涙を見るのが辛い。

これ以上泣かせたくないと心底思う。

これまで意識したことのなかった種類の愛おしさを感じて、グリファスは、弱々しい抵抗を続ける痩せた身体を抱き寄せた。

「もう泣くな。そんなに泣くと目が溶けるぞ」

子どもをあやす常套句《じょうとうく》を言い聞かせたとたん、リィトは腕の中でいやいやをするように身をよじった。

グリファスはやさしく強く抱きしめて、ささやき続ける。

「許してくれ…頼むから」

返事はない。

当然か…と自嘲に揺れかけた背中に、そのときようやく細い両手がおずおずと伸ばされた。十本の指がそのまますがりつき、きゅ…と小さく服をつかむ。

「――…」

小さな、寄る辺のない命が、自分の腕の中で震えている。

そう感じた刹那、この少年に必要とされていることが言葉で言われるよりも強く、くっきりと伝わってきた。

――この子を守ってやれるのは俺だけだ。

いや…ちがう。

正確には、リィトを守るのは自分の義務であり、権利だ。この権利は他の誰かに譲ることはできないし、譲りたくもない。

――お前を守りたい。

何かの交換条件ではなく。

罪悪感からではなく、義務感でもなく。

身の内の深い場所から湧き上がる、リィトへの愛しさと保護欲と独占欲を自覚して、そんな自分に少しだけ戦《おのの》く。

草と土と涙の匂いに混じった、少年特有の、どこか甘い香りに酔いながら、グリファスは遠い過去へ置き去りにしてきた、懐かしい感情のうねりが胸の中に瑞々しくよみがえるのを感じていた。

翌朝。

久しぶりにリィトを抱いて眠り、グリファスは不思議な充足感に満たされて目覚めた。

暁の淡い光の中、腕の中で寝息を立てている。半開きの唇や、涙のあとが残る頰。つるりとした鼻先にかかるほのかな赤味を帯びた金色の髪。指先でかきまわしてみると、根本はここひと月で伸びた分だけ元の髪色が出ている。

皇都まではあと一旬（十日）足らずだが、念のため、もう一度染めておいた方がいいかもしれない。

そう考えた次の瞬間には、リィトは嫌がるだろうかと心配になる。健気《けなげ》に身代わりを務めているが、昨日の涙が示すように、胸にはこの子なりの、こらえた想いがあるのだろう。

指先で探り当てたつむじをなでながら、早く元の色に戻してやりたいと思う。グリファスは初めて、ルスランを玉座に就けるという目的以外で、皇都に早くたどり着きたいと願った。

夕陽に染まった麦穂のような赤毛と、そばかすが散った顔で笑うリィトが見たい。

「う…ん」

リィトは無意識に髪をなでまわしていた指先から逃れるように身をすくめ、グリファスの胸に顔を押しつけてから、パチリとまぶたを開けた。

「おはよう。傷の具合はどうだ？」

「あ、う…おは、よ…──きず、傷…？」

寝惚《ねぼ》け眼《まなこ》でむくりと起き上がり、しばらく呂律《ろれつ》のまわらない舌でもぞもぞとつぶやいてから、リィトはゆっくり背筋を伸ばし、妙にしゃきりとした表情と口調で、

「もう…何ともない」

一発で嘘だとわかる台詞《せりふ》を口にしながらグリファスの視線を避けて、するりと寝床から抜け出す。

無造作に立ち上がりかけたとたん、よろめいた身体を支えてやると、一瞬、痛みをこらえるように顔をしかめた。

「足が痛むのか？」

リィトはうつむいたまま無言で首を横にふり、やんわりとグリファスの気遣いを退《しりぞ》けた。そのまま顔を逸らし、天幕の隅まで行くと背中を向けて着替えはじめる。

支えていた腕を押し返されて、グリファスは強い喪失感と落胆を覚えた。空になった両手から、黙って出立の準備を続けるリィトの背中へ視線を移す。力なく落ちた薄い肩。鞭で打たれた傷痕が、未だに赤い線を残している肌が痛々しい。

『ぼくのことなんか本当はどうでもいいくせに…』

昨夜、血を吐くような嗚咽とともに叩きつけられた少年の本音が、ふいに胸を抉ってゆく。

これまで自分がリィトに向けていた無自覚な態度が、どれほど彼を傷つけていたのか、あの言葉が痛烈に示している。

手のひらをじっと見つめ、これまでリィトにしてきた己の仕打ちを思い出して強くにぎりしめる。

――すまなかった。許してくれ。

そう謝って許されるなら、百万回でも謝罪しよう。けれどリィトと自分の間に生まれた溝は、そんなものでは埋《う》められない気がした。

朝食の間も、出立の準備中も、リィトの憂い顔は晴れなかった。誰かに話しかけられれば、いつも以上に明るい笑顔で応えてみせるのに、ふと気づくとうつむいてため息をついている。

慰めようと近づけば、さりげなく避けられてしまう。そうした態度は思った以上に切なく胸に響いた。

そういえば旅がはじまってしばらく経ったころ、同じ態度を自分もリィトに取っていた。無邪気に懐いてくるたび、素っ気なくあしらった。あのときリィトはどんな気持ちでいたのだろう。頼れる者は俺以外いなかったのに。

さぞかし心細かっただろうな…と、慕う相手に避けられるようになってから、初めてその痛みが身に沁みたグリファスだった。

野営跡を片づけて騎乗し、出発してからも、リィトはまるで板で仕切られているように、グリファスの方へは顔を向けない。そして互いの馬の間に他の誰かが入るよう位置を変え、距離を取ろうとする。

マレイグたちに守られながら馬を進めるリィトの背中を見守っていると、隣に並んだスカルドに、

「お前さんがある意味不器用なのは承知してるが、あの子はそれ以上に経験不足で不器用な仔犬だ。もっとわかりやすい愛情表現を心がけてやれ」

しみじみとしたつぶやきに、さっくり釘《くぎ》を刺されて思わず肩が落ちる。

「…ああ、そうだな」

リィトに元気がないのは、単純に叱られて拗ねているだけではない。傷ついているからだ。

さすがにそれくらいはグリファスにもわかる。

──正確には、昨夜ようやく気づいた。

「わたしからも、ひと言いいでしょうか」

少年の気持ちに鈍感《どんかん》だった男に追い打ちをかけるよう、反対隣に馬首をそろえたルスランが控えめに口を開いた。グリファスは覚悟を決めてうなずく。

「は…、慎《つつし》んで」

「もう少し、リィトにやさしく接してあげてください。彼は貴方のことが大好きなんです。だから叱られるたび、可哀想なほどしょげてます」

「…は」

自分が昨夜初めて気づいたことを、このふたりは前々から承知していたらしい。グリファスはリィトに対するこれまでの態度をますます反省した。

反省した男がまず心がけたことは、この先リィトが再び怪我をしたり、それを隠して悪化させたりしないよう気を配ることだった。そうやってよく見てみれば、仕草や視線、言動の中に少年の本質らしきものが浮き上がる。

素直で思いやりがあり、無邪気でやさしい。

忍耐強く、そして健気だ。

長年の奴隷暮らしという辛い境遇にありながら、あの邪気のなさを保っていられたのは、それだけ気

高い魂が宿っているという証なのだろう。

おおらかで純粋な、そしてやわらかなあの精神に、自分は惹かれたのかもしれない。確かにルスラン皇子のような高貴さとは無縁だ。しかし野に咲く花のように、そばにいると安らいだ気持ちになれる。

グリファスの眼差しの先で、リィトは空を見上げ、雲を指さしてマハ導師に何か訊ね、馬から降りれば足下の草木について質問している。

そういえば、文字を教えてやろうと言ったとき、とても喜んでいた。今も、昼食の用意ができるのを待つ間、地面に小枝で何か書いている。それに気づいたハーズが自分も小枝で何か書いて見せると、そばにいたアズレットが、あごをさすりながら不思議そうに首を傾げる。食事を運んできたアクスが、リィトにパンと椀を手渡してから、地面を見つめて何か言うと、皆が一斉《いっせい》に笑い声をあげた。

平和でおだやかなひとときに、空気が和む。

竜神の加護を受けた嗣子と信じているから、という理由ももちろんある。しかしリィトが皆に好かれるのは、素直で純粋な人柄ゆえだろう。

「リィト」

手頃な岩に座ったリィトの傍らに立つと、少年の身体が強張る気配が、波紋のように伝わってくる。

「はい。なんでしょう?」

感情を抑えたやわらかな声で顔を上げる仕草は、驚くほどルスランによく似ている。そうしろと言い続けたのは自分なのに、むりに浮かべた笑顔に胸が痛む。

皇子の身代わりになってくれ。品よくふるまえ。そう言われて、素直に受け入れたのはなぜか。

もちろん命を救ってもらった恩返しだ。それだけだと単純に思っていたが、本当にそうだろうか。

グリファスはこれまでリィト以外に何人も、他人の窮地を救ったことがある。感謝は言葉、金銭、態度、そして忠誠心など、様々な形で返されてきた。

けれど昨夜リィトが流した涙には、それ以外の意味が含まれていた気がする。

「メリルにもらった秘蔵の蜜菓子だ。滋養がある」

足の傷のせいで体力を消耗しているだろうと、料理人を口説いて手に入れた琥珀色のかけらを差し出した次の瞬間、リィトの顔に張りついていた笑顔が消え、泣き出す寸前の幼児のように眉と口角が下がる。

また泣かれるのかと、あわてかけたグリファスの前でリィトはぐっと唇を引き結び、瞬きを一度してから、

「…ぼくじゃなく、ルスラン様にあげて」

視線を逸らしたまま、大人びた口調で静かに首を横にふってみせた。

「――」

グリファスは無言でリィトの手首をつかみ上げると、有無を言わせず開かせた手のひらに、薄い石蠟紙《パラフィン》に包まれた貴重な蜜菓子を押しこんだ。

‡

肌寒さを感じて、ふとまぶたを上げると深い闇の中にいた。温もりを求めて寝返りを打つと、銀粉《ぎんぷん》をまぶしたような細い光の筋が目に入る。

天幕の隙間から射しこむ、青味を帯びた月光の筋をながめるうちに、暗闇に目が馴れたのか、隣に横たわる男の顔がくっきりと見分けられるようになった。リィトは夢見心地のままそっと身を起こし、規則正しい寝息を立てている男の顔をのぞきこんでみた。

すっきり通った高い鼻筋、秀でた額にかかる癖のない黒髪が、眼窩や頬に濃い影を落としている。

嫌な夢でも見ているのか、グリファスの眉間には深い皺が寄っていた。リィトが見つめるうちに、それはますます深くなり、しばらくすると閉じたまぶたがかすかに痙攣《けいれん》しはじめる。

リィトはそれを止めたい一心で手を伸ばし、人差

し指の腹で男の眉間をそおっとなでてみた。

ほんの少し触れただけなのに、そこから愛しさがこみ上げる。眠りを半分引きずっているせいか、日中は抑え隠している感情が素直にあふれ出す。

指が静かに触れると同時に、グリファスのまぶたの痙攣が止み、代わりに大きな腕が、夜具から半分身を乗り出していたリィトを抱き寄せた。

「あ…」

「…どうした、まだ夜中だぞ。しっかり眠れ」

目を瞑ったまま、少しかすれた低い声でささやかれ、あっという間に寝床の中に引きずりこまれて目眩のような幸福感に包まれる。首の下から肩と背中に腕がまわされ、夜気を吸いこんで冷えた身体が温もりに包まれたとたん、抗う気持ちが消え失せる。

──夢、だと思えばいいや…。

たぶんグリファスは寝惚けているだけ。もしかしたらルスラン皇子と間違えているのかもしれない。

そんな風に自嘲しながら、リィトは男の寝衣の端をしっかりにぎりしめ、胸元に顔を埋めた。

──今だけならいいよね。この温もりを独占しても。だってこれは夢だもの。どうせ本当は手に入らない。だけど、夢の中なら許してくれるよ…ね？

静かに吐息をついて目を閉じると、瞬く間に睡魔が舞い戻ってくる。夜と暁、夢と現《うつつ》、幸福と悲しみの狭間に、リィトの意識は沈みこんでいった。


「リィト」

名を呼ばれ、軽く肩を揺すられて目を覚ます。

天幕の中は夜の闇色から、暁の濃い藍《あい》色に変わりつつあった。わずかに肌色の判別がつくかつかないか、そんな視界の中では、自分をのぞきこんでいる男の表情は読み取れない。

「見せたいものがある」

眠いかも知れないがつき合ってくれ。そうささやきながら肩に置かれた手は温かい。寝起き特有のおだやかな気持ちと幸福な夢の余韻に助けられ、リィトはぼうっとしたままうなずきかけた。そしてふ…と思い直して動きを止める。胸元で手をにぎりしめ、うつむいて小さく首を横にふると、あごに指をかけられ軽く持ち上げられた。

「もう怒鳴ったりしないと約束する。だから」

許してくれ…とまでは言わず、残りは無言で謝罪の意を表す男のやさしい手のひらが、頬にそっと添えられる。

自分のような取るに足らない存在に、ここまで譲《じょう》歩《ほ》してくれるグリファスに、それ以上意地を張り通すこともできず、リィトはこくりとうなずいた。

夜着の上から上着を羽織り、胴帯だけ巻いて天幕を出たとたん、待ち構えていたグリファスにひょいと抱え上げられた。

「グリファ…」

「しっ」

外はまだ、夜の匂いに満ちている。露に濡れた草を踏みしめ、グリファスは片腕で易々《やすやす》とリィトを抱えたまま灌木をかき分け、ゆるやかな坂を下ってゆく。遠くで鳴きはじめた鳥の声が、瞬く間に転がる鈴のような合唱へと変わってゆく。囀りを聞きながら男の首筋にしがみついたまま運ばれて、しばらくすると突然視界が開けた。

「…う、わ…ぁ」

水と朝の匂いが、同時に飛びこんでくる。

目の前に広がる三日月形の湖《みずうみ》は、昨日、丘の上から眺めたときとはまるでちがう姿を見せていた。

そっと地面に下ろされて、リィトはそろりと水際《みぎわ》に進んだ。凪《な》いだ湖面に、夜明け前の雲ひとつない空が映っている。まだ残っている星すら数えられるほど、くっきりと。

「ジディーグの三日月湖だ。朝方のごく短い時間だけ風が凪いで、鏡のようになる。きれいだろう」

「うん」

頭上の濃紺色を映した湖面は、東端から明るさを増し、瑠璃《ラピスラズリ》から菫青《アイオライト》、青鋼《サファイア》、そして鮮やかな天藍《ラズーライト》へと見る間に変化してゆく。空と湖はほんのわずかな時間、薔薇《ばら》と蜜、黄金と炎が織りなす色の饗宴《きょうえん》を繰り広げ、やがてまばゆい光の筋が山の向こうで揺らめくと、色とりどりの裳裾《もすそ》をひるがえして退場してしまう。次の瞬間、圧倒的な光量とともに、太陽が威風堂々《いふうどうどう》とした姿を現した。

同時に風が吹いて小波《さざなみ》が立つ。輝く光の帯がまっすぐ水面を走り、リィトの足下にうち寄せる。

湖面を渡る朝の風を吸いこむと、胸の底に澱んでいた悲しみの靄《もや》が吹き払われるような気がした。

この美しい景色を見せようとして、グリファスは自分だけ起こしてくれたのだろうか。

隣にたたずむ男をこっそり見上げると、朝陽を浴びた精悍《せいかん》な横顔が、リィトの視線に気づいてすぐにこちらを向いた。

「どうした?」

頬にかかる髪をいじりながら、リィトはあわてて何でもないと首をふった。

グリファスの声がやさしい。表情がやさしい。昨日まではちがう気遣いを受けて、どう返していいのか戸惑う。

「どうして水に映ってる方が、本物よりきれいに見えるのかな」

照れ隠しにつぶやくと、グリファスの視線が頬から外れて湖面に戻る。小波立った水面に映る早朝の空は、本物よりもずっと深く青く、見つめていると吸いこまれそうなほど奥行きがある。

リィトはほっとして身動ぎ、青い小波を立てる水面に足を踏み入れた。両手ですくい上げると、透明な青空はかけらを残して消え果て、やがて指の間からこぼれ落ちた。

「虚像《きょぞう》だからこそ美しいのかもな」

「虚像って?」

何気なくつぶやいた言葉の意味を訊ねると、グリファスは予期せぬ方から石礫《いしつぶて》を浴びたように目を見開いてみせた。やがて苦笑しながら肩の力を抜き、

「——手に届きそうで届かない幻のこと…かな」

ささやいて遠くを見つめた瞳の奥に、癒しがたい深い傷がある。

肌に触れなくても体温が伝わるように、言葉では説明できない微細な何かが、リィトにそのことを教えてくれた。

グリファスは何かに苦しんでいる。

おぼろげながら、それは前から気づいていた。

その苦しみを、少しでも取り除く手伝いができないだろうか。ひとりで背負っている重荷を、一緒に背負わせてくれないだろうか。

ひとりでも充分生きてゆける知識と経験と生命力を持った男に、リィトのような子どもがしてあげられることなどほとんどない。それはわかっている。

それでも風雨にさらされ陽に灼けて、ひび割れた肌にそっと触れたいと思う。たったひとりで嵐に立ち向かうような、孤独な背中に寄り添いたい。

その瞳がたとえ自分を映さなくても、少しでもいいから支えになりたい。

「……」

リィトは幻をすくおうとして果たせなかった手のひらを見つめ、願いの虚しさにまぶたを伏せてから、きゅ…と唇を噛みしめた。それから濡れた手をぬぐい、胴帯に吊した携帯袋をがさごそ探ると、昨日グリファスにもらった蜜菓子の残りをひとつ、手のひらに乗せて差し出した。

——元気を出して。

昨日グリファスが菓子と一緒にくれた言葉を、今度はリィトが手渡す。

「それはお前に…」

いったん押し戻しかけたグリファスは、リィトの瞳を見て気持ちに気づいたのか、菓子を受け取ると包み紙を開いて口に放りこんだ。それを見てから、リィトも最後のひとつを取り出して舌に乗せ、昨日とはちがう甘味を舌で転がす。

そのまま並んで腰を下ろし、ふたりで眺めた景色は輝きに満ちあふれていた。都で偽王が圧政《あっせい》を敷き、国、民が、大地が荒れていることが、まるで遠い世界の出来事のように。

それ自体が発光しているような青空から、白い羽をきらめかせた水鳥が次々と降り立ち、斜め向こうの岸辺近くで優雅に泳ぎはじめる。水面に影を落とす木立の緑も、リィトの足下で揺れる小さな草花も、昨日より鮮やかさを増し、生き生きとしている。

これも、真の嗣子であるルスランの影響だろうか。

「リィト。お前には、絶対に叶えたい夢があるか」

ふいに投げかけられたグリファスの問いに、どきりとする。ほんの数瞬前、胸の中で狂おしく願ったばかりの望みを見透かされたのかと焦った。

「ゆ、夢?」

「将来、何になりたいとか、都に着いたらどうしたいとか」

「あ、えーと」

もちろんグリファスが自分の一番の望みを知るわけがない。叶わないと知りながら言うつもりもない。

リィトは髪をいじりつつ、二番目の夢を口にした。

「学校へ行って勉強したい。マハ導師が、大学院まで進めるくらい成績がよければ、将来好きな仕事に就けるって言ってたから」

「好きな仕事とは?」

「……まだ秘密」

「どうして」

「どうしても。皇都に着いたら、教える」

正しくは、お願いする。リィトの夢はグリファスの執事《しつじ》になるというものだから。

マハ導師は、皇子が即位すれば、その登極に大きな功績があった人物として、グリファスにも何らかの恩賞《おんしょう》が下されるだろうと言った。おそらく地位や領地、屋敷といったものを。当然グリファスは、これまでのように国中を放浪する必要がなくなる。宮廷で高い地位を得て、貴族として暮らすようになれば使用人が必要になるだろう。イクリール小城でラハムやサラたちがルスランに仕えていたように。

屋敷で働く使用人の中でも優秀な執事というのは、ときに主の妻よりも信頼され、深い絆で結ばれることもあるのだとスカルドに教えられて以来、リィトの密かな目標はグリファスの執事になることだった。

やがて迎えるだろう妻や、生まれてくる子どもたちのことを思うと少しさみしいけれど、彼の身のまわりの世話をして、居心地よく過ごせるよう工夫しながら、ずっとそばにいられるならそれでいい。

もちろん、グリファスに雇ってもらえるような執事になるには、読み書きの他にもたくさん覚えなければならないことがある。

知らないことを学ぶのは、胸が高鳴る楽しいひとときで、それが好きなひとのそばにいることへと通じているならなおさらだった。

「俺に手伝えることなら遠慮なく言ってくれ。協力は惜しまない」

ぽんと乗せられた大きな手のひらで、久しぶりに髪をくしゃりとかきまわされ、リィトは黙ってうなずいた。

「グリファスの夢は?」

口の中に残っていた甘みと、胸の切なさを飲みこんでから訊ねると、つむじをかきまわしていた指先がふっと動きを止めた。指は静かに後頭部を伝い下り、項のあたりで止まる。

「旧リヴサール州の風見《かざみ》が丘《おか》を知っているか?」

「? ううん」

会話とグリファスの瞳の行方を追いながら、リィトはわずかに首を傾げる。グリファスは湖面を見つめてまぶしそうに目を細めた。

「俺の祖父《じい》さまが一番好きだった場所だ。——ゆるやかな丘がいくつも連なって、ここと同じくらい大きな湖と、森と、広い牧場《まきば》があって」

風が吹き抜ける草原を、野生馬の群が駆けてゆく。夏草の翠。秋の大地を彩る紅葉と麦穂の黄金。冬の青白い雪景色。早春の雨に洗われ、靄を立ち昇らせる黒々とした土の匂い。

「俺の家はそれなりに歴史があったんだが、訳あって断絶してしまった。皇都に着いたら、祖父さまの名誉を回復して、以前の領地の全部とは言わない、風見が丘だけでも取り戻したいと思ってる」

失くした過去を探すよう虚空を見つめていた瞳と意識が、ふいにリィトの上に戻ってきた。

「それからリィト、お前を引き取る。――これは別に夢じゃないな。約束だ」

「ぇ…、え!?」

「どうして驚く。俺と一緒に暮らすのは嫌か?」

「う…ううんッ」

あわててぶんぶんと思いきり首を横にふる。

「リィト・フレイス・リヴサール」

「それは…」

「いい響きだろう。お前の新しい名前だ」

「…あ」

何かを考える前に涙がこみ上げた。一緒に暮らすという言葉が、単に使用人と主人ということではなく、家族という意味だったことに胸が熱くなる。

「泣くな」

困ったような声音と同時に抱き寄せられ、リィトはそのまま胸の中でくぐもった抗議の声を上げた。

「…泣いてない」

「お前に泣かれると辛いんだ」

嘘ばっかり。そう言い返しかけて止める。グリファスの声が本当に困っているように聞こえたから。

「皇都までもうひと息。…もう少しの辛抱だ」

沁み入るようなやさしい声に、リィトは黙ってうなずいた。

## ・vi・ 襲撃

皇都パルティアまであと二日。旅程最大の難関であるエーン川渡河《とが》を前にして、リィトたちの一行は北岸の街エンリルで足止めを食らっていた。

昼過ぎに街に着いた一行は、さっそく渡し船の手配をしたのだが、これがうまくいかない。

エンリルの住民の主な生業《なりわい》は、上流にあるアラ・クル湖での漁と、川の渡し業であった。しかし偽王即位以来、船の持ち主と渡し業には高い税率が課せられ、その結果、小さな船主たちは次々と廃業に追いこまれてしまった。

市場は生き残った大手が独占することになり、彼らは役人に賄賂《わいろ》を渡して、自分たち以外の船が川を渡ることを禁じさせ、客に法外な値段をふっかけることでさらに富み栄えてきたのだ。

「渡しひとりにつきアタムス金貨一枚。馬一頭についても同じ。十四人と十六頭で、合計二百七十五万ディースだ」

金貨二十二枚、兵士の二年分の俸給《ほうきゅう》とほぼ同額である。闇商人に扮したリィトたち一行の足下を見て、ふっかけていることは明らかだ。

最初に交渉に立ったアズレットが腹を立てて決裂し、そのあと挑《いど》んだスカルドは、下手《したて》に出たことで失敗し、さらに高値をふっかけられて戻ってきた。

三度目の交渉に赴いたグリファスは、なんとか最初の値段で契約を交わしたものの、

「船は明日の朝にならなければ出せない」

傲然《ごうぜん》と言い放たれ、さすがに憤然とした面持ちで船着き場を離れたところで、空を見上げた。

腕を掲《かか》げると、地味な羽色の鳥がスイと下り立つ。

グリファスは褐色の脚に取りつけられた細い筒から通信文を取り出し一読すると、渡し船の契約を破棄するために踵を返した。

「皇子の迎え?」

「そう。向こう岸に千の騎兵を連れてきたそうだ」

久しぶりに泊まった宿の一室で、グリファスが小さな通信文を手渡すと、スカルドは眉をひそめた。

「偽王派の罠《わな》じゃないのか」

「その心配はない。兵たちを率いてきたのはゲラン将軍だ。スカルドも知っているだろう」

「元将軍、だよ。今では一中隊長に過ぎない」

会話に割りこんだ男の声にスカルドがふり向くと、戸口に、深く頭巾《フード》を被った男が立っていた。背格好は中肉中背、頭巾を脱ぐと五十絡みの、忍耐と不屈の闘志を秘めた顔が現れる。

男は武人特有の隙のない足運びで数歩進むと、右手を差し出した。

「久しぶりだなグリファス殿。それから」

「初めましてゲラン閣下。スカルド・ラヴァーンです」

ゲランは、グリファスの祖父、リヴサール公爵の下で薫陶《くんとう》を受けた歴戦の騎士である。一時は近衛《このえ》最高位である剽騎《ひょうき》将軍まで上りつめたが、偽王即位とともに腐敗《ふはい》が広まった軍部の中では、高潔《こうけつ》な人柄が却って仇《あだ》となり、次々と降格《こうかく》、左遷《させん》を受け、現在では市街の警備を担当する一個中隊の長に過ぎない。

ゲランは偽王即位から現在まで、己の暮らしに最低限必要な俸給以外はすべて部下に分け与え、賄賂や不正には荷担せず、雌伏《しふく》に耐えてきた高潔な男だ。

「城下はすでに、真の嗣子出現の噂で持ちきりだ。偽王派の軍隊が取り締まりを強化しているから、大っぴらに騒ぐわけにはいかんがね」

ゲランは茶目っ気たっぷりに、片目を瞑ってみせた。

「それで、竜神の加護を受けし我らが希望、ユリアス皇太子殿下の忘れ形見はいずこに」

グリファスとスカルドはゲランを奥の部屋へ導いた。寝台と衝立《ついたて》、玻璃《はり》で覆われた燭台が灯る小卓、傍らに置かれた二脚の椅子から、それぞれよく似た背格好の少年が立ち上がる。

　ひとりは少しだけ癖のある金髪に茶色の瞳。もうひとりは黒に近い栗色に琥珀の瞳。

　ゲランは金髪の少年を一瞥してわずかに首を傾げたあと、濃い栗毛の少年に顔を向けた。

「髪の色が…？」

「染めているんです。旅の間は危険なので」

「おお…、では…！」

　グリファスの説明に確信を得たゲランは、感極まった様子でルスランの前に跪き、騎士の礼を取った。

「面を上げてください、ゲラン将軍」

　長年待ち望んだ主君の声に、ゲランが深く下げていた頭を上げると、労苦を刻んだ皺深い顔は涙で濡れていた。

「確かに、確かに貴方様はユリアス殿下とイリシア姫の御子《おこ》。おふたりの面影がよう残っておられる」

「父と母をご存じですか」

「はい。かつては殿下の父君、ユリアス皇太子殿下の近衛として、そば近く仕えさせていただく栄を賜《たまわ》っておりました」

　皇太子と歳が近かったこともあり、深い信頼を得ていた。それなのに兄皇子による陰謀を防ぐことができず、十五年間もの幽閉、そして死という過酷な運命に最愛の主君を追いやってしまった。

　悔恨《かいこん》の涙に暮れる忠騎士の肩に、ルスランはやさしく手を置いた。

「明朝、対岸から迎えの船がやってきます。向こう岸に着いたら、あとは騎馬で一気に皇都まで駆け抜けましょう。ルスラン殿下の姿を目にすれば、偽王一派に反旗を翻すものが続出するでしょうから」

　ルスランとの対面を終え、落ち着きを取り戻したゲランの言葉に、グリファス、スカルド、マハ導師の三人は慎重に視線を交わしてからうなずいた。

「今夜で身代わりは終わりだ」

　そのひと言で、ずっとリィトの肩にのしかかっていた、目に見えない重い荷物が取り払われた。

代わりにグリファスの頼もしい両手が、温かさと心強さとともに置かれる。

ルスラン皇子とゲラン元将軍の謁見を無事終えて、部屋に戻ったグリファスは、身代わりを務めた本人より、よほど安堵した様子で宣言した。

「よくがんばった。これでもうお前の身に危険が迫ることはない」

そのまま抱き寄せられたリィトは、複雑な表情でうなずいてから礼を言った。

「グリファスも…ありがとう。これで……──」

自分たちの関係は終わってしまうんだね。

あの誓いも、今夜で効力が切れてしまう。

そう思うと安堵よりもさみしさが募る。皇子の身代わりという役目を負っていたからこそ、グリファスとこれほど親しくなれたのに。自分たちを繋ぐその絆が消えたあと、残るのはいったい何だろう。

一緒に住もう、家族になろう。そう言ってもらった。けれど本当にそれは叶うのだろうか。

リィトの憂いをよそに、グリファスはこれまでと変わらない…いや、それ以上の親しみをこめて語りかけてくる。

「そういえば、都に着いたらリィトの夢を聞かせてもらう約束だったな」

「…まだ都じゃないよ」

「いいじゃないか。硬いことを言うな」

三日後には言うことになるんだ。どうせなら役目の終わった今夜教えてくれ。そう言い重ねられ、リィトは少し迷ったあと、照れ隠しにまだ金色のままの髪をいじりながら口を開いた。

「──グリファスの、執事にしてもらおうと思ったんだ…」

意外な答えだったのか、グリファスは両手を広げて少し仰け反ってみせ、それから破顔《はがん》した。

「家族になるのに、執事？」

「…だって」

それが唯一、旅が終わってもグリファスのそばにいられる方法だと思ったんだ。さすがにそこまであからさまな理由は言えなくて、もじもじと爪先を床に押しつけたり離したりしていると、

「わかった。それがお前の望みなら叶えよう」

ふ…と真摯な口調に戻ったグリファスに、リィトはもう一度強く抱きしめられたのだった。

ゲラン元将軍の訪れと、対岸で待つ千騎の味方の存在、そしてルスランこそが真の嗣子であり、リィトは身代わりであったことなどが、アズレットやクライスたちに報《しら》されたのは翌日。まだ空に星が残る未明のことだった。

ルスランは染粉を落として本来の髪色に戻し、皇家の血筋を示す竜の紋章が銀糸で刺繍された青の同着《チェニック》と、深藍色の上着を身にまとった。

川を渡れば流浪《るろう》の皇子ではなく、真の皇位継承者として扱われ、行動することになる。

着替えを終え、本来の姿に戻ったルスランの顔には、覚悟を決め己の運命を受け入れた者の、落ち着きと強さがあった。

未明の闇を吹き払うように、癖のない金色の髪が燭台の光を弾いてきらめき、陽光を透かしたような琥珀色の瞳には、静かな決意が満ちている。

リィトの方は、昨日までの商家の御曹司風から、ハーズやアクスが身に着けているのと同じ、従者用の地味な服装に着替えた。刺繍も飾り釦もない、うす茶色の中着と煉瓦色の同着、黒の脚衣に焦げ茶の上着。

髪は、染粉で色をつけていたルスランとちがい、薬剤で色を抜いていたので、新たに染め直す手間も暇もなく、赤味を帯びた金色のままだ。

「リィト、今までありがとう。君に大きな怪我がなくて本当によかった」

仕度をすませ部屋を出る前に、ルスランはリィトを抱きしめて、深く感謝を示した。

「そんな、ぼくは別に…」

旅は概《おおむ》ね順調だったし、大人たちが危惧《きぐ》したような襲撃は一度しかなかった。それよりも、自分が嗣子としてふるまってきた街や邑に、ルスランの評判を落とすような失態をしてこなかったか、そちらの方が心配だった。

「リィト。君は自分の勇気と忠誠心に、もっと自信と誇りを持っていい」

身代わりという役目の危険性を、本人よりもよほど承知しているルスランは、そう言ってもう一度強くリィトを抱きしめた。

このひと月で背が伸びたのか、自分よりひとつ年下なのに、ルスランの肩の方がわずかに高くなっていた。おずおずと手をまわした背中は、見た目よりしっかりしている。

「…はい」

皇都に着いて即位してしまえば、こんな風に触れ合うことはおろか、気軽に口をきくこともできなくなるだろう。やさしく気高い少年の、思いやりの心にリィトは深く癒された。

宿を出て馬に乗り船着き場に向かう途中、風に乱れた髪をかき上げた拍子に硬い石が指先に当たる。その感触にリィトは「あ」と声を上げた。

半馬身前を進んでいたグリファスが、耳ざとくふり返る。

「どうした」

「耳飾、ルスラン…皇子に返すの忘れた」

出立前、ルスランが自分の耳から外し、リィトに貸してくれた皇家の秘宝。グリファスの剣に嵌めこまれた宝玉と呼応する、大切なものだ。

あわてて耳元を探ってみたけれど、留め金らしきものがない。耳朶ごと引っ張ってみても、石自体のわずかな重みでぷるんと揺れただけ。

「それは間違って失くさないよう、マハ導師が封印を施したものだから、普通の方法では外れない」

グリファスは慌ただしく先を急ぐ騎馬の一団をちらりと眺めてから、指先でリィトの肩を軽く叩いて言い聞かせた。

「――皇都に着いてから返せばいい」

あとで思い返せば、このときグリファスは無意識に、この先起こる出来事の、何らかの予兆を得ていたのかもしれない。

月はすでに西の彼方に姿を隠し、天空には晩春の星座が瞬いている。東の空がわずかに明るさを増し、視界を遮る森の影が瑠璃色の空にくっきりと浮かび上がり、早起きの鳥がそこかしこで囀りはじめる。

エンリルの船着き場から二哩《り》（約一・五キロメートル）ほど下流の川岸で馬を降りた一行は、そこで対岸からやってくる迎えの船を待った。

一部の豪商に渡河業を独占される前は、船着き場として使われていたらしく、岸辺には朽《く》ちかけた桟《さん》橋《ばし》があり、まばらに生い茂る草地の中に、店や宿屋の跡らしい廃屋がいくつか点在している。

ゲラン元将軍が携帯用の燭台《カンテラ》を頭上にかざし、対岸に向けてゆっくりと合図を送ると、向こう岸でも小さな光が瞬いて応えた。やがて地上の星のような小さな光が、いくつか連なり動きはじめる。

空にもまだ星が瞬いている。

そのとき、ふと上流から生暖かい風が吹きつけた。

リィトが視線を向けると、まだ夜の気配を濃厚に残した西の星空を背に、黒い大きな船影が水鳥のような素早さで川面を滑り近づいてきた。

「あれも迎えの船なの？」

半歩離れた場所で向こう岸を見つめているグリファスに腕を伸ばしながら、リィトがつぶやいた瞬間、赤黒い小さな炎の塊が流星のように降り注いできた。同時に風を裂く不吉な響きと、土に石に廃屋の壁に突き刺さり、跳ね返される鏃の音が続く。

火に驚いた馬が棹《さお》立ちになって嘶き、男たちが一斉に怒号を上げる。

「敵襲だッ！　皇子を守れ!!」

すぐそばで誰かが叫んでいる。たぶんスカルドだ。

焦りと怒りに満ちたその声が、くぐもって聞こえたのは、自分の身体がすっぽりと逞しい身体に覆われていたせいだった。

「あ…」

身を起こし、密着していた体温が離れかけて、初めて自分がグリファスに庇われたのだと気づく。

――なぜ、どうして。

グリファスの左隣にはルスランがいた。リィトよりも近い場所にいた。

それなのに、真っ先に自分を庇ってくれたのか。

一瞬の十分の一。星の瞬きよりもわずかな時間、リィトの心と身体に強い感情が満ちあふれた。

強い男に庇護《ひご》されているという独特の酩酊《めいてい》感、そして誇らしさ。錯覚かもしれないけれど…愛されているという充足感、そして喜び。

誰かの身代わりとしてではなく、自分自身を最優先してもらえるというのは、これほどまで深く豊かで濃密な感情を生むものなのか…。

「グリファ…」

生まれて初めて得た神の恩寵《おんちょう》のような幸福感に、リィトは相手の名を呼びながら、震える指で服にしがみついた。そしておずおずと顔を上げかけた瞬間、グリファスは低く鋭い叫び声を上げた。

「！　ルスラン様はどこだ…ッ」

ハッと我に返ったように身を引き離されて、リィトの全身に現実が傾《なだ》れを打ったように戻ってくる。

グリファスの意識と視線はルスラン皇子を捜すため周囲に向けられ、すでにリィトの上にはない。

当たり前の事実に胸を突かれ、男の顔から視線を逸らすと、黒衣に包まれた腕と肩に細長い黒塗りの矢が突き刺さっているのが目に入る。その瞬間、リィトは悲鳴を上げそうになった。

「グリファス！　矢が…ッ」

「平気だ」

言葉に嘘はないのだろう。グリファスは腕と肩から無造作に矢を引き抜いて捨てた。けれどリィトの瞳にはしっかりと鏃にこびりついた赤いぬめりと、傷口からあふれた血が焼きついた。

矢傷の痛みは身をもって知っている。震える指で腰の携帯袋を探る。血止めと痛み止めの薬草がしまってあるはずだ。

「構うな。それより逃げろ。戦おうと思うな」

弓矢による攻撃は止んだが、代わりに無数の人影が押し寄せ、怒号と剣戟の音がそこかしこで響きはじめている。古い船着き場のあちこちで火の手が上がり、くぐもった悲鳴が混じり合う。

グリファスが指さしたのは防波堤《ぼうはてい》の向こうだ。

旅の間、リィトもお遊びの範囲で剣技を齧《かじ》ってみたけれど、その程度で実戦に耐えうるほど現実は甘くない。それはわかっている。けれど怪我を負ったグリファスのそばを離れたくなかった。

川岸から離れ、防波堤に向かう途中の廃屋が密集したあたりまでを、グリファスはリィトを背後に庇いながら五人の賊を斬り伏せて進んだ。剣技の鮮やかさゆえに、一見難なくあしらっているように見えても、手傷を負い、リィトを庇いながらでは、やはり格段に戦闘力が落ちるのだろう。賊らしい人影が見えなくなったところで、グリファスは低く叫んだ。

「逃げろ」

一緒にいれば足手まといになる。言外の意味を察してリィトがうなずくと、グリファスの瞳が一瞬だけ揺らめいた。何か言いかけて口をつぐみ、須臾《しゅゆ》の間迷ったあと、低い声が唇からこぼれた。

「…もしもルスラン様を見つけたら、守ってくれ」

トン…と胸を射られたような衝撃が走る。そのまま倒れれば背後は奈落《ならく》の底。脳裏を過ぎったそんな幻影に、リィトは思わず手を伸ばし、グリファスの外套にしがみついた。

お願いずっとそばにいて、離さないで、一番でなくていいから——。

「リィト？」

革で裏打ちされた厚い外套に穴が開きそうなほど、強く必死にしがみついていた十本の指を、グリファスはそっと、しかし素早く解いてゆく。

そのまま身を離されそうになって、リィトはとっさに男の手を強くにぎりしめた。

——お願いだから、そばにいさせて。

なぜだかわからない強い不安に突き動かされて、リィトは唇を戦慄《わなな》かせながらグリファスを見上げた。

涙で潤んだ瞳が訴えるリィトの願いに気づかなかったのか、それともあえて無視したのか。

グリファスは震えの止まらない少年の指を軽くにぎり返すと、未練を絶ち切るように手放して、敵味方入り交じる乱戦の中に消えていった。

「グリ…ファス……」

その背中を、耐え難い喪失の痛みと絶望の淵で見送ったリィトは、あきらめとともに踵を返した。

遠ざかるグリファスと入れちがいに、別方向から襲撃者らしい人影が近づいてくる。気づいたリィトは近くの廃屋に飛びこみ、息を殺して身をひそめた。

剣を手にした男が通り過ぎるのを待ち、廃屋の陰から飛び出そうとしたリィトは、自分の名を呼ぶかすかな声を聞いてふり向いた。

「リィト、今出たら駄目だ」

ささやきよりも小さな声。けれどそれは、確かにルスラン皇子の声だった。そして驚くほど近い。

「ルスラン…様?」

「ここだよ」

足下の床板がわずかに浮き上がり、まばゆい金髪が現れる。リィトは素早く身をかがめ、皇子が空けてくれた空間に身を滑りこませた。

すぐに荒々しい足音がいくつも近づき、遠ざかり、また近づいてくる。いつの間にか賊たちに囲まれてしまったらしい。足音から推測すると、廃屋のまわりだけでも二十人近い気配がある。最初に襲われた川岸付近には、四、五十の人影があったことを思うと、あの黒い船で襲いかかってきた正体不明の賊は、百人近くいるのかもしれない。物盗りの規模ではない。偽王派が放った刺客だろうか。

「いたか？」

「いねえ」

「十四、五の金髪の餓鬼だ」

「さっき桟橋にいたのは」

「そいつじゃねえ」

「ロドスを呼んで来い。あいつはアルシュ近くの山間で皇子の顔を見てるはずだ」

壁の向こうで交わされた会話に、リィトとルスランは息を飲む。これで賊の目的がはっきりした。同時に、たとえようもない危機に立たされたことも。

『――ルスラン様を見つけたら、守ってくれ』

揺れる瞳、沁み入るような声でわずかに口ごもり、そして告げられたグリファスの言葉が、リィトの胸によみがえる。あの瞬間、愛されているかもしれないと一瞬でも信じてしまった愚かな自分の、儚い幻想はすべて砕けた。


彼が最後に選ぶのは、ぼくじゃない。

彼が本当に守りたいのも、ぼくじゃない。

本当に大切にしたいひとも、一緒にいたいのも、ぼくじゃなかった。

そんなことはとっくに気づいていた。でも深く考えないようにしていた。グリファスはいつも皇子を、ルスランだけを見ていた。まぶしそうに、ときどき苦しそうに、そして愛おしそうに。

『元々、俺はルスラン様の護衛に就きたかった…』

あれがグリファスの本音。以前も、そして今も。

あのひとは絶対にふり向かない。

ぼくだけを見たりしない。

これまでも。そしてきっと、――これからも。

そんなことはわかってた。けれど好きという気持ちは、自覚する前から胸の中でどんどん大きくなって、気づいたときには抑えようもなかった。どうしようもなく引き寄せられていた。砂鉄《さてつ》が磁石《じしゃく》に吸い寄せられて、自分からは離れられないように。

『君のことは、俺が命をかけて守ると誓う』

そう言ってくれたのは彼だけだった。十五年間生きてきて、グリファスだけだった。そしてその誓いを果たしてくれた。だから贋者でもいい。身代わりなのに、身を挺《てい》して庇ってくれた。抱きしめてくれた。だから、もういい。彼の大切なひとを助けるために、ぼくも命をかける——。

リィトはグリファスと最後に触れ合った右手を胸元に当て、そっとにぎりしめた。

ルスラン皇子が玉座に就くことは、グリファスの悲願だ。その願いには、彼の大切な思い出がつまった領地を取り戻すことにも繋がっている。

——たとえ自分の想いは報われなくても。

グリファスの瞳がぼくを見つめることはなくても。

あなたの夢を叶える礎《いしずえ》になり、あなたの記憶に残る最期《さいご》でありたい——。

「殿下、服を交換しましょう。ぼくがもう一度、殿下のふりをして賊の注意を引きつけます。殿下はその隙にグリファスたちと合流してください」

「それは、しかし…」

ルスランの瞳に、自分の立場と他者の命を、秤《はかり》にかけなければならない苦悩が揺らめく。

この世で他の誰にも代わり得ない、尊貴な立場にありながら、それに少しも驕らない。ひとの命の重さと痛みを知る少年。

グリファスのためもある。けれど純粋に、このひとのためにも、自分にできることをしたいと思う。

ふたつ向こうの廃屋が勢いよく燃え出し、あたりに古い木材と、草木の焼け焦げる匂いが充満しはじめた。そこかしこで燃え上がる炎は、周囲を照らし出す一方で、明かりの届かない場所を一層濃い闇に沈める。

リィトとルスランが身をひそめているのは、以前の住人が使っていた地下蔵跡だ。外からなら見つかりにくいが、屋内に入って視線を下に向ければ、朽ちかけた床板の隙間から、ふたりの少年が身を縮めて隠れているのが、見えてしまうだろう。

「さ、早く」

リィトは自ら上着と同着を脱ぎながら、ルスランを急かした。

賊の目的は明らかに『真の嗣子』であるルスランだ。彼らに見つかり捕まれば、ルスラン自身の安全だけではなく、シャルハン皇国の運命が傾くことになる。そしてこれ以上国が傾けば、グリファスの夢も、リィトのような一国民の安全と未来も潰《つい》えてしまう。

「しかし、それでは君が…」

賊に捕まればどんな目に遭うか、想像できるからこそ惑うルスランに、リィトは立場が逆転したかのように毅然《きぜん》とした眼差しを向けた。

「殿下にはこの国の未来と、ぼくたちの希望と、…グリファスの悲願がかかってるんです。だからこんなところで失うわけにはいきません」

グリファスがどれほどあなたを大切に想ってきたか、考えてください――。そう言いかけていったん口を閉じ、リィトは息を整えた。

「グリファスに伝えてください。『あなたは誓いを果たしてくれた。だからぼくも約束を守ります』って」

「…君は――」

ルスランは何か言いかけて口をつぐみ、痛みを耐えるようにまぶたを伏せてうなずいた。

「わかった、必ず伝える。だからリィトも約束して欲しい。最後まで、決してあきらめないと」

「もちろんです。さ、急いで。ぼくが充分に賊たちを引きつけるまで、決して動かないでください」

素早く静かに、地味な従者の衣服を皇子に押しつけ、代わりに上等な生地で仕立てられた、皇家紋章入りの服に袖を通す。そのまま床板の隙間から慎重に周囲を窺い、そろりと地下蔵から這い出ようとした、そのとき。

「リィト」

呼ぶ声にふり向いた瞬間、するりと伸びたしなやかな腕が首筋にまわされて、そっと抱きしめられた。

　こんな状況なのに、ルスランからはふわりと芳しい香りが漂う。

「ル…スラン…様」

「必ず、必ず無事で戻って――」

「はい。殿下もご無事で。きっとみんなを幸せにしてください。鞭打たれるひとなんてひとりもいない、そんな国に…」

「約束する」

　どれほど言い重ねても伝えきれない想いを、ふたりは強く抱き合うことで補うしか術がなかった。

「殿下の髪、できれば泥で汚してくださいね」

　最後にそう言い置いて、リィトは今度こそ本当に地下蔵を抜け出し、廃屋の壊れた壁から裏庭に走り出た。

　東の空はだいぶ白んできたものの、煙が漂う地上の視界は悪く、敵味方が入り乱れて争う周囲は騒然としている。リィトは燃えかけた茂みから、廃屋の陰、そしてまた茂みへと慎重に移動した。

　できるだけルスランが隠れている場所から遠ざかる必要がある。できるだけ離れてから、賊の目を引くよう姿を見せなければならない。

「……ッ」

　隠れていた木立のすぐわきを、血濡れた刃を下げた賊が通り抜ける。山賊に襲われたとき、射抜かれた左足の傷が疼いたけれど、リィトは身を固くして男をやり過ごした。

　――怖れるな。グリファスに助けられなければ、とうになくなっていた命だ。今さら惜しむな。

　リィトは何度も自分に言い聞かせ、意を決して木立を走り出た。燃え上がった炎に、擬い物の金髪がよく映えるように。

　着替えたばかりの服に縫い取られた、九翼の竜の紋章が賊の目に入るように。

　明るい場所を選んで。

## ・vii・　皇子と身代わり

突然、潮が引くように後退しはじめた賊たちの動きを不審に思ったグリファスが、頭をめぐらせたとき、賊のひとりが遠くで叫んだ。

「皇子は手に入れたぞ！」

言葉の意味を理解するより早く走り出す。四、五十人が群をなして剣を構えるまっただ中をめがけて走り出そうとした寸前、スカルドに呼び止められた。

「グリファス！　戻れ！　――…はここにいるッ」

押し殺した小さな声、けれど確かに聞こえた。

『ルスランはここにいる』

賊たちの動きに注意しながら駆け戻り、親友の外套にすっぽりくるまれたルスランが無事でいることを確認して、安堵の深さに目眩を起こしかけた。

そして次の瞬間、薄氷《はくひょう》を踏み抜き、深淵《しんえん》に落ちてゆくような衝撃を受けた。


「…リィトは？」

その問いに、外套の下でルスランがわずかに身動いだ。うつむいていた白い顔が暁の蒼い闇に浮かび上がる。皇子の震える唇が何かを告げるより早く、グリファスは思いきり後ろをふり返った。

「まさか…」

にらみつけた瞳の先で、獲物を捕獲《ほかく》した賊たちは、吸いこまれるような素早さで黒船に乗りこみ、瞬く間に川岸を離れ、放たれる矢の勢いで下流へと去って行った。

ゲラン元将軍が用意した渡し船は、黒船が朝靄の彼方に完全に姿を消してからようやく到着した。

そのひとつを譲ってもらい、リィトを攫《さら》って消えた黒船を追いかけようとしたグリファスは、スカルドの冷静な声と腕に引き止められた。

「むりだ、グリファス」

向こうは海川両用の快速艇《かいそくてい》、こちらは川岸を往復するための渡し船。追跡することは不可能だ。

普段なら言われるまでもない指摘に、グリファスは唇を嚙みしめ、頼りない櫂《かい》を投げ捨てた。

「見捨てろと言うのかッ!?」

思わずスカルドの胸ぐらをつかみ上げて叫ぶ。

「そうじゃない。そんなことは言ってない。今はまず、ルスランを無事に皇都へ送り届けることが最優先だろう。リィトのことは…」

そのあとだ、とはさすがに口にしづらかったのか、言葉を濁すスカルドに、グリファスは何も言い返せず、黙って胸元から手を離した。

――命をかけて守ると誓ったのに…。自分はまた、誓いを守れず、あの子を泣かせてしまうのだろうか。

「……」

やり場のない憤りと自己嫌悪に震える拳を見つめ、リィトが連れ去られた川下の彼方を睨みつける。

――確かにスカルドの言う通りだ。

父の罪を知り、その償いをこめてイリシア姫を助けたあの日から、十五年間。ただひたすら、ルスランが真の皇王として玉座に就くことを願い、奔走してきた。彼の登極を成就させることは、グリファスに課された務めであり、それを途中で放棄することはできない。

たとえどれほどリィトの身を案じても、彼とルスラン、ふたりの少年のどちらかを選べと言われれば、己に課した義務を果たすためにも、ルスランを選ばざるを得ないグリファスであった。

リィトひとりを欠いた一行は、千の騎兵とともに夜明けのエーン川を渡り、そこから騎馬で一路パルティアへと急行した。

翌日の午後には城門前に到着し、すでにルスランが真の嗣子であるという噂を聞いた城下の人々の協力によって、労することなく開け放たれた城門をくぐり、人々の歓迎を受けて皇都パルティアへの入城を果たす。

抵抗も制止も受けることなく市街を進み、皇城前の大広場にたどり着いたとき、初めて待ち構えていた偽王派の親衛軍と対峙することになった。

夜から翌日朝にかけて、膠着《こうちゃく》状態が続く。

ルスランの陣営は張りつめた興奮の中にも、どこか華やぎがあった。人々の表情は明るく、希望に満ちている。その中にあってグリファスだけが、暗く厳しい表情で、常に何かを探すように鋭い視線を周囲に向けていた。

夜間を通して、皇城を脱出してこっそり投降《とうこう》してくる将官や官吏等の口から、東隣国アン・ナフルの軍勢が蒼竜大山脈南端の国境付近に集結しつつある、という情報を得たルスランたちは、持久戦を破棄《はき》し、一刻も早く、そして血を流すことなく偽王派と決着を着ける作戦に変更した。

皇城攻略に最も効果的だと思われ、採用された策は、秘密の抜け道を使って少人数で宮城の宝物庫に忍びこみ、神器を運び出すというものだ。宝物庫の扉は、ルスランが父から贈られた鍵で開けられる。神器と竜神の加護を受けた嗣子がそろえば、場所には関係なく、契約の儀を行うことができるからだ。

神器に触れ、それを運ぶという役割の重要さから、皇城へ侵入するのはグリファスと、グリファスの指名でイールが選ばれた。

リィトの行方を捜しに行くためには、ルスランに即位してもらうことが最善の方法である。グリファスは危険な役目を迷うことなく引き受けた。

十五年前ルスランの母イリシア姫を、グリファスが自ら手を引いて地下の幽閉宮から救い出した通路を遡《さかのぼ》り、記憶をたどりながら、皇城の最深部に位置する宝物殿に到着する。

神器が納められた一室は、開かずの間となっているせいか、扉を護る衛兵の姿すらなかった。反対に出入りの自由な室《むろ》や庫《くら》のあたりには、奇妙なざわめきと混乱、争奪の気配がわき上がっている。

古来、支配者の宝物庫が荒らされるのは、王朝の没落《ぼつらく》時か政権交代の混乱時だ。

今起きている騒ぎは偽王の最期を告げるものだろ

うか。他の宝物には一切触れず、グリファスは神器を運び出し、帰路に着いた。

異変に気づいたのは、秘密の地下通路に入ったあたりだった。最初は片腕で容易《たやす》く抱えられていた神器が、次第に重さを増してきたのだ。

「…?」

気のせいかと思ったが、グリファスが一歩進むごとに、竜の加護を受けた神剣は腕の中で重くなってゆく。片腕では支えられず、両手で抱え、それでも足りず肩に背負い、さらにイールの手を借りて運び続け、大広場で待つルスランの元に届けたときには、大の大人がふたりがかりでも、到底持ち上げられないほどになっていた。

地面に置けば、めりこむほどの重さになった剣を、ルスランは、まるで花を掲げるように軽々と持ち上げた。

正統な持ち主が触れたとたん、神剣はまばゆい光を放ち、大広場に満ちあふれた。

ルスランが剣を掲げてその切先《きっさき》を虚空に向けると、空を覆っていた灰色の雲が渦を巻きはじめた。やがて圧倒的な力になぎ払われるように、円を描いて雲が切れると同時に、そこから射しこむ陽光とともに神意を帯びた何かが降臨する。

ひとによってはまばゆい光、または虹色のきらめき。中には伝説の竜神の姿を見た者もいたかもしれない。ルスランがまっすぐに掲げた剣を伝わり、圧倒的な存在が降りてくる。

天から降りてきたそれに呼応するよう、きらめく刀身に浮かび上がった古代真言《しんごん》をルスランが詠唱《えいしょう》し、刃先を額に当てて宣誓の意を表した瞬間、神意を帯びた薫風《くんぷう》が勢いよく吹き抜けた。

歪み軋んでいた理を糾《ただ》す巨大な力。

それは風脈に乗り地脈を伝い水脈に広がり、瞬く間に王国の隅々へと浸透してゆく。

広場で固唾《かたず》を飲み、突然はじまった契約の儀を見守っていたグリファスや兵士たち、集まってきた街の人々の足裏、肌に触れる大気から、肉体を構成する微細《びさい》なものを透過して神意が駆け抜けてゆく。

異変を察した城兵たちが、門を開けて突撃してきた。未だ昏迷《こんめい》に取りつかれているのか、その表情は暗い焦燥と飢餓感に満ちている。

ルスランが剣を一閃させると同時に烈風《れっぷう》が巻き起こり、襲いかかろうとしていた城兵たちは、ひとり残らずなぎ倒され昏倒《こんとう》した。

竜神の加護を受け、誓約を交わした真の皇王の力を目の当《ま》たりにした人々は歓呼と両手《もろて》を上げ、自主的にルスランを守るよう取り巻いた。

自失《じしつ》から覚めた偽王派の兵士の多くは戦意を失くし、金色の髪をなびかせた少年皇王を呆然と見上げて、武器を捨て道を空ける。次々と跪く偽王派の兵士たちをかき分けて、騎士たちに守られたルスランは、本来の居場所である皇城内へと進んで行った。

新皇王を守り、剣を掲げて真っ先に敵陣に駆けこんでゆくのは、常に背の高い黒髪の騎士だった。

己に課した責務を果たし、一刻も早くリィトを助けに行きたい。その一心でグリファスは先を急ぐ。

城内の制圧は、母親が子どものために焼き菓子を切り分けるような素早さで、一気に成された。

ルスランたちが一歩進むごとに、城と偽王を守っていた親衛兵たちが降り注ぐ雨のような勢いで次々と投降し、官吏や将軍、果ては宰相までが身を投げ出して救いを求めた。

護衛兵の影すら見えない奥殿《おくどの》の一室で、すでに死後数日が経過した偽王の骸《むくろ》が、孤独の薄闇に横たわっていた。

父を十五年間の長きにわたり幽閉した挙げ句死に追いやり、母を追いつめ、自分の命を狙い続けていた男の末路《まつろ》を見届けて、ルスランは静かに部屋をあとにした。

そして翌日。

偽王派を一掃《いっそう》した皇城内で、東の国境を侵《おか》しつつあるアン・ナフル王国軍および西隣サイラム王国の動向について御前《ごぜん》会議が開かれた。

密偵の報告によれば、アン・ナフル王の進軍動機は、シャルハンに真の嗣子が顕れたという噂を聞いて焦ったせいらしい。せっかく偽王が玉座に就いた三十年で、自分たちと同じ場所に墜ちようとしていたシャルハンに、再び王の血筋と竜神の加護がそろえば、間違いなく繁栄してしまう。そして互いの国力の差は広がるばかりになる。西のサイラム王国についても、似たような事情だった。

会議の出席者にはグリファス、スカルド、マハ導師、アズレット、マレイグたちはもちろん、新たに任命された宰相もいた。

新たな宰相に任命されたのは、皇都パルティアの都司《とし》を務めてきた四十代の男性である。ひょろりとした体つきで、一見茫洋《ぼうよう》とした表情をしているが、実務能力に秀《ひい》で対外交渉も巧《たく》み。激務を淡々とこなし目立たぬよう過ごしていたため、偽王派には過小評価されていたことが却って幸いしたのだろう。

他にも、更迭《こうてつ》された上司《じょうし》の代わりに臨時の責任者となった各府の長官や次官などが列席した。

軍府や工府などの長官、次官たちは戦《いくさ》に直接関わるため意見交換にも熱が入るのだが、礼府（教育・典礼《てんれい》）や戸府（内務・財政）あたりの長官たちは、今後も己の立場が安泰《あんたい》であるか否かが最大の関心事であるらしく、新皇王と新たな家臣たちの勢力関係を見極め、自身の立場の強化に繋げようと腐心《ふしん》している者が多かった。

国境に迫り来るアン・ナフル軍の動向について、報告がなされ、まずは混乱している自軍の再編と、兵力の確認、兵站《へいたん》の確保についてなどが話し合われたあと、最後に新皇王ルスランから勅令が下された。

「グリファス・フレイスは親衛驃騎将軍に、スカルド・ラヴァーンは勲衛《くんえい》車騎将軍に任ずる。また、アズレット・イノスは——」

次々と主要な地位に任命されてゆく新皇王の家臣たちを横目で見ていた礼府長官が、咳払いをしながら意見を述べた。

「陛下の御意《ぎょい》に異を唱えるのは、本意ではありませぬが、グリファス・フレイス殿を陛下の身辺に侍《はべ》らせるのはいかがなものかと存じますぞ」

「ほう、それはいかなる理由ですかな」

戸府や工府の長官がわざとらしく水を向ける。

「私の記憶に間違いがなければ、フレイス殿の祖父は十四年前に家名断絶したリヴサール公爵。そして父君は、偽王登極の元凶であるアスファ伯爵ではありませんかな？」

「…なんと！」

「それは忌々《ゆゆ》しき事態ですぞ」

「アスファ伯爵の血を引く者が生きていたとは…」

本気で驚いている者もいれば、大げさに騒ぎ立てグリファスの足を引っ張ろうという、意図が透けて見える者もいる。

ただ、共通しているのはグリファスの父、アスファ伯爵の名は忌《い》むべき者として、皆の脳裏に記憶されているということだ。

「長年陛下をお守りし、おそば近くに侍《はべ》ってきたのは、もしや父君と同様に、何かよからぬことを企んでいるからではあるまいか」

散々な言い様を、グリファスは瞑目し腕組みをしたまま黙って聞き流した。

この程度のことは覚悟していた。少しでも自分たちの立場をよくするためには、平気で他人を蹴落とそうとする宮廷人種というものをグリファスはよく知っていた。だからこそルスランとは主従の垣根を越えぬよう、自ら戒めてきたのだ。

彼らがいくら騒いでも、イクリール小城でルスランが暮らしていた期間における、グリファスの落度は見つからないだろう。

「伯爵と同じく真の皇王をないがしろにして、自身が権力をにぎるために、陛下を助け扶育《ふいく》して参ったのだとしたら――」

会議の本筋とは関係のない話題を、いつまでも嬉々《きき》として続ける官たちに苛立ちが募る。こんなくだらないことで時間を潰している間に、ルスランの身代わりとして攫われてしまったリィトが、命の危険にさらされているかもしれないのだ。

眉間に深い皺を刻み、静かに苛立つグリファスの代わりに口を開いたのは、任命されたばかりの新宰相だった。

「お控えください。確かにシャルハンの法令では大《たい》逆《ぎゃく》の罪を犯した者の親族は、三代にわたって仕官を禁じられますが、例外がないわけではありません。十五年前、まだ母君のお腹の中におられたルスラン陛下を、偽王の凶刃《きょうじん》から守り通し、扶育なされた功績と、今回、無事皇都までお連れしたことは、父君の罪を免ずるに充分な勲功《くんこう》かと思われますが」

「しかし、伯爵は大逆の…！」

それでもまだ文句を言い立てる長官等に、

「アスファ伯爵の罪業については不審な点も多いので、改めて調査を開始しております」

新宰相が飄々《ひょうひょう》と目配せしたとたん、口ごもった者が何人もいたのは、何か後ろめたい過去があるからだろうか。グリファスの出自と将軍位就任《しゅうにん》については、それ以上言及されないまま、会議は終了した。

そして噂は瞬く間に広まった。

アズレットやマレイグは、グリファスの出自に最初こそ驚いたものの、すぐに血の繋がりを理由に父の罪を息子に重ねる愚かさに気づいて、前と変わらぬ態度に戻った。

当然と言えば当然である。彼がどれほどルスランのために忠誠を注いできたか、十四年間ずっと見てきた彼らが一番わかっているのだから。

しかしまだ若いクライスにとっては、割り切れないものがあったらしい。

御前会議が開かれた本宮殿の竜王の間から、居室を与えられた東翼の月零殿《げつれいでん》へと向かう回廊の途中で、グリファスは呼び止められた。

「グリファスさん！　あなたがあのアスファ伯爵の

息子だって噂は本当なんですか⁉」

「本当だ」

淡々と答えたとたんクライスが殴りかかる。しかし血気に逸《はや》った青年の拳は空を切っただけで、グリファスの髪ひと筋にすら触れることはできなかった。

「オレの父は宰相だったアスファ伯爵に無実の罪を着せられて首をくくった！　母も追いつめられてあとを追ったんだぞ…ッ」

祖父の元で育てられていたグリファスは、生前の父が政敵を追い落とすため、そうした謀略《ぼうりゃく》を重ねていたことをあとになって知った。たとえ、もっと前に知っていたとしても、当時子どもだった自分にできたことは少ないだろう。しかしそれを目の前の青年に言っても、納得はしてくれそうにない。

「何とか言えよ！」

尊敬し、憧れていたからこそ裏切られた気持ちが強いのか。クライスは黙りこんだグリファスの胸元をつかみ上げようとして、騒ぎを聞きつけたスカルドに止められた。

「止せ、クライス」

上官に腕をつかみ上げられ、理不尽な言い掛かりを強い視線で制されて、クライスは納得しかねる顔つきながら身を退いた。

「すまんな、俺の教育がおよばなくて」

「…いや、本当のことだから。それにあれくらい面と向かって言われた方が、いっそ潔《いさぎよ》くていい」

「まあ、確かに…な」

スカルドは回廊の柱の合間から見える、本宮殿の灯火《とうか》にちらりと視線を向けてから、グリファスの肩を叩いて歩き出した。

「礼府長官たちがルスラン…おっと、皇王陛下に直接直訴《じきそ》してたよ。『御両親の仇である罪人の息子をおそば近くに置くのはいかがなものか』とな」

「そう言い立てる連中の気持ちはわかる」

「そうか？　俺には偽王の元で保身をはかっていたくせに、今度は手のひらを返して陛下に取り入ろうとするやつらの方が、よほど有害に思えるがな」

「——…陛下は何と答えていた？」

「苦笑してた。とにかくアン・ナフルの侵攻を食い止めるまでは、内政の方に手がまわらないからな」

グリファスを安易《あんい》に庇えば、旧臣たちの不満が高まることを、ルスランはよくわかっているのだろう。既得権《きとく》を守るのに必死な彼らを必要以上に押さえつけて、要らぬ策略をめぐらされては敵《かな》わない。

グリファスは「そうか」と答えて、少年皇王の英《えい》明《めい》さに安堵した。ルスランの御代が安定するに従い、私欲にまみれた旧偽王派のような者たちは、やがて淘汰《とうた》されてゆくだろう。だが、そうした巨大なうねりの中で、小さな木の葉のごときリィトの存在は、わきに押しやられ波に呑まれて消えてしまうのか…。

——そんなことにはさせない。

グリファスは腰の剣を鞘ごと外し、目の高さに持ち上げた。柄頭に嵌めこまれた青藍石が、回廊に射しこむ月の光を弾いて淡く輝く。石の中心に浮かび上がった線光は、対の珠の行方を求めてずっと西方を指し示し、その先端はほんのかすかだが、持ち主の生存を示すようにちらちらと揺らめいている。

今のグリファスにはそれだけが、不安と焦燥で塗り潰された道の行き先を照らす、唯一の光だった。


さらに翌日。

再び開かれた御前会議で、グリファスはアン・ナフル迎撃《げいげき》主力本軍の指揮官に任命された。

ルスランの意図は、出自が知られたことによって微妙な立場に立たされているグリファスに、皇王の信頼の厚さを示すことだった。そして華やかな戦功を樹《た》ててもらい、今後も父の汚名《おめい》を背負っていかなければならないグリファスに、爵位《しゃくい》や領地を与えやすくする狙いもある。

長い間偽王に命を狙われていたルスランを、守り育ててきたという功績だけでも充分価値はあるのだが、不満をもらす者たちへは、目に見えるわかりやすい勲功を示すことも必要なのだろう。

そうした主君の思いを痛いほど感じながら、グリファスの心は複雑に揺れていた。

御前会議にもかかわらず、特別に携帯を許された剣の柄に視線を落としたとたん、愕然とする。柄に埋めこまれた青藍石の表面に浮かぶ淡い線光は、エンリリルの川岸でリィトを見失って以来、ずっと西を指していた。それが今は奇妙にぶれている。

――なぜだ…⁉

指し示すべき対の珠の在処《ありか》を探しあぐねるように、光の線は惑い揺れている。リィトの身に何か起きたのか…。たぶんそれしか考えられない。

グリファスは表情を変えないまま、卓の下で汗の噴き出た拳をにぎりしめた。

あのとき、あの川岸の乱戦で、少年を見失わなければ。今ここに、茶色の瞳を持った子犬のようなあの少年がいてくれたなら――。アン・ナフル迎撃軍の第一指揮官という地位も、ルスランの心遣いも、もっとずっと嬉しく誇らしく思えただろう。

断絶してしまったリヴサール家を復興したい。何よりも、父のせいで不当にかけられた祖父への汚名を雪《そそ》ぎたい。そのためにも、命ぜられた第一指揮官の任を全うすることが最優先なのだと、頭ではわかっている。父から受け継いだ打算と計略を求める血が、冷ややかに損得を見極めようとしている。

けれど心は、身寄りのない少年の安否《あんぴ》を問い続けて重く沈んでゆく。できるなら今すぐ部屋を出て、昨日まで青藍石の線光が指し示していた、西の彼方へ馬を駆けさせたい。

受けるべき地位も栄誉も、何もかもかなぐり捨て、泣いてばかりいたあの少年を助けに行きたかった。

会議を終え、任された麾下《きか》の訓練と確認のため練《れん》兵《ぺい》場へ向かう足取りが重い。うつむきそうになる頭を気力で上げたところで、肩を叩かれる。ふり返ると、スカルドが気遣わしげな表情であごをしゃくってみせた。

「どうした、深刻な顔をして」

「…これを見てくれ」

グリファスはそう言って、剣の柄を上げて見せた。ルスランがリィトに貸し与えた耳飾と、剣の柄頭に埋めこまれた宝玉の関係を知っているスカルドも、線光がぶれていることに気づいて眉をひそめた。だが、しばらくすると顔を上げ、

「確かに気にはなるが、あの子が皇子として拉致《らち》されたのなら、当面命の危険だけはないはずだ」

そう言って親友をなぐさめた。

確かに、あのとき襲撃してきた賊たちの目的は、シャルハンの嗣子だった。だからルスランの服を着て飛び出したリィトを本物だと思い、殺害ではなく連れ去ったのだ。一国の嗣子を生かして連れ去る目的など、だいたい予想がつく。

「身代金《みのしろきん》…だろうな」

「ああ」

リィトを攫って行ったのがケチな盗賊の類《たぐい》ではないことは、グリファスもスカルドも承知している。

百人規模で統制が取れていた動きや、用意されていた快速艇の数、そしてグリファスの剣の宝玉が昨日まで指し示していた線光の向きから推測すると、犯人は十中八九《じっちゅうはっく》、西隣国のサイラムの手の者にちがいない。

「遠からず使者が訪れる。あの子を攫った相手がどこの誰か確定すれば、救出方法もしぼられる。それまでの辛抱だ」

リィトが贋者だとばれない限り、命は保証されている。スカルドはもう一度そう言って、グリファスの肩を叩いた。

「それは、確かにそうだが…」

確かに、リィトが皇子だと思われている間は却って安全だろう。だがそれも、本物であるルスランの即位が相手方に知られるまでだ。

今のところ、ルスランが竜神と契約を交わして新たな皇王となったことは、公表されていないが、ひ

との口が陸と海を、そして遣い鳥が空を行き交えば、遠からず、各国の首脳部には知れるだろう。

そのときが怖い。

捕らえられたのが本物の皇子、ルスランだったなら、スカルドも、そして自分も今頃血眼《ちまなこ》になって捜しているだろう。たとえ地の果てに連れ去られたとしても、追いかけて。

だが実際は、リィトは身寄りのない奴隷出身の子どもであり、その生死が国の命運や国家の利益を左右することなどない。

その安否を気遣うのは、あくまで個人的な感情からでしかなく、それすらも、グリファスはあとまわしにせざるを得ない立場なのだった。


リィトの消息がようやく判明したのは、さらに二日後の夕刻だった。

予想通り西隣国サイラムの国務大臣から、皇子の身代金を要求する使者が到着したのである。


執務のための本宮殿と、私生活の場である後宮の境目にある、奥の間に呼び出されたグリファスは、さほど広くはないが防音と遮光《しゃこう》の効いた豪奢《ごうしゃ》な部屋で、沈痛《ちんつう》な面持ちのルスラン、スカルド、マハ導師に出迎えられた。

室内には他に、宰相と財務を司る戸府長官がいたが、彼らの表情はそれほど深刻ではない。

長方形の卓にたどり着くとルスランが口を開いた。

「宰相、グリファスにあれを」

小さくうなずいた宰相がグリファスの前に差し出したのは、折り畳まれた書状である。赤黒い染みがついて盛り上がっているのは、何かを包んであるからだろう。

嫌な予感がした。

柄の宝玉の線光がぶれていたのはなぜだ。

書状に付着している赤黒い染みは何だ。

畳まれたそれを開く前から、グリファスにはそこに何があるのかわかっていた。手を伸ばし、羊皮紙《ようひし》

をゆっくり開いたとたん、

「――畜生ッ…」

御前であることも忘れて吐き捨てた。

広げた羊皮紙の上には、ちぎれた耳朶と血のこびりついた耳飾《ピアス》がひとつ。九翼の竜の紋章の向きから、右耳のものだとわかる。

ひと月以上前に、グリファスが自ら着けてやったものだ。

穴を開けるのを怖がって、かすかに震えていた細い肩。色を変えたばかりの金髪の合間で、少しだけ赤味を帯びていたやわらかな耳朶。

指先によみがえるリィトの体温。

これを引きちぎられたときに味わっただろう痛みを思った瞬間、グリファスの胸に少年を傷つけた者への、煮え立つ辰砂《しんしゃ》のごとき激烈な怒りが生まれた。

グリファスの動揺をよそに宰相は、リィトの処遇と今後の対応、そして使者への返答について思うところを述べはじめた。

「まず、サイラムからの使者はすぐに捕らえ、外部との連絡は一切絶っています。さらに、彼らが飛ばそうとしていた遣い鳥の捕獲に成功したところ、大変な事実も明らかになりました」

皇都でルスラン即位を知ったサイラムの使者は、あわてて自国へ密書を飛ばした。そこには、自分たちが攫った少年は贋者であり身代金の要求などしても意味がないこと。この上は、疾《と》く早く東で挙兵《きょへい》したアン・ナフルと呼応し、皇都パルティアを攻めるべき…といった内容が記されていた。

「以上のことから、まずは東のアン・ナフル軍を撃退するまで、西のサイラム国にはリィト殿を本物の皇子だと思いこませておきたい。彼らを欺《あざむ》き時間を稼《かせ》ぐために、『皇子』であるリィト殿の身代金要求に応えるふりが必要でしょう。交渉人には」

淡々と話を進める宰相にグリファスが割りこむ。

「お待ちいただきたい。時間稼ぎをするのはいい。しかしリィトが贋者だとばれたときは、どう対処するつもりです?」

「…サイラム側が腹癒《はらい》せにリィト殿を害したりしなければ、引き続き交換交渉を続けます。ただし国庫《こっこ》から出せる身代金の額には上限がありますので、あとは運次第でしょうか」

人質になったのが有力貴族や皇族であれば、高額な要求にも応じざるを得ないだろうが、元は奴隷の一平民に対してはそうもいかない。

有能だからこそ、リィトのことは捨て駒としてすでに見捨てている宰相の冷静な顔をにらみつけ、グリファスは思わず殴りそうになった拳を意志の力で何とか押し留めた。

「ではその人質交渉には、私が赴きましょう」

「何を仰います。グリファス殿はアン・ナフルとの戦の陣頭指揮《じんとうしき》を任ぜられているではありませんか。お役目を放棄するような発言を、そのように軽々しくなされては、ますます宮中での評判に関わりましょう。御自重なさいませ」

思いやりなのか揶揄なのか、感情のあまりこもらない宰相の口調からは察せられない。

「あー、臣《わたくし》は先ほどから不思議で仕方ないのですが、グリファス殿はなぜそれほど、その…リィトという少年を助けたいのですか?」

おっとりと口を差し挟んだのは、同席していた戸府長官である。口調はおだやかだが、声にどこか粘《ねば》り気がある。

「国家の危機に、しかも御前で、私情剝き出しの要求をなされるお姿は少々…いえ、大変見苦しく感じられますな。リィトという御仁《ごじん》も、皇王陛下の御《おん》ために命を落とすのであれば、それも本望《ほんもう》で…あ」

もったいぶった長口上《ながこうじょう》を途中で叩き斬るように、グリファスは無言でズイ…と長官の前に進み出た。

「あ…、何を…?」

自分よりも頭半分上背のある男に鋭くにらみ下ろされて、長官は袖で口元を覆い、もごもごと口ごもりながら救いを求めて視線をさまよわせた。

「――…貴方に、何がわかるというのだ」

リィトを奪われて以来、耐えに耐え、押し留めていた怒りと焦燥が、長官の不用意な発言で噴きこぼれそうになる。

「簡単に、命を落とすなどと決めつけないでいただきたい」

拳を強くにぎりしめたグリファスが、さらに半歩前へにじり寄ると、額に冷や汗をにじませた戸府長官も、おろおろと仰け反りながらあとずさる。

「グリファス！」

スカルドの小さく鋭い制止の声に、グリファスはハッと我に返った。つめていた息を吐いて肩から力を抜き、おびえている戸府長官に一礼すると、己の席へ戻る。上座《かみざ》でやりとりを見守っていたルスランにも、詫びるため目礼してから、うつむいて卓上に置かれた耳飾に視線を落とし、奥歯を噛みしめた。

皆が席に戻ると、それまで黙っていたルスランが静かに口を開いた。


「アン・ナフル国境にはわたしも出陣します」

驚いて主君の顔を凝視《ぎょうし》したのはグリファスだけではなかった。スカルドも腰を上げ、制止しようとしている。

「危険です、お考え直しください」

「わたしが神器を携えて戦場に赴けば、兵たちの士気《しき》も上がり、より短期で撃退することが可能になるはず。リィトが身代わりだとサイラム側が気づく前に、アン・ナフル侵略軍を撃退することができれば、人質交渉を引き延ばして、彼らを苛つかせることもない。アン・ナフルに呼応しての挟撃《きょうげき》が手遅れだとわかれば、サイラムも引くでしょう」

あとに残されるのは利用価値のなくなった子どもひとり。身代金を提示して引き取るか、監視がゆるんだところで隙を見て奪い返せばいい。

「それは、確かに…そうですが。しかし」

危険ですと言いかけたスカルドを、ルスランは瞳で制した。

「宰相は、サイラムへ派遣する使者を選出するように。可能な限り交渉術に長《た》けた者を」

グリファスの無言の懇願に対する、それがルスランの答えだった。

「かしこまりました」

宰相の一礼で、隠密会議は終了した。最初にルスランが退出する。その後ろ姿に、たまらず声をかけた。

「陛下」

お待ちくださいと、身を乗り出しかけたグリファスの腕を、スカルドがきつくつかんで引き止めた。

「あきらめろ」

耳元で鋭く叱咤《しった》される。これ以上、宰相や戸府長官の前で、ルスランの決定へ異議を唱え、私情を優先させようとすることは危険だ。寵を頼んで我《が》を通せば、それがどのような尾ひれをつけて広がるか。

ここで取り返しのつかない悪評が立てば、祖父の名誉を挽回《ばんかい》するという悲願が遠のく。それ以上に、

「グリファスは…」

わたしを守ってくれないのですか？

部屋から出て行きかけて立ち止まり、ふり返ったルスランの、声のないつぶやきが胸に突き刺さる。

竜神の加護を得て皇王となり、大人と対等に渡り合っているように見えても、中身は十四歳の少年だ。嬰児《えいじ》の頃からずっと見守ってきた。誰よりも守りたいと願ってきた。

「…――」

ルスランを守り、戦功を樹てて祖父の汚名を雪ぎ、リヴサール家を復興し、かつての領地を取り戻す。

それらすべてを捨てて、リィトを助けに行くことのできない自分が心底嫌になり、グリファスはひとり残された奥の間に、立ち尽くし続けるのだった。

エンリルの川岸で。どうしてあのとき、あの手を離してしまったのだろう。

土に汚れた細い指を。

緊張で冷たくなっていた細い腕を。

すがりついてきた茶色い瞳を。

震えていたあの存在を。

――見捨ててしまった。

痛烈な後悔が心を蝕《さいな》む。自分で下した決断なのに、失った今になってこれほど苦しい。日が過ぎるごと、一刻経つごとに。強い酸に浸した鋼《はがね》のように、ぼろぼろと心の鎧《よろい》が崩れてゆく。

自室に戻ったグリファスは、灯りを点けないまま暗い部屋の椅子に座った。リィトの身体の一部をこびりつかせた赤黒い耳飾を、そっと卓に置くとその横にひじをつき、手のひらで顔を覆う。

「…………」

どうしてあの手を離してしまったんだろう。

他の方法が何かあったはずだ。

あのとき俺は最後に何と言った？

リィトはどんな顔をしていた？

思い出そうとしても定かにならない。

自分はあのとき、リィトを安全な場所に避難させたと思いこみ、そして、ルスランの行方と無事を確かめたくて気が急いていた。

手のひらで強く押さえたまぶたの奥に、川岸で燃え上がった炎の色と、それを映して揺らめいたリィトの瞳がよみがえる。あの瞳が、何かを訴えるように揺らめいていた眼差しが胸に迫る。

「リィト、お前は何を言いたかった？　俺に何を望んでいた？」

つぶやきに応える者はいない。

立ち上がり、衣装箱から旅の間身に着けていた外套を取り出してみる。その裾に、小さなにぎり跡を見つけて言葉を失った。息がつまる。

おずおずとすがりついてきたリィトの顔が思い浮かぶ。直接触れてはこない。抱きついたりもしない。けれどあのとき、とっさに自分の外套をつかんだ。必死に、懸命に。

どうしてあの手をふり解いたんだ……！

自分を責めて両目を強く閉じると、最後に手を離した瞬間の、悲しそうな、透き通るような瞳が脳裏に浮かぶ。手の中に、あのときすり抜けていった細い指先の感触がよみがえり、とっさににぎりしめた。

「…――ッ」

爪痕が残るほど強く両手を閉じても、すり抜けてしまった指を繋ぎ止めることはもうできない。

もう遅いのか…？

エンリルの岸で、なぜリィトのそばを離れたのだろう。あのときあの手を離さず、一緒に連れていけばよかったんだ。

遅すぎる後悔が、胸を抉る。責め立てる。

あのとき、あの状況で、そばにいたのがルスランだったら、グリファスは決して彼をひとりになどしなかっただろう。たとえ安全な場所だと思えても、ひとりで逃げろなどと放り出しはしなかった。

けれど、ただの少年に戻ったリィトなら敵の目を逃れられると思ったのだ。だから……。

『――お前は、リィトよりルスランの安全を優先したのさ。だけどそれは当然で正しい判断だった。リィトが囮になったことでルスランは無事だった。結果的にお前は最善の行動を取ったのだ。悔やむ必要はない』

心の中で、身勝手で醜い影の声がしきりに己の正当性を叫んでいる。その叫びに身をゆだねれば、楽になれるのかもしれない。けれどグリファスには、あのときの判断を肯定することができない。

『――どうせ最初からそのつもりだったんだろう』

ルスランを守るために、リィトを身代わりに立てた。怪我をすることも、命を落とす可能性もあるのだと、最初から承知していたくせに。こうなることを充分予想していたくせに。

『――結局お前がリィトを追いつめたのだ、今さら偽善《ぎぜん》ぶるな』

せせら笑う影の声に、グリファスはうなだれた。

その通り。こうなる可能性を予測して、それでも構わず、世間知らずな少年を利用したつけが、この痛みと苦しみ、そして後悔だ。

もしもリィトを取り戻すことができなければ、この痛みに一生苛まれることになる。そして自分はそれに耐えることでしか、あの少年に詫びる術がない。

「…——」

震えるにぎり拳を額に押し当て、グリファスがうつむいたとき、扉を叩くかすかな音が響いた。

「…グリファス」

かすかな呼び声に、椅子を蹴立てて戸口へ走った。扉を開けると、廊下の淡い灯火の下にルスランが立っていた。

「陛下、このような場所には…」

もう以前のような気安い行動は慎むべきだ。そう言いかけたグリファスの口に指を当て、ルスランは静かに首を横にふって見せた。

「部屋へ入ってもいいですか」

「…どうぞ」

押し切られる形でグリファスが身を引くと、ルスランは影のように扉をくぐり、暗いままの室内を見てわずかに首を傾げてから、ぽつりとつぶやいた。

「ずっと、ふたりきりになれるときを探していました。覚悟はしていましたが、玉座に就くということは——」

そこまで言ってルスランはいったん口をつぐみ、思い悩んだ末といった表情で、小さな革袋を差し出す。

「これを…。リィトと服を交換したとき、彼が落としたものです」

「？」

中を探ると、見覚えのある髪紐が入っていた。以前、自分が捨てたものだ。確か痕跡を残さないよう焚き火に投じたはずなのに。

「なぜ、こんなものを…」

大切にしまっていたのか。はっきりとした理由などわからなくても、純朴な少年のいじらしい想いだけは伝わってきた。

『ぼくのことなんかどうでもいいくせに…！』

叫んで泣きじゃくりながら眠りに落ち、夜中に寝惚けてもぐりこんできた夜。涙と鼻水で胸元を濡らされることが、なぜか不思議と嬉しかった。

夜明けの三日月湖でグリファスに蜜菓子を差し出した、不器用な気遣い。きれいだったからと、無邪気にサリアの花束を差し出したときのあの笑顔。

もしかしたら、自分はとても大切なものを失おうとしているのかもしれない。

取り返しのつかない間違いを、犯そうとしているのかもしれない。

家名や領地、地位や栄誉は、失っても取り戻すことができる。生きている限り希望はある。

けれど――。

言葉を失くして立ち尽くすグリファスに、ルスランは何度か迷ったあと、かすれた声で静かに告げた。

「リィトからの言伝《ことづて》です。『あなたは誓いを果たしてくれた。だからぼくも約束を守ります』…と」

ドクンと血が逆流した。何かが頭蓋《ずがい》から足の裏まで貫いてゆく。足下が沈みこむような気がして、とっさに傍らの卓に手を着いて身体を支えた。

「…――」

「伝えるのが遅れてすみませんでした」

黙りこみ、それきり動かなくなってしまったグリファスを、ルスランは辛そうな表情で見上げ、何か言いかけて止める。

しばらく経っても何も言わないグリファスを残し、ルスランは肩を落として部屋を出て行った。

柱の陰に待機していた親衛兵が、音もなく背後の守りにつく。皇王となったルスランには、グリファス以外にも命をかけて守ろうとする者が数多く存在する。

けれどリィトには誰もいない。

リィトを誰よりも一番に心配し、身を案じ、抱きしめ、助けようとする存在はいないのだ。みんな他に大切な何かがあり、優先すべきことがある。

グリファスは去って行ったルスランの背中から、手の中に残された燃え止しの髪紐に視線を落とした。

――リィト、お前はなぜ、こんなものを後生大事に持ち歩いていたんだ。

「…こんな、まるで」

まるで、宝物のように。

俺のものが何か欲しかったのか？　言えば何でも与えたのに。どうして何も言わず、こんなもので満足していたんだ。

額に拳を当てながら、グリファスは傷口を火で焙られ続けるような苦痛に耐えた。

まぶたの奥に、髪紐の残骸を大切に手のひらに包み、照れ笑いを浮かべるそばかすの少年が浮かぶ。

「リィ…ト」

にぎりしめた両手に顔を突っ伏すと、噛みしめた歯の間からうめきが漏れる。強く閉じたまぶたから、悔恨がこぼれ落ちて手首を濡らした。

こんなちぎれた髪紐ではなく、もっと確かなものを与えてやりたい。

抱きしめて、お前が一番大切だと伝えたい。

死なないでくれ。……頼むから生きていてくれ。

――ああ…思い出した。

あのとき、エンリルの川岸でお前の手を離す寸前、俺はお前に伝えたいと思ったことがあったんだ。

けれどうまく言葉にならなくて、なぜか照れ臭くて、別の言葉にすり替えた。

『ルスラン様を守ってくれ』

俺があんなことを言ったから、お前はそれを果たそうとしたのか。

「――俺のせいだ」

遠い異国の空の下で、独り血を流す少年を見殺しにすることはできない。してはいけない。

絶対に。

グリファスは顔を上げ、月明かりに浮かび上がる卓上から片方だけの耳飾をつかみ上げると、決意をこめた足取りで部屋を出て行った。

## ・viii・ 虜囚

エンリルの川岸で、正体不明の賊に捕らえられたリィトは、目的を達成して引き上げる彼らとともに黒い船に乗せられ、その場から連れ去られた。

賊が操る快速艇はエーン川を矢のような速さで下り、明け初めのエンルー湾に出ると、そのまま南西の方角に進路を取り、東からの追い風に乗ってシャルハンの南沿岸部を横切ると、サイラム国の王城がそびえる首都ディアンの湾岸に到着した。陸路なら二十日以上かかるところを、順風に乗った海路のため三日半の行程である。

王城の中心部にある壮麗《そうれい》な広場に連れて行かれたリィトは、そこからさらに地下へと続く半透明な石でできた隧道《すいどう》を、屈強な兵士に抱きかかえられて運ばれていった。

長い道のりを歩かなくてすんだのは、逃げ出せないよう手足を縛られていたためだ。さらに、叫んだりうめき声をもらして周囲に不審がられないよう、喉が麻痺《まひ》する薬を飲まされるという念の入れようだった。

『――だめですな。玉は反応しません』

『シャルハンの嗣子ならば、我がサイラムの神器も応えてくれるはずではなかったのか⁉』

薬のせいで半分朦朧としながらも、耳に入った会話の破片から、リィトはようやく、エンリルの川岸で自分たちを襲ったのが、西の隣国サイラム王国の手の者だと知った。

再び有無を言わせぬ強引さで馬車に乗せられ、次にリィトが連れて行かれたのは窓がひとつもない、小さな、けれど非常に豪奢な部屋だった。

厚い絨毯が声を吸い取るのか、リィトを取り巻く数人の男たちの会話はくぐもっていた。

『さあ殿下、こちらの書状に署名と、それから殿下の無事を自国の方々にお知らせする手紙を書いてくださいますかな』

金の象嵌が施された立派な卓《テーブル》の、手元しか見えない暗い燭台のそばに立派な羊皮紙が差し出され、リィトは絹張りの椅子の上で身を強張らせた。

字が書けるようになったのはほんの半月前。しかもまだ、自分とグリファスの名前しかまともに書けない。皇子らしい流麗《りゅうれい》な文《ふみ》などしたためられるわけもなく、へたをすれば自分が贋者であるとばれてしまうかもしれない。

無言で固まるリィトの態度を、反抗的だと解釈したのか、取り囲んでいた男のひとりがリィトの耳元に手を伸ばした。

『皇子が間違いなく我々の手の内にあることが、シャルハンの宮廷に伝わればいい』

冷ややかな声とともに、無造作に髪がかき上げられ右耳をつかまれた。男はシャルハン皇室の宝である耳飾を外そうとしたらしい。しばらくいじりまわしたあと、どうにも取れないことに気づいて苛立ちをあらわにする。強く引っ張られる…と思った次の瞬間、何かがぷちんとちぎれる音が脳裏に響いた。

『――…ぁあッ！』

衝撃は数瞬あとにやってきた。手で押さえるより早く、肩から胸にかけてぼたぼたと温い雫がこぼれ落ち、九翼の竜を縫い取った皇子の服に赤黒い染みを作ってゆく。

灼熱《しゃくねつ》の痛みと疼きを発する右耳を、必死に両手で庇いながらリィトは卓上に突っ伏した。

『乱暴が過ぎますぞ！』

『これくらいおどしをかけた方がいいのですよ』

『いやしかし、後《のち》の外交問題に発展しては…』

頭上で交わされる会話の意味すら、痛みのせいでうまくつかめない。悲鳴をこらえるリィトを尻目に、男たちは血が染みついた羊皮紙で、少年の耳朶の一部が付着したシャルハン皇家秘蔵の耳飾を包むと、昏い笑みを交わし合ったのだった。

簡単な傷の治療を受けたあと、リィトは再び馬車に乗せられ、二日かけて大きな川辺の城塞に連れて来られた。それからの数日間はシャルハン皇国の正統な皇子として、食事も眠る場所もきちんとした客人の扱いを受けた。

監禁された塔の一室には、高すぎて外は見えないものの細長い窓があり、新鮮な空気と外界の音を運んできてくれる。夜になると大量の水が流れる音と、昼間は水鳥の羽音や鳴き声が聞こえる。

そうした中で自分がこの先どうなるのか、見えない未来を不安に思いながら、リィトは皇子としてふるまい続けた。

「シャルハンからの返答はまだか!?」

サイラム王国の国務大臣イルガフは、樽《たる》のような巨体を揺すって部下に叱咤という名の八つ当たりをぶつけた。

「ええいシャルハン人は、ようやく見つかった次期皇王がどうなってもいいのか?」

「閣下《かっか》、アン・ナフル国からの進軍要請にはどうお答えになるのですか」

「兵糧《ひょうろう》集めに手間取ってるとか何とか、適当に言い繕って時間を稼いでおけ！　シャルハン宮廷が皇子の身代金要請に応じれば、わざわざ軍隊なんぞ出さんでも莫大な金と領土が手に入るのだ」

元々サイラム王国には、他国に出兵するような人的かつ金銭的余裕などない。

現在の国政に不満のある一部の軍国主義者たちが、東のアン・ナフル王国と密約を交わしてシャルハン侵攻を目論《もくろ》んでいるようだが、自国の内情を熟知しているイルガフにしてみれば、無駄と危険が多い愚かな策に過ぎなかった。

イルガフの自信と目論見が揺らいだのは翌日。

シャルハン宮廷あてに送った身代金要求への返答がないまま、別経路から『シャルハン本国にて真皇王即位』の報を受けたことで、にわかに情勢が変わったためである。

城塞に監禁されてから三日目の午後。リィトは塔から連れ出され、屈強な兵士たちに守られた部屋に連れて行かれると、険しい表情でずらりと並んだ男たちの前で尋問《じんもん》されることになった。

「殿下にお伺いしたいことがあります」

「…何でしょうか」

国務大臣の問いに、リィトは内心のおびえを隠し、落ち着いた態度で応えた。

「殿下の無事とその対価を要求した書状への返答は未だ参りません。なぜだと思われますか？」

「……偽王独裁のせいで内政が混乱しているからでしょう」

グリファスやルスランが交わしていた会話を思い出しながら、慎重に言葉を選ぶ。

自分を捕らえたこの男たちが、シャルハンの誰に対して身代金を要求したのかわからないが、もしもリィトが皇子の身代わりだと承知している者の手に届いているなら、いくら待っても返事など来るわけがない。

けれどそれを男たちに悟られてはならない。ここでリィトが自分を贋者だと認めてしまえば、男たちは本物のルスランを捕らえようと画策するだろう。

それだけは阻止しなければ。

『…もしもルスラン様を見つけたら、守ってくれ』

別れ際のグリファスの言葉が、胸によみがえる。

――ルスランを守りたいんだ。他の誰よりも。

あのとき、あの状況で託された願い。だからこそわかる。あれがグリファスの本心からの気持ちだと。

その対象が自分ではないことには、もうあきらめがついている。

たった一度だけだったけれど、ルスラン皇子より自分を先に助けてくれた。あの一瞬の思い出があれば、この先どんなことが起きても耐えられると思う。

「もしやシャルハン宮廷には、殿下が真の嗣子であると知らない者が多いのでは？」

「どういう意味ですか」

「数日前、シャルハン本国で新しい皇王が即位したという情報が入りました。おかしいではありませんか、殿下はここにいるのに」

「…そ、れは」

リィトが思わず言葉につまった瞬間、

「だからこいつは贋者だと言ってるんだ！　身代金要求に応じる気配がないのが何よりの証拠だ」

「そうとも。この上は一刻も早くアン・ナフル軍と呼応してシャルハンを攻めるべきだろう」

国務大臣の後ろで不満そうに腕組みをしていた鎧姿の武官が大声でがなり立てると、もうひとりの鋭い目つきの男も、リィトは贋者だと冷ややかに言い放った。

男たちの会話から、自分が贋者であるとばれると、シャルハン皇国に戦をしかけられると察して、リィトは気丈に声を張り上げた。

「無礼な…！　本国で即位したという者こそ贋者にちがいない」

心の中ではルスランが無事即位したことを喜び、そしてグリファスはどうしているだろうかと思いを馳せながら、反射的に、自分はまだ本物としてふるまうべきだと判断を下す。

「わたしこそが真の皇子だ。あなた方の使者はきちんと皇宮にたどり着いているのか？　皇都は長年にわたる偽王の独裁によって混乱している。そのせいで時間がかかっているのでは？」

わずかに上擦った声で言い募る。

「うむ、その通りだ。ともかくシャルハンに遣わした使者の報せを待とう」

国務大臣が告げると、武官たちは納得しかねる様子だったが、身分的に逆らえないのか不承不承《ふしょうぶしょう》うなずいたのだった。

なんとか危機を脱したリィトは、再び塔に連れ戻されたが、監視役としてついてきた目つきの鋭い武官に、去り際あごをつかまれ上向かせられ、

「ふん…、度胸の据《す》わり具合は、確かに一国の皇子らしいが。——どこまでもつかな」

どこか粘ついた表情で残された捨て台詞が、リィトの胸に広がる不安の深淵《しんえん》を波立たせた。

サイラム王国国務大臣の元に、待望の報《しら》せがもたらされたのは、エンリルの岸辺でシャルハンの皇子拉致に成功してから、十一日目の朝であった。

国家間を往復するものとしては、最高機密扱いを意味する、七翼竜の紋章で封蠟《ふうろう》された書状を携えたシャルハンの使者は、虜囚《りょしゅう》となった皇子の無事を訊ねたあと、

「要求された身代金を用意するのに時間がかかる。半月ほど待たれよ」

いかにも役人らしい慇懃《いんぎん》さで、さっそく引き延ばし交渉を進めてきた。

それとは別に、隣国侵攻を求める軍部の元には、シャルハン皇都で進軍の動きがあるとの報せが届き、彼らを色めき立たせる。さらに指揮官は、先日即位したのはシャルハン皇王自身だという噂も付随《ふずい》していたため、国務大臣が身代金要求のために捕らえた少年は、贋者だという声がますます高まった。

彼らは自国の行きづまった状態を打破し、さらに自分たちの出世の機会を得るために、何としてもシャルハンに侵攻したいのだ。

そうした急進派と、あくまで軍事行動抜きで自国に益をもたらそうとする国務大臣の一派の間で、意見がわかれる中、翌日にはアン・ナフル国境に進軍を開始したシャルハン軍の中に、即位した真の皇王がいるとの報せが入り、塔に監禁した少年はやはり贋者だという説が濃厚になった。

しかし国務大臣の一派は、あくまで身代金の要求と領土の割譲《かつじょう》を主張する。そんな中、痺れを切らした急進派は、捕らえた少年自身の口から贋者であるという確証を得ることに決めたのである。

薄氷を踏むような日々の終わりは、唐突にやってきた。

リィトが川縁の城塞に監禁されて七日目。エンリルの岸辺で、ルスランの代わりに捕らわれてから十二日目の午後。

突然、部屋に押し入ってきた武装した男たちによって、リィトはひと言も発する暇《いとま》もないまま寝台に押しつけられ、自白をうながす拷問《ごうもん》を受ける破目になった。拷問とはいっても、外傷を残すことは避けたいらしく、リィトを扱う男たちの手つきは慇懃といって差し支えないほど丁寧だった。

本物の王侯貴族にとっては簡素だが、リィトにとっては充分やわらかく寝心地のよかった寝台に、両の手足をそれぞれ押さえつけられ、着衣を剝がれて全裸にされた。遮るもののない状態で、他人に急所をさらしているという本能的な恐怖で身体が震える。

何をするつもりかという問いも叫びも、すべて口元を覆う武人の手のひらに吸いこまれてしまう。

五辺の壁を持つ部屋の上方には、拳幅の細長い窓がそれぞれ穿たれていたが、男のひとりが壁際で何か操作をするとすべてに鎧戸が下がる。一瞬暗闇に閉ざされた室内は、枕元に点された小さな燭灯《しょくとう》によって、不安定で頼りない視界を取り戻す。

扉の警護に戻った二名を除いて、室内には少なくとも、自分の手足を押さえている鎖帷子《くさりかたびら》に革鎧の兵士が四人、その後ろからリィトをのぞきこんでいる凝った鎧装束の男がひとり。武装した大人が計五人もいる。抵抗してなんとかなる状況ではない。

リィトは恐怖と不安で途切れそうになる意識を必死で繋ぎとめ、彼らの出方を待った。

最初の混乱が去ると、後方に控えている凝った鎧装束の男は、先日階下の部屋で尋問されたとき、執拗にシャルハンへの侵攻を訴えていた将官だと気づく。彼がリィトを贋者だと疑っていることも。

歳は三十代後半くらいだろうか。武官なのに妙につるりとした青白い肌と、きっちりなでつけられた黒髪、そして粘り気を帯びた冷ややかな目つきと、反対に口角を上げただけの作りものめいた微笑が、嗜虐《しぎゃく》的な性格を窺わせる。

冷たい目つきの将官は、仰向けで裸体をさらしているリィトに近づくと、革の手袋に包まれた指先でツイ…と鳩尾《みずおち》を押さえた。

「……ッ」

ビクリと浮いた身体を押さえるよう、男はそのまままっすぐ指でなで下ろし、恐怖に震える少年の性器を軽くにぎりしめた。

「…んッ……うう…ッ」

信じられない思いで、自分に覆い被さる男の姿を見上げる。一瞬で、全身から冷や汗が噴き出した。

「そんなに恐がらなくてもいい。我々はただ、君が本当のことを言ってくれるのを望んでいるだけだ」

「――…」

彼らの目的が自分は贋者だという自白であるなら、シャルハンへの侵攻を阻《はば》むためにも、絶対に言うわけにはいかない。リィトは気丈に男を見上げた。

「ふん…、まあいい」

将官は自信たっぷりに冷たい笑みを浮かべ、リィトの性器からいったん手を離すと、部下に命じて唇から手を外させ、代わりに猿轡《さるぐつわ》を施した。

「本物の皇子と言うならそれでもいい。十日も抱かれ続ければ、国に戻っても男なしではいられない淫《いん》乱《らん》な身体になる。ふふ、身体が疼いて独り寝が耐えられなくなったら、サイラムへ来るといい。いつでも性技に長けた男たちを用意して出迎えますよ」

血の気が引くような台詞とともに、男はおびえるリィトの面前に小さな壷を掲げると、革手袋をはめたままの指で、そこから乳白色《にゅうはく》の膏薬をたっぷりすくい取って見せた。そして萎《な》えた性器全体に塗りつけ、揉みこむように刺激しはじめる。

「ん…、う…ぁ…ッ」

耳を引きちぎられたように、そこを乱暴に扱われることを怖れていたリィトは、予想とはちがう成り行きに戸惑う。革手袋をはめた硬い指先でさらに膏薬を塗りこまれてゆく下腹部が、次第に熱を帯びてくることに戦いた。

情けない話だが、リィトはそれまで射精したことも自慰《じい》をしたこともなかった。万年栄養不良状態の奴隷暮らしでは生きることに精一杯で、性の発育は遅れがちだったのだ。

グリファスに助けられ人並の食事と睡眠、そして思いやりを与えられ、ようやく芽生えた恋心は、まだ肉体的な希求《ききゅう》には至っていなかった。せいぜい身体に触れていれば安心できるという、初歩的な段階だったのだ。

心身ともに、自然にほころぶのを待っていたはずのリィトの純情は、名も知らぬ拷問者の無粋《ぶすい》な手によって踏みにじられようとしている。

「皇族ならば、早いうちに性技を仕こまれているかと思ったが、どうやらこの皇子様はずいぶん初《うぶ》でいらっしゃるようだ」

少年の反応と、使いこまれた形跡のない性器を見て、正確に獲物の経験値を読み取った将官は、いやみたらしく慇懃に嗤《わら》う。革手袋に包まれた指で何度も膏薬を塗り足し、体温で溶けたそれが、『ねちゃり…ぐちゅり』と恥ずかしい水音を立てるまで陰茎《いんけい》や陰嚢《いんのう》を充分揉みしだいた。

やがて膏薬に含まれた強い催淫《さいいん》成分によって、少年の性器が充分勃《た》ち上がったことを確認すると、おもむろに後孔《こうこう》へと指を伸ばした。

「——んぅ……ッ」

やわらかく敏感な場所への無粋な侵入に、リィトは激しく背中を反らせて身もがいた。細い身体の少年に、両手足を押さえる屈強な兵士をふり解けるわけもない。リィトの抵抗は、獲物をいたぶる捕食者の笑い声に遮られてしまう。

溶けた膏薬ですっかり濡れてぬるぬるになった指が、抗うように閉じた後孔に押しこまれた瞬間、

「——ぁ…あッ……！」

リィトの脳裏に白い閃光が弾け、意志に反して勃ち上がった性器から熱い何かがほとばしった。

「なるほど、皇子殿下はこちらで感じる素質があるらしい。ではご希望に添わせていただきましょう」

将官は指に絡めた白濁を、射精したリィト本人の頬にこすりつけながら薄い唇をゆがめて笑った。

他人の手によってむりやりもたらされた、生まれて初めての精通を受け入れる余裕もないまま、リィトの後孔はさらに蹂躙を受けた。

腰が浮くほど両脚を持ち上げられ、これ以上はないほど大きく割り広げられあらわにされたそこに、ぬめりを帯びた指が次々ともぐりこんでくる。抜き差しをくり返され、本数を増やされ、入り口を揉むように広げられる間に、リィトはさらに数回吐精《とせい》した。

「…ぁ、あ…う、…――んぅ…」

意志に反して昂《たかぶ》り続ける性器と、波にさらわれ攪《かく》拌《はん》されるような感覚は、明らかに外部から強制的にもたらされたものだ。それが、くり返し塗りこめられる膏薬のせいだと頭で理解はしても、自分の身体が作り替えられてしまうような恐怖は、こびりついて離れない。

やがて、リィトの理性は次第に揺らぎはじめ、屈辱と羞恥の代わりに、ふわりと身体が浮くような奇妙な酩酊感に包まれた。熱を帯びた四肢からくたりと力が抜け、猿轡を噛みしめるあごにも力が入らなくなり、だらしなくこぼれた唾液《だえき》が喉まで伝う。

物理的な抵抗が止んだのを確認した将官が、部下に命じて猿轡を外させ、耳元でささやいた。

「君の本当の身分は?」

「……ぼ…くは」

「君は皇子ではないだろう? 本物はシャルハンで即位した方《ほう》だ」

「…ち、が…う。ぼく…が、本物…」

こねまわされる泥のような頭で、それでもリィトは水際で抵抗した。

――本物だ。ぼくが本物…。本当の皇子ならグリファスに愛された。だから本物になるんだ。本物になれば戦も起こらない。ルスランの代わりにぼくが本物になれば戦も起こらない。みんなを守れる。グリファスの夢が叶う。それでい。最後まで本物としてふるまえば、きっと彼が褒めてくれる。頭をなでながら、髪をくしゃくしゃにしながら、いつものように。

よくやった、偉かったな…って――。

蜜と泥を混ぜ合わせたような、とりとめもない妄《もう》想《そう》と決意、悲しみと奇妙な高揚感が、泡沫《うたかた》のように浮かび上がっては消えてゆく。

なぜか涙があふれた。それさえも薬で強制された背徳《はいとく》の悦楽に干上がってしまう。

「……」

将官はねじこんでいた指を引き抜き、リィトの脚を押さえていた部下に目配せをした。

「本当にいいんですか…？」

部下が小声で訊ねる。将官はためらいもなくうなずいてみせた。

身体に傷をつけて苦痛を与える拷問では、万が一少年が本物の皇子だった場合、あとあと重大な外交問題に発展しかねない。さらに個人的な恨みから、復讐を企てることもあるだろう。

それらを避けるため、苦痛よりも快楽を与える。初《うぶ》な皇子に強烈な性的興奮を与え、激しい性交で腑《ふ》抜《ぬ》けにしてしまえばいい。特別に調合した催淫薬と長けた性技で中毒に陥るほど虜《とりこ》にしてしまえば、皇子が国に戻り皇位に就いたあとも、何かと利用できるかもしれない。

「やれ」

素っ気ない命令を受けた大柄な兵士は、寝台に上がり脚衣と下穿きを下ろすと、朦朧としたリィトの両脚の間に腰を進めた。

「…ぁ…ひッ…、あ…――」

指とはちがう何かが、圧倒的な強さで体内に侵入してくる。後孔は痺れて疼くばかりで痛みはほとんどない。それでも大切な何かが、ぼろぼろと剝離《はくり》して崩れ落ちるような喪失感があった。

「い…や…ッ、嫌…だ…」

リィトは泣いてもがいて、のしかかる人影をふり払おうとした。けれど、伸ばした腕は絡め取られ押さえつけられ、下肢《かし》を揺すぶられる。何度も何度も出入りする熱く無慈悲《むじひ》な欲望にこすられるうちに、そこから引きしぼるような悦楽が生まれた。

男たちに触れられた腕や腿、まさぐられる胸、ときどき密着してくる汗ばんだ肌から、切なさに似た疼きが湧き上がる。抽挿《ちゅうそう》をくり返していた兵士の男根がひときわ膨れあがったかと思うと、リィトの体内で欲望を吐き出した。

「い…やぁ…」

身体の奥に広がる熱い体液の感触に、リィトは身《み》悶《もだ》えた。汗と涙でぼやけ、ほとんど見えない瞳で虚《こ》空《くう》を見つめ、腕を伸ばして逃れようとしたリィトの腰を、交替で寝台に上がった次の男が引き戻す。

そのまま軽々と、裏返されて背後から貫かれた瞬間、背筋を這い昇った快感にリィトは細い悲鳴を上げた。同時に自身も吐精する。朦朧とした意識が、闇に溶けるように遠のいてゆく。

「はしたない皇子様だ。これくらいでへばってどうする。もっと腰をふって見せろ」

渦を巻く紅い灯火と極彩色《ごくさいしき》の闇の向こうから、将官の嗤い声が響く。

同時にむりやり喉へと流しこまれた甘ったるい飲み物は、滑り落ちた食道を、そして胃《い》の腑《ふ》を焼き、全身にむず痒《がゆ》いような熱と高揚感を生み出した。少しだけ意識が戻ってくる。けれど力は抜けてゆき、リィトの身体はまるで骨が溶けたように、くたりと寝台に崩れ落ちた。その身体を誰かが抱き上げ、腰を抱えて円を描くように揺すり、抜き差しをくり返した。仰向けにされ、裏返され。座った男の腰にまたがり、下から串刺《くしざ》しにもされた。

何度も泥のような眠りに落ち、そこからむりやり引き上げられるたび、リィトの身体には誰かの欲望がねじこまれ、揺さぶられていた。弛緩した身体は男たちの意のままに操られ、失いかける意識を何度も引き戻され、揺すぶられ、欲望に犯され続ける。

下半身の感覚はすでにかけらもない。わずかな鈍痛と、背筋や胸にときおり走る痛みに似た快感だけが、生きている証のようだった。やがてそれすらも、どんよりとした無感覚に沈んでいった。

——君の名前は？

遠くで訊ねる声に、応える何かを探してリィトは困惑した。

自分が誰で、どこにいるのか、何のためにこんな目に遭っているのかよくわからない。

——名前は？

もう一度訊かれ、蔦の絡まる小さな城と黒い馬、そして黒髪の男の笑顔を思い出す。

……グリファス。

——それが君の名か？

ちがう。ぼくの名前はリィトだよ。グリファス、忘れちゃったの？

呂律のまわらない口調で、リィトは目の前の人影に不満をこぼした。

——ああ悪かった。そうだ、君はリィトというんだったな。

声とともにくしゃりと髪をなでられ、リィトはえへへと照れ笑いを浮かべた。胸のどこかでぽこりと頭を出した違和感が、警鐘《けいしょう》を鳴らしている。けれどそれは厚い氷を隔《へだ》てた向こう側の出来事のように、遠くか細く頼りない。

——身代わりは大変だったろう。もう止めていいだぞ。

……本当に？

——ああ！　本当だとも。

よかった…。ぼく…本当は辛かった。でも、ちゃんと身代わりを務めてルスラン様のようになれば、きっとグリファスがふり向いてくれるんじゃないかって思ったんだ。

——…そうか。

本当はずっとぼくだけを見て欲しかった。一番にして欲しかった。ルスラン様より大切だって、大好きだって……もしかしたらこんな風に抱いて欲しいって、ずっと心のどこかで思ってたのかもしれない。だからこんないやらしい夢を見たのかな…？

——……。

グリファス、怒ったの？

——…。

どこへ行ったの、グリファス…？

ごめんなさい、もうわがままは言わないから。戻ってきて…！

ごめんなさい、身の程知らずなことを言って。謝るから、もう二度と思い上がった願いは口にしないから……。

お願いだから戻ってきて、返事をして…！

どんなに叫んでも、二度と再びグリファスは現れなかった。いや最初からいなかったのかもしれない。

リィトは独りきりで冷たい闇の中に残され、足下にぽかりと空いた、澱んだ臭気を発する絶望の淵へと飲みこまれていった。

‡

月明かりだけが射しこむ部屋にルスランの訪《おとな》いを受け、リィトからの言伝を受け取った翌日。

グリファスは正式にアン・ナフル迎撃戦への出陣辞退とリィト救出を願い出た。

「どうしても行くのですか」

「はい。一度賜《たまわ》りました出陣の命に背《そむ》くなど万死《ばんし》に値しますが、どうかお許しいただきたく。授かりました官位のすべては返上いたします。リィトを助けて戻った後《のち》は、どのような罰もお受けします」

だからどうか許してくれと、深く頭を垂れて跪く黒髪の騎士の姿に、ルスランは静かに答えた。

「ここで将軍位を返上すれば、せっかくの名声を得る機会を失くしてしまうでしょう。それでも?」

「構いません」

「宰相が派遣する交渉人に任せるということは…」

「できません。リィトが贋者だと露見すれば、助かる確率は格段に低くなります。そうなったとき雄弁な交渉術だけでは役に立たないでしょう」

「……」

許しを得られなければ、たったひとりでも飛び出して行きかねない。リィトのためにすべてを捨てる覚悟で御前に跪くグリファスを、ルスランはさみしそうな、けれどほっとした表情で見つめた。

「わかりました。許します」

「陛下…」

「宰相たちにはわたしから説明します。あの少年はわたしの命の恩人だと。だからないがしろにはできないと」

「感謝いたします」

「グリファス…、立ってください」

謁見の場である。衛立の向こうには衛士や従者が控えている。グリファスはわずかに惑い、それから立ち上がった。ルスランも椅子から立ち上がり、手を伸ばして男の両手をそっとにぎりしめた。

「きっと無事で帰ってきてください。ふたりで…」

その言葉に、グリファスは強い決意をこめてうなずいてみせた。

謁見の間を辞したグリファスはすぐに贋の身代金を手配し、驃騎将軍を辞した自分でも構わないという、忠実な部下を選んで旅立ちの準備を進めた。

リィトが攫われてからすでに八日が過ぎている。

剣の柄頭の青藍石が示す光の線は、対の珠の片割れが戻ってきたことでなんとか安定を取り戻し、再び西を示すようになった。サイラム側が指定してきた交渉の地に、もしもリィトがいなくても、この光を頼りに探すことができる。それだけが救いだ。

「グリファス殿」

厩でノクスの背に荷物をくくりつけていると、背後から声をかけられた。ふり向くと見知らぬ騎士が立っている。口髭を蓄《たくわ》えた立派な風貌《ふうぼう》の男は、甲冑を鳴らしながら近づくと、

「宰相閣下より命じられて参上いたしました。グリファス殿に同行するようにと」

そう言って、手にした指令書を開いて見せた。

羊皮紙には、サイラム国境の砦へ派遣される千五百の騎兵は、グリファス・フレイスの人質交渉に同道し、可能な限りの便宜《べんぎ》を図ること、とある。文末には皇王の花押と宰相の署名《しょめい》が記されていた。

「いざというときは、国境の防衛が最優先となりますので、あらかじめ了承いただきたい」

彼らの任務はリィト救出ではない。それでも数騎で乗りこもうとしていたグリファスにはありがたかった。千五百の騎兵を伴って現れれば、サイラムもリィトが本物の皇子だと信じやすいだろう。


「…感謝いたします」

グリファスは髭の騎馬大隊長に頭を下げた。

翌日にはルスラン率いる迎撃軍が、蒼竜大山脈の東端に広がるアン・ナフルとの国境に向けて、早々《そうそう》に進軍を開始した。

グリファスも千五百の騎兵とともに、サイラムの使者が指定してきた身代金交換の場、西の国境付近に広がる七河地方へ向けて出発する。

皇都パルティアを出て、海路を使った最短最速の旅程で、グリファスたちがサイラム王国との国境線になるファイ川《黒竜大河》の沿岸に到着したのは、六日目の夕刻のことだった。エンリルの岸辺でリィトが拉致されてから、すでに十四日が過ぎている。

それが最速だとわかっていても、自分の身体を動かすことのない船の移動は、グリファスの焦燥感を煽った。

リィトを皇子として扱いながら耳飾をむりやり引きちぎるという、サイラム側の乱暴さが気にかかる。

もしかしたら内部には、リィトが身代わりに過ぎないと気づいた者がいるのかもしれない。

グリファスは首にかけた小さな革袋から、片割れの耳飾を取り出した。

己を戒めるため、付着した血と肉は防腐処理をしただけで、そのままにしてある。

それがリィトの一部だと思うと、そしてもしかしたら形見になるかもしれないと思うと、叫びたいほどの激情がこみ上げる。これほどの強い感情は、あの少年を愛しいと思うようになるまで、味わったことのないものだった――。

シャルハンの西南、そしてサイラムの東南に広がる七河地方と呼ばれる河川《かせん》地帯の中で、ファイ川は最も長く、そして広い幅を持つ。上流下流ともに、対岸も見えないほどの大河だが、所々互いに陸地が突き出した場所があり、川幅が浅く水深も浅くなる。そうした渡河可能な場所にはたいてい、国境監視用の砦や城塞が築かれている。


グリファスたちがたどり着いた岸辺の砦からも、対岸に築かれたサイラムの城塞が、靄の彼方に小さく見えた。

渡河前、自軍の砦に届いた遣い鳥によって、皇王率いるシャルハン軍がアン・ナフル軍を撃退したとの報告を受けたグリファスは、ルスランの戦勝を喜ぶとともに、リィトが贋者だと露見する可能性が高まったことで焦燥感が増した。

剣の宝玉が発する線光が、ぴたりと対岸の城塞を指し示し、それまで無反応だった片割れの耳飾も半身を求めるように淡く明滅している。リィトがあそこに捕らわれているのは、ほぼ間違いないだろう。

「グリファス殿、サイラム側が動きますぞ」

隣に並んだ副騎兵長が、遠見筒を差し出しながらファイ川対岸を指し示した。確かに敵の城塞駐屯《ちゅうとん》軍の動きが、にわかに慌ただしくなっている。

「敵が動くようであれば、我々もそれに合わせて南下したいと思いますが」

元々彼らが優先すべき任務は、国境線の防衛である。髭の騎馬大隊長の申し出にグリファスはうなずいた。それからもう一度、剣の柄を確かめる。線光は、ぴたりと固定して動かない。

サイラムの城塞駐屯軍が南下を開始しても、線光に動きがなければ、グリファスは直属の騎士、五十名ほどでリィトの救出を決行することになるだろう。

リィトが攫われてから十五日目の朝がきた。

暁に燃える空を背に、サイラム駐屯軍は続々と南下を開始する。彼らが目指すのは下流の浅瀬際に築かれた大規模な港湾砦《こうわんとりで》だろう。下流の砦に部隊が集結しているという情報は、他にもいくつも報告されている。サイラムはそこに軍を集結させ、シャルハン国内への侵攻を開始するつもりなのだろう。

だが、サイラムの頼みの綱アン・ナフル軍は、ルスラン率いるシャルハン皇国軍によってすでに撃退されている。報告書には戦闘開始後、数刻で決着がついたとあった。これほど短期で決着がつくとは、サイラム側も予想していなかったにちがいない。

南下して砦に集結しても、もう遅いのだ。時期を合わせて挟撃できなければ、サイラムに勝機はない。

南下してゆくサイラム駐屯軍と、それを追う千五百騎の自軍が立てる砂煙を見送りながら、グリファスは対岸の城塞をにらみつけた。

剣の柄の青藍石に浮かぶ線光に動きはない。

そして南の港湾城塞に集結しつつあるサイラム軍。ふたつのことから、リィトが贋者だとばれたことは確定した。リィトが本物の皇子であれば、わざわざ軍を出さなくとも、莫大な身代金や領土割譲《かつじょう》を要求できるからだ。だが、捕らえた少年に利用価値がないと判明した以上、進軍を控える必要はない。そして贋者への命の保証もなくなる。

「…遅かったのか?」

ぴたりと動きを止めた光の筋を見つめて、グリファスはうめいた。剣の柄をにぎる拳が震える。

贋者だと露見した上で置き去りにされたということは、殺されてしまった可能性が高い。しかし。

——生きていて欲しい。

どんな状態でもいい。たとえ五体を損なっていても生きていてくれさえすれば、それだけでいい。

生きて、もう一度あの笑顔を見せてくれるなら。

——リィト…、俺はお前に伝えたいことがある。謝らなければならないことも、そして与えてやりたいものがたくさんあるんだ。

「…頼むから生きていてくれ」

胸元で揺れる小さな革袋をにぎりしめ、懸命に祈り続けながら馬を駆る。

グリファスの願いを嘲笑うように、剣柄の光はちらりとも動かない。これだけ近い距離であれば、相手が生きて動けば光の筋が揺らぐはずなのに。

眠っているか、どこか狭い場所に閉じこめられているのだと信じたい。そんなわずかな希望も、時間の経過とともにすり減ってゆく。

悪名高いアスファ伯爵の息子という出自にもかかわらず、変わらず自分を慕い残ってくれた五十の騎士を率いて、グリファスはいったん上流へ移動すると、日暮れを待ってから密やかに、そして速やかに川を渡った。

‡

そこかしこに得体の知れない水溜まりができた冷えた石の床に身を横たえると、硬い冷気がじわりと染みこんでくる。採石場から切り出され、この地下牢《ろう》の一部になった日から、一度も陽を浴びたことなどないのだろう。

骨にまで染みこむその冷たさが、次第に痛みに変わっても、リィトにはもう姿勢を変える気力さえなかった。

引きちぎられた右耳から流れた血は、髪をまだらに固め、首筋にこびりつき、手で触れるたびざらりとした粉になってこぼれ落ちる。一度はふさがりかけていたそこは、数日間におよぶ陵辱《りょうじょく》の最中に再び傷口が開き、地下の牢獄に放りこまれてからは乾く暇もなく、じくじくと化膿しはじめていた。

催淫薬を使われ、複数の男たちと性交を強いられるという拷問の果てに、自分がシャルハン皇国の皇子などではなく、単なる身代わりに過ぎないことを吐露してから、何日過ぎたのか定かではない。

贋者であることがばれたら、当然殺されるだろうと思っていたリィトの予想を裏切り、冷たい目をしたあの将官は、贋者の皇子を城塞の地下牢に放置しただけで、駐屯軍の南下準備のために立ち去った。

散々リィトをいたぶった張本人だが、身代わりとして理不尽な仕打ちに耐えてきた少年に、さすがに哀れみを覚えたらしく、命まで取る必要はないと判断したのだった。

リィトが気絶している間に、遣い鳥によってもたらされた『アン・ナフル軍とシャルハン軍が国境で戦闘に入り、その日のうちにシャルハン軍が圧勝。勝軍を指揮していたのは神器を携えた真の皇王だ』という報せを、サイラムの国務大臣と将官たちはようやく知ったのだった。

国務大臣は穴が空くほど密書を見つめ、たるんだ頬を赤くしたり青くしたり、めまぐるしく変化させたあと、ぶるぶると震えながら部屋を出た。そうして裏返った悲鳴のような声で、城塞の駐屯兵を移動させるよう叫んだ。

「シャルハン軍が攻めてくるかもしれん！　急いで南砦の護りを固めろ！　わ、わたしは王都に戻って、このことを陛下に報告せねばならぬ。ええい、早く馬車を用意せぬか…！」

目論見が失敗に終わり、さらに自分のせいでシャルハン侵攻の好機を逃したと理解したとたん、無様にうろたえる大臣を、最初からリィトが贋者だと主張していた将官は、それみたことかと蔑《さげす》んだ目でにらみつけた。彼はそのまま、すでに出立の準備をすませてある兵たちの元へ行き、進軍の号令を発したのである。

城塞に残されたのは、留守居《るすい》の兵が百五十程度だったが、瀕死《ひんし》のリィトには自力で脱出する気力も方法も、残されていなかった。

――あのとき、川岸近くの廃屋でグリファスに手を離されたとき、最期の希望のかけらは砕けた。

じめじめした石の床に投げ出した指先をながめながら、リィトはふ…っと自嘲をもらす。

すがりついたリィトの手を、未練のかけらもなく手放して、一番大切なひとを守るために去っていた後ろ姿。

――あの瞬間、あの背中を見るまで、この手をにぎりしめ一緒に逃げようと言ってもらえることを夢見ていた。……ぼくは、ばかだ。

いい加減涸れ果てたと思っていた涙があふれ出し、こめかみを伝わり傷ついた右耳の血を流しながら、冷たい床にぽたりと落ちる。

まぶたを閉じると、頭を押しつけた床から遠雷《えんらい》のように不気味でかすかな轟《とどろ》きが伝わってきた。しばらくすると、古い木材が燃えるきな臭さと白い靄、たぶん煙が漂いはじめる。火事だろうか。

――ぼくはここで焼け死ぬのか…。せめて最後くらい苦しまずに逝きたかった。そんな願いすら叶わないのか…。

リィトはまぶたを上げ、どこにも救いのない地下牢の闇と、かすかな燐光《りんこう》に浮かび上がる自分の手足をながめて、唇を歪めた。

待っていても助けは来ない。身命《しんめい》を賭《と》して救いに来てもらえるような、そんな価値は自分にはない。

薄暗い地下牢でこのまま誰にも知られず朽ちてゆく。行方知れずになった自分を、グリファスは心配してくれただろうか。捜そうとしてくれただろうか。それとも、ルスランの即位やアン・ナフル軍との戦で忙しく、忘れられてしまっただろうか。

もしも本物の皇子であるルスランが捕らわれてい

たら、グリファスは万難を排して助けに来ただろう。

――だけどぼくが死んでも誰も困らない。誰も贋者なんか助けに来ない。

皇王のため、国のために命を落とす多くの名もない兵士と同じように、ぼくもここで命を終える。

ただそれだけのこと…。

生への執着《しゅうちゃく》をリィトが手放したそのとき、城塞のどこか遠い場所から怒号と足音が聞こえてきた。

――いや、幻聴《げんちょう》かもしれない。

そう。どうせこの場で果てるなら、その瞬間までせめて幸せな夢を見ればいい。あの足音が大好きなグリファスのものだと。地下牢に至る階段を探して走りまわっているのだと。

剣の柄に埋めこまれた宝玉が、ぼくの片耳に残った皇子の耳飾を目指して希望の光を宿す。

石畳を蹴る長靴の音が近づいてくる。牢の鉄格子に飛びついて扉を探す。剣の鞘で鍵を叩き壊す。

飛びこんできた逞しい人影。頼もしい両腕に抱き起こされて名前を呼ばれる。

リィト…！

ああ、なんて幸せな夢なんだろう。死の直前に、神様が慈悲を与えてくださったのかもしれない。冷え切った身体が温もりに包まれる。幸せな夢と幻。

リィト！　目を開けろ…ッ！

名を呼ばれ抱きしめられる。幻だとわかっていても嬉しくて、だけど怖くてまぶたは開けられない。目を開けて、冷たい闇の底にひとり横たわる現実に戻りたくはない。

――あ、りがと…う
死の遣いは、一番愛しいひとの姿で現れるというのは本当だったんだ。

透明な闇に意識が溶けきってしまう寸前、リィトは感謝の言葉をつぶやいて、自分を抱き上げる力強い存在に微笑んだ。

‡

夜陰《やいん》に乗じて砦に近づいたグリファスは、配下の騎士が囮《おとり》となって門前で騒ぎを起こしている間に、イールたち数人とともに城壁を乗り越えた。途中で一度でも足を踏み外すか手を滑らせれば、落下して即死という危険と隣り合わせの荒技である。

城塞内に侵入すると、今度はそこここで小火《ぼや》を起こして留守居の兵を引きつける。彼らの狙いは城塞の制圧でも攻城でもない。とにかく衛兵たちを混乱させ、グリファスが囚われた少年を捜し出す時間を稼ぐこと。

グリファスはにぎりしめた剣の柄を目の前にかざしながら、光の線が指す方へとひたすら走り続けた。

脳裏には、息絶えて冷たい骸をさらすリィトの姿が浮かんでは消え、消えては浮かぶ。腐臭を放つ泥沼に生まれる泡沫のような、質《たち》の悪いその幻影を、行く手を阻む城塞兵とともに斬り伏せながら進む。

砦の造りはどこもあまり変わらない。地表部分をあらかた探したあと、剣の柄を静かに前後左右、そして上下に傾け、光が指し示した地下へと向かう。

――急げ。早く、一刻も早く。

階段を駆け下りる一瞬一瞬、そして帰路のために見張りの兵を斬り伏せ、殴り、気絶させるわずかな時間が、悪夢のように長く感じる。

階段を下りると、汚水のにじみ出た黴《かび》臭い壁に突き当たる。左に折れ、濡れた壁に狭まれた通路を数回曲がると、岩穴に鉄格子を嵌めこんだだけの、小さな牢獄《ろうごく》がいくつも現れた。石の床にできた水溜まりを蹴散らしながら、無人の牢獄をひとつひとつ確認してゆく。

「――…リィト！」

呼ぶ声に応えはない。絶望しかけたグリファスの目に、最後の小さな牢獄の隅に横たわる、青白い少年の裸体が飛びこんだ。

「リィト…ッ!?」

鉄格子に飛びつき、扉の強度を確認して剣を叩きつける。がたついた錠前《じょうまえ》は、三度目の打撃で砕け散り、グリファスは狭い獄内に飛びこんだ。

「リィト、しっかりしろ」

氷のように冷たい床の、水溜まりの中に横たわる裸体を抱き上げると、片手で外套を取り外し素早く身体を包みこんだ。それからしっかり抱きしめる。

「もう大丈夫だ。リィト、目を開けるんだ…！」

水際に打ち上げられた魚の腹のように、生気のない青白い肌。雨にさらされた古い羊皮紙のような頬。土気《つちけ》色の唇。灰色に落ち窪んだ眼窩。

「リィト、頼むから…」

——生きてくれ。

とにかくここから連れ出そうと立ち上がりながら、力なく迎向いた冷たい顔に頬を寄せる。自分の体温を分け与えることで、少年の魂を呼び戻せるのなら、すべてを捧げてもいい。

唇の端にあたるリィトの口角が、そのときかすかに動いた気がして、グリファスはそっと頬を離した。

祈る思いで慎重に見つめた瞳に映ったのは、地下の薄闇に浮かび上がる青白い顔。

その唇は、かすかに幸せそうに微笑んでいた。

## ・ix・　少年の恋

最初の目覚めは白い光の中だった。

まぶしさに何度も瞬きをしていると、ふいに心地のよいやわらかな影が落ちてほっとする。視界はあいかわらずぼんやりとして定まらない。

――目が覚めたのか、リィト。

安堵をにじませた声とともに、額に乗せられた手のひらが、ひんやりして気持ちいいと感じた。それは自分の体温が高かったせいだと気づいたのは、ずいぶん経ってからだった。

――まだずいぶん熱が高い。さあ、これを飲んで。

低くてやさしい懐かしい声が、幕を隔てたように遠く、ときに近く聞こえる。

続いて口元に寄せられた銀の杯から、苦くて渋い薬湯を飲まされ、思わず顔をしかめると、苦笑の気配とともに今度は玻璃の杯が唇に当たる。ほのかな酸味と甘味のある飲み物を、欲しいだけ飲ませてもらうと、再び眠気に襲われた。

――ゆっくり眠るんだ。もう何も、心配はいらないから。

額に頬に、そして投げ出した腕から指先に。やさしい慰撫《いぶ》を受けながら、リィトは言われるまま、とろりと眠りに落ちた。


リィトがしっかり己を取り戻したのは、ファイ川の砦から救出されたあと、数えて五日目のことだった。

館に運びこまれた最初の二日間は、砦で受けた拷問と、そのとき使われた薬のせいで、ほとんど錯乱《さくらん》状態だった。三日目には多少落ち着いたものの、それでも高熱と意識の混濁《こんだく》が続き、周囲を、特にグリファスを心配させた。

四日目にようやく熱が下がりはじめ、五日目の午後、はっきり意識を取り戻したのだった。

焼けた砂をつめこまれたような、熱くて重苦しい身体がふいに楽になり、糊《のり》をたらされたようになかなか動かなかったまぶたが、ようやく上がる。

目を開けるとぼんやり霞んだ世界が広がる。やわらかな白と明るい薄緑を背に、大きな黒い人影がゆらりと身動いだ。

「グ…リファス…?」

何度か瞬きをくり返し、かすれた声で名を呼ぶとようやくきれいな黒髪と端整な容貌を持つ、リィトの大好きな騎士の姿が浮かび上がる。

「リィト。よくがんばったな」

グリファスは微笑んでリィトの手をにぎり、空いた手で頰をなで、こめかみから額に指先を滑らせ、愛おしそうに何度も何度も髪を梳き上げた。

「グリファス、ぼく…」

口を開いたとたん、頭と心の中でこれまでの出来事が、嵐にもまれる梢のように激しくざわめいた。

色と音と味と匂い、暗闇の冷たさ、身を灼く痛み、酸のような嘲笑の記憶が、怒濤《どとう》のようによみがえりかける。

「あぁ…嫌《や》……ッ」

反射的に目を瞑り、小さく叫んだリィトの身体は、強く温かい腕に抱きしめられた。

「大丈夫だ。もう怖いことは終わった」

「…グリファス」

「何も心配しなくていい。あとは俺にぜんぶ任せて、お前はただゆったりと身体を癒せ」

やさしい声とやさしい言葉、そしてやさしい腕に包まれると、数瞬前によみがえりかけた嫌な記憶が薄れてゆく。

「も…、痛いの…も、苦しい…のも終わり…?」

ずっと眠っていたせいで、舌がもつれてうまくしゃべれない。幼児のようなたどたどしさで確認を求めながら、グリファスを見上げると、

「ああ。もう二度とあんな辛い目には遭わせない」

そう言いながら髪をなでた男の指がふいに止まる。

「あ…」

欠けた右耳に触れられて、リィトはとっさに首をすくめた。

「すまない！　痛かったか？」

「…ううん」

あわてて謝るグリファスに、リィトも急いで首を横にふる。痛みはない。ただ、それがグリファスだとわかっていても、やっぱり少し怖いのだ。

とっさに手のひらで庇った右耳を、髪で隠してからグリファスを見ると、黒い瞳が不思議な色と翳《かげ》りを帯びてゆらりと揺れた。

「グリファス…、どうしたの？」

首を傾げて訊ねると、男はふっと我に返り、「なんでもない」とささやいて笑顔を取り戻した。

「欲しいものはあるか？　喉が渇いているならお前の好きな薄荷水があるぞ」

「腹は空いてないか」「寝台の寝心地はどうだ」「寝衣が汗で濡れてるな、着替えよう」

グリファスは実に甲斐甲斐しくリィトの世話を焼こうとする。

旅の間とは較べものにならない、そうした思いやりや気遣いを、リィトは戸惑いながら受け入れた。断るほどの気力も体力もまだ戻っていなかったから。

背中を支えて半分口移しで薄荷水を飲ませてもらい、胸元と首筋の汗をぬぐってもらっているうちに睡魔に襲われた。

「安心して眠れ。ずっとそばについているから」

グリファスはリィトの手をにぎり、寝台の横に腰を下ろした。その言葉に安心して、リィトは半分眠りの岸辺《きしべ》に漕《こ》ぎ出しながら、淡い靄の中に薄れていく愛しい騎士にささやいた。

「――グリファ…、助けて…くれてあ…りが……」

グリファスは少し笑ったようだった。

リィトの容態が安定すると、グリファスは昼間館を留守にするようになった。

皇城に出仕《しゅっし》し、アン・ナフルとの戦後処理や、サイラムとの不可侵条約の再締結《ていけつ》、他にも国内各地に跋扈していた悪徳官吏の排除、行方をくらましている偽王の三人の息子たちの捜索、宮廷、地方を問わず文武両組織の再編、重税の撤廃《てっぱい》、旧税制の改革など、偽王時代に山積みにされた多くの問題を処理しなければならない、ルスラン新皇王を補佐しているのだ。

「ずっと陛下から出仕の催促《さいそく》があったのですけど、旦那様はそれを全部お断りになって、つきっきりでリィト様の看病をなさっていたんですよ」

侍女《じじょ》のタルサがそう言いながらやさしく微笑んだ。五十絡みのこの女性は、代々リヴサール家に仕えてきた家の生まれで、今回家名が復活したのを聞いて、再び戻ってきたのだという。彼女と同じように、家名断絶のせいで離散《りさん》していた召使いや従僕が何人も、旧主の息子を慕って戻ってきている。

みんな少年時代のグリファスを知っていて、リィトの身のまわりの世話をしながら、昔話など聞かせてくれるので、グリファスが留守でもさみしさはあまり感じないですんでいる。

それでも早朝から暗くなるまで姿が見えなければ、グリファスが皇城で多忙を極めていることは想像がつく。それほど忙しい日々の中、最初の数日だけとはいえ、ルスラン皇子…いや新皇王からの呼び出しを断り、看病してくれたのだと教えられて、リィトは喜びと感謝、そして同じくらい戸惑いを感じてしまうのだ。

なぜそこまで大切にしてくれるのかわからない。

右手で髪をいじろうとして、欠けた右耳に指先が触れた瞬間、「ああ…」と納得する。

欠けたこの耳が目に入ると、グリファスは一瞬、自分が傷を負ったような、辛くて苦しそうな表情をする。そんな顔をさせてしまうたび、リィトは髪を伸ばそうと思う。

グリファスがやさしいのは、たぶん負い目のせいにちがいない。だから耳の傷がすっぽり隠れるくらい、髪を伸ばせばいい。そうすればグリファスはリィトに気兼ねなく、ルスランのそばにいられるようになるだろう。旅に出る前のように。

本来の赤毛に戻りつつある毛先をいじりながら、リィトはさみしい自嘲をこぼした。

リィトが暮らす場所については最初、新皇王ルスランから、皇城にある離宮のひとつを下賜《かし》されたのだが、そこへグリファスが頻繁《ひんぱん》に足を運ぶと、官吏たちの間に、また要らぬ憶測を呼ぶ怖れがあるので慎んで辞退したのだという。

代わりにグリファスが用意したのは、皇城から馬で半刻ほど離れた場所に建つ、小さな城館だった。

常緑の木立に囲まれた、なだらかな丘陵地帯の天辺に建つその館は、元々リヴサール公爵家が所有していた別宅のひとつだった。十四年前、リヴサール家が断絶したとき没収されたそこを、今回家名復活とともに取り戻したのである。

調度品の数々は他人手《ひとで》に渡っている間に、ほとんど散逸《さんいつ》してしまったが、元の造りが堅牢《けんろう》だったため建物自体はさほど傷みもなく、簡単な手入れのみで快適に暮らすことが可能になった。

グリファスを慕って戻ってきた召使いたちの細やかな気遣いを受け、リィトの傷ついた身体は一見速やかに回復していった。

ただし、内側に恐ろしい毒を孕んだまま。

リィトが自分の体調の不具合に気づいたのは、寝台から起き上がり、室内と露台《ベランダ》、そこから下りられる小さな庭を歩きまわれるようになった頃だった。

微熱がいつまでも下がらないことは、医師や侍女たちも心配していた。特別に調合された薬を飲んでもなかなかすっきりしない。かといって、寝こむほどでもない。

体力が戻るにつれて身体の芯がかぶれたように、

手の届かない場所がずきずきと疼きはじめ、リィトは本気で泣きそうになった。

「どうして…」

湯殿でひとりにしてもらい、理由もなく昂ってしまった性器を両手で覆う。ほんの先刻、後ろめたさに耐えつつ自分で刺激を与え、白濁を吐き出したばかりなのに、そこは鎮まることなく再び勃ち上がり、いやらしくひくついている。それだけなら、若いからという理由で片づく。けれどリィトが泣きたくなるのは男性の徴だけでなく、サイラムの城塞で散々嬲られた後ろが、何かを求めるように蠢いてしまうせいだった。

「どうして、こんな…」

せっかくグリファスに助けられ、これからは何も心配せず、幸せになればいいと言ってもらったのに――。

「うぅ…え…ぅ」

自分では制御できない奇妙なものに変わってしまったような、異様な火照《ほて》りに支配された身体が恐ろしい。

原因はサイラムで受けた仕打ちしか考えられない。けれどそのことを他人に相談することはできない。もちろんグリファスにも。むしろグリファスだけには絶対に知られたくないと思っている。

リィトには、世に言う倫理《りんり》観や貞節《ていせつ》といった概念《がいねん》はない。だから自分が複数の男たちに陵辱されたことに対しては、さほど強い痛手は感じていない。犯されても、単に性的であるか否かの差であって、暴力という意味では鞭で打たれることと変わりないと感じていた。――頭では。

けれど心は本能的に、好きな相手にその事実を知られたくないと身構えるのだ。

グリファスには知られたくない。だから言えない。そして助けも求められない。

けれどこのままではおかしくなりそうだった。

このまま、あのサイラムの将官が言ったように、自分は『淫乱』になってしまうのだろうか。こんな風に、朝も夜も性器を昂らせてはしたなく身悶える、そんな人間になってしまうのか…。

このままでは、グリファスに迷惑をかけてしまうかもしれない。それだけは嫌だ。

「どうしよう…、グリファス」

助けてと言えないまま、リィトは身体が冷え切るまで湯殿で身体を洗い続けた。


——心配するな。すぐに男なしじゃいられない身体になる。

いやだ！

——淫乱の皇王というのも一興《いっきょう》があっていいだろう。身体が疼いて堪《たま》らなくなったら、お忍びで抱かれに来ればいい。

ちがう、ぼくは…！


——本当はずっと、こうされたかったんだろう？

ちがう！　助けて、グリファス…！

——グリファス。そうか、君はその男に抱かれたかったんだな。こんな風に突っこんでぐちゃぐちゃにされたかったんだろう？　ほら気持ちよさそうに腰をふってる。こんなに何度も射精して、なんてはしたない皇子様だ。いや、贋者だから慎みがないのかな？

ちが…、嫌…。ごめんなさい、許して…。

——しっかり目を開けて、自分が誰に抱かれているのか見るんだ。俺がグリファスだよ。

グリファ…ス。

——そうだ、しっかりしろ。もう大丈夫だから。

大丈夫なんかじゃない。ごめんなさい。汚らわしい妄想で汚してごめんなさい…。

「許…し…」

「リィト、目を覚ませ」

ゆさゆさと揺すられて、ぽかりと目を開けると、淡い灯を背にしたグリファスが心配そうにのぞきこんでいた。

「あ…」

「夢だ。全部終わったことが夢に出ただけだ」

「…え、ゆ…夢」

全身にびっしょり汗をかいていた。

夢中ですがりついていたグリファスの服から手を離そうとして、ふいに大きく身体が震えた。強くにぎりしめすぎて強張ってしまった両手まで、小刻みに震えはじめる。

「大丈夫だ。もう何も心配はいらない」

「う…、うっ…ぅ」

涙と汗でぐしょぐしょになった顔を、いい匂いのするやわらかい布でぬぐわれ、湿った夜着を着替えるようグリファスにうながされて、リィトはようやく自分の身体の変化に気づいた。

「や…」

「湿った服のままだと風邪をひくから」

「や、だ」

上着を脱がせようと伸びた手に抗い、逆に強く抱き寄せられて密着した肌の温もりに、リィトの下肢が痺れるように疼いた。

「……ッ」

全身の血が沸き立つような恥ずかしさに身悶え、居たたまれなさに血の気が引く。とっさに両手で隠したリィトの性器は、こんな状況にありながらますます熱く妖《あや》しい疼きを訴えてくる。

リィトは観念して素直に着替えた。グリファスに背を向け、下肢の昂りを見られないよう注意して。

自分の恥ずかしい変化がばれないよう、ごまかしながらふり向いて、リィトはひくりと息を呑んだ。

「……一緒に、寝るの?」

悪夢を見てうなされたリィトを心配したのだろう。当然だろうという面持ちで、寝台の半分に身を横たえていたグリファスは、

「――嫌なのか?」

落胆もあらわな声を出した。

「嫌じゃないけど…」

このままでは具合が悪い。リィトはひらりと踵を返して、扉に向かった。

「おい、どこへ行く!?」

「手水《ちょうず》!」

走って逃げこんだ手水所で、リィトは必死に昂りを吐き出そうとした。自分の手で触れたとたん、そこはぷるりと期待に震え、たどたどしい手つきで何度か扱くと中途半端に精を吐き出した。

——男なしじゃいられなくなる…。

とろりとした白濁を目にした瞬間、砦で受けた仕打ちと、冷たい目つきと青白い肌をした男の、ひんやりとした言葉が脳裏によみがえり、堰《せき》を切ったように涙があふれ出す。

「う…っ、え…ぅ——…」

いくら内緒にしていても、こんな状態ではいつかバレてしまう。だから不安と怖れで泣きたくなる。

「リィト! どうしたんだ、どこか痛むのか?」

扉の向こうから聞こえてきた声に、ひくりと背筋が伸びた。少しかすれた低い声を聞いたとたん、手の中で再びむくりと性器が熱くなる。

「や、だ…」

自分の身体が、あの男の言うとおりに『男なしではいられない淫乱』なってしまったのだとしたら。

「ど…すれば…」

こんな風になるのは、慎みのない、恥ずかしい人間だと言われた。グリファスにばれたら嫌われる。きっと嫌われてしまう——。

床にうずくまり、毒のような性的興奮に心身を蝕《むしば》まれてゆく恐怖と絶望に震えていたリィトは、合い鍵で扉を開けたグリファスに問答無用で抱き上げられ、寝室に連れ戻されてしまった。

‡

何を聞いても泣きじゃくるばかりで答えず、寝台の端で身を丸めるリィトの背中を見つめながら、グリファスは無力な己を責めた。

にぎりしめた拳には怒りがつまっている。

怒りは目の前の少年に対してではない。彼を攫い、無体《むたい》な仕打ちを与えたサイラムの人間に対してであり、彼らの手に一時《いっとき》でもリィトを渡してしまった自分に対してである。

リィトが監禁されていた砦で、どんな扱いを受けたのか、グリファスはほぼすべて承知している。

自白をうながす薬を使われ、複数の男に犯されたことも、薬には強い催淫効果をうながすものが含まれていたことも、そしてそれは口からだけでなく、後孔にも使われたことも。

リィトの片耳から引きちぎられた耳飾を見たときも、血が凍る思いをした。けれど、ファイ川の砦の暗くじめついた牢獄の床に、端布《はぎれ》一枚与えられず裸体で横たわっていたリィトの姿を見たとき、そしてリィトの治療に当たったマハ導師から、彼が受けたと思われる仕打ちの内容を聞いたときの衝撃は、それ以上だった。

——身体の傷だけならいつかは癒える。けれど心は別だ。

「リィト」

名を呼んだだけで、びくりと震える背中が切ない。

そっと近づいて、背後からやさしく抱きしめる。

それしか癒す術が思いつかなかった。

「い…や」

目尻に涙をにじませながら、小さな声で、それでもきっぱりと拒絶を伝える細い身体が、どうしようもなく愛おしい。

「俺に触られるのは嫌か?」

「そう…じゃ、な…」

リィトは弱々しく首を横にふる。それに安堵しながら、やさしく問いつめてゆく。

独りで抱えている心の傷はいつまでも血を流し、

次第に膿んでゆくかもしれない。そうなる前に、何とかして光と風を当てなければ。

「何が辛い？」

「……」

首まで赤く染めながら下腹を押さえ、苦しそうに口ごもる姿を見ると、何とかしてやりたいと思う。

左手を首の後ろから鎖骨にまわして、上体をやんわり固定すると、震える両手で懸命に隠している下肢に右手を伸ばしてみる。

「や……――ッ」

止めてと首をふる、細く切ない悲痛な願いを、意志の力でふりほどき、やんわり重ねた右手で少年の抵抗を巧みにかいくぐる。充血した性器に触れてみると、思ったとおり、そこは硬く勃ち上がっていた。

「……っ…く」

しゃくり上げるような悲鳴と、喉の震えが押しつけた胸に直接響く。痛々しさと、それを上まわる保護欲、さらに愛しい存在が手の中にある幸福感に包まれながら、グリファスはリィトを傷つけないよう、用心深く探りを入れた。

「――ここが、こうなってしまうのは、サイラムの砦で飲まされた薬のせいだ。心配するな、半年ばかり解毒《げどく》の薬湯を飲み続ければきれいに抜ける」

むしろ薬を使われたとき何か言われたとしたら、そちらの方が厄介だ。自白の薬は自我の防波堤《ぼうはてい》を崩す効果がある。そこに否定的な言葉を使われれば、暗示として簡単に精神が蹂躙されてしまう。

「う……え…？」

リィトは驚いて顔を上げ、ようやくグリファスを見た。

薬の後遺症で、己の意志に反して欲情しているとわかっていても、涙に濡れたリィトの顔に、以前はなかった艶を見つけて、グリファスは胸の奥で何かが身をもたげるのを感じた。

救いを求めるような瞬きと同時に、こぼれ落ちた涙が、ふっくらと充血していつもより赤味を増した唇を濡らしてゆく。こんな場合にもかかわらず乱れそうになる息を整え、目覚めかけた雄《おす》の本能を問答無用でねじ伏せる。

「で…も、だけど…」

「サイラムの砦で、奴らに何を言われた？」

抱きしめたリィトの喉が、ひくりと震える。

「何人に…やられた？」

榛色《はしばみ》のリィトの瞳が驚愕に見開かれる。

「どうし…て、知って…」

グリファスの狙いは、隠しごとを失くし、言われたことをすべてしゃべらせることで、暗示の効果を解くというものだ。

「応急手当てをしたのは俺だ。それにマハ導師は優れた医師でもある。心配するな、他は誰も知らない」

「け、軽蔑する…？　ふしだら…だって、はしたないって——」

リィトがそれを恥だと思わないよう、心の重荷にしてしまわないよう、慎重に言葉を選ぶ。

「するわけないだろう。どうしてそんな風に思うんだ？」

「…十日」

「ん？」

「十日も抱かれ続ければ、国に戻っても男なしじゃいられない淫乱な身体になる…って言われた」

グリファスはリィトの背中にまわした手を強くにぎりしめ、煮えたぎるような怒りに耐えた。それから震えそうになる手のひらでリィトの後頭部を支え、泣きじゃくる頬をそっと胸に押しつける。そのまま赤味の戻りかけた髪に唇接けを落とした。

「……でも、たぶん三日くらいで放り出されたから大丈夫だって思ったのに…」

「大丈夫、おどされただけだ」

きっぱり断言しながら肩を、背中を、触れられるすべての場所を何度もやさしくなでてゆく。言葉が身体と心に沁みこむように。

「——…タルサさんや執事さんは平気なのに、グリファスに触られるとこんなになるんだ。やっぱり、淫乱になったんだ。でも…」

　お願いだから嫌わないでと、最後につぶやかれた言葉が、丸い蜜の塊のような甘やかさでグリファスの胸に弾けて広がる。

「俺だけ、ね」

　どうやらリィトの反応は薬と暗示のせいもあるが、それ以上に自分限定のものであるらしい。

　ふっ…と肩の荷が下りた気がして、グリファスは知らず微笑んだ。同時に身体の芯で自由を得ようとしていた雄の本能から、枷《かせ》が外れる音を聞く。

　薄い背中をなでていた右手を、再びゆっくり下腹に滑らせ、夜着の裾をたくし上げ下穿きの中に指を滑りこませると、反射的に腰を引いたリィトの性器を的確に捕らえる。悶える腰をやや強引に引き寄せ、手の中で反り返る若茎をやんわり揉みこみながら、少年の誤解を訂正してやる。

「これは淫乱になったわけじゃない。——ある意味…至極《しごく》真っ当な反応だ」

「…え？」

　汗で張りついた額の髪をかき上げてやりながら、涙に濡れて、凝縮した糖蜜《とうみつ》のように甘く揺らめく瞳をのぞきこみ、やさしく辛抱強く言い聞かせる。

「侍女や執事は平気だけど、俺が触れるとこうなるんだろう？」

　ゆっくり確認してみても、リィト自身はまだ気づかない。無防備にさらされた半開きの唇に、そっと自分のそれを重ねてみせる。リィトの身体が硬直した。けれどそれは表面だけで、硬い殻の中には熱くとろけるような恋情《れんじょう》が脈打っている。

　トクトクと次第に高鳴る早い鼓動が、重ねた胸から胸へと伝わり、グリファスの芯にも火が灯る。

「な…」

　そっと離したとたん、「なぜ？」と開きかけた唇を、もう一度ふさいでしまう。腕と肩にすがりついたそれぞれ五本の指が、夜着の薄い布を貫く強さで肌に食いこむ。その痛みすら甘い愛しさに変わってゆく。

舌を何度か絡めただけで、手の中のリィト自身は切なく震えて吐精したのだった。

‡

自分で一度したにもかかわらず、グリファスの手の中で二度目の吐精を、しかも呆気なくしてしまったことで、リィトは猛烈な羞恥と不安と悲しみに襲われた。グリファスの腕の中から逃れるように身をよじり、顔を背《そむ》けて涙をぬぐう。

「う…、ぅえ…ッ」

「リィト」

やさしく呼ばれると余計羞恥が湧き上がる。やわらかな寝台にこのまま染みこんで消えてしまいたい。

そんな思いで突っ伏していると、肩に置かれた手でやんわりと引き起こされ、項に温かな吐息がかかり、熱くてやわらかな何かが押しつけられた。とたんに、下腹がずきりと疼く。

「…やっ」

グリファスの手が、指が、そして唇が触れるたび、信じられないほど身体が熱くなる。薬のせいだと言われても、拷問者の言葉はおどしに過ぎないと言われても、際限なく昂ってしまう自分の身体が恐ろしい。何よりもそれをグリファスに知られ、呆れられるのが怖かった。

「見ないで…、もう触らないで」

恥ずかしくて悲しくて、それなのに身体ははしたなく興奮し続ける。グリファスの唇を避けて背を逸らし、腕を伸ばして敷き布をつかむ。

甘苦しい束縛《そくばく》から逃げ出そうとしたリィトの腰は、男の逞しい両手に捕まり軽々と引き戻された。

「俺に触られるのは嫌か？」

「……」

意地の悪い質問に、リィトは涙で濡れた唇を噛み、恨みがましい気持ちで男を見上げた。

嫌なわけがない。嫌じゃない、けれど苦しいのだ。触れられて性器を昂らせてしまう自分が恥ずかしくて、グリファスに申し訳ないのだ。

「ごめん…ごめん、なさ…」

「何が？」

どうして謝るのかと訊かれ、リィトは何度も首を横にふった。

「も…うぼくは、平気だから…。グリファスはルスラン様のために…ルスラン様のそばに——」

自分でも何を言っているのかわからなくなる。

ただひたすらにルスランを想い、家名の復興を願い、志《こころざし》高く前を見つめていたグリファスを、薬のせいとはいえ浅ましく興奮している己の劣情につき合わせるのが、申し訳なくて悲しい。

どうせ叶わぬ想いなら、ひっそり自分の胸に秘め、彼の負担にならないよう、疎《うと》まれないようにしたかった。こんなことで迷惑をかけたら、明日からどんな顔をすればいいのか。

「……ごめ…ん」

言い重ねようとした謝罪の言葉は途中で男の胸に吸いこまれた。そのまま「あ」と思う間もなく、夜着の裾からもぐりこんだグリファスの手が、するりと這い上り、剣を持つ硬い指先で乳首をつままれた。

「…な…ッ」

両手で胸を押し返して離れようとしても、背中にまわされた左手はびくともしない。

「グリファ…ス…！」

止めて、それ以上はだめ。少しの刺激で腰に重苦しい痺れが広がる。痺れは腰から腿へ、わき腹から腕のつけ根やこめかみのあたりにまで拡散してゆく。

乳首を揉まれ、首筋に唇接けを受けて、突っぱねていた腕から力が抜ける。逃げようとよじっていた背中や両脚も、自分のものではないように動きが鈍くなる。

抵抗が止んだとたん、グリファスはリィトを寝台に横たえ、背中を支えていた左手を夜着がめくれてあらわになった下肢に伸ばした。先ほどの手淫で脱げかけた下穿きを手際よく引き下ろすと、濡れて震える若茎に指を絡めた。

そのまま裏側を中指でなぞりあげられる。先刻の吐精の名残と、新たな刺激でにじみ出た蜜液でぬめる先端から茎全体へと、包みこまれるように何度も扱《しご》き立てられて、リィトは悲鳴を上げた。

「ゃ…ッ、また…――」

二度も往《い》ったばかりなのに、再び鋭い快感に突き上げられて、リィトは狂おしく身悶えた。

いつ果てるとも知れない、自分では制御できない心と身体の暴走に、リィトはついに音《ね》を上げた。

「お願…い、助け…て」

こんな自分は打ち捨てて、部屋を出て行くのでもいい。疼きを鎮めるために抱いてくれるのでもいい。たとえそれが、同情でも義務でも構わない。

そう思ってしまうほど、身の内から湧き上がる疼きと焦燥、そして飢餓感は激しかった。

「――本気で抱くが、覚悟はいいか?」

半ば自暴自棄だった懇願の答えに、リィトは呆然と男の顔を見返した。けれど、本気とはどういう意味かと問う前に、身体は勝手にうなずいていた。

首元までたくしあげられていた夜着が、身をよじった拍子に呆気なく脱がされてしまうと、足首に未練がましくまといついてる下穿き以外、一糸まとわぬ姿になる。

無防備な裸体を、大好きなひとの前にさらすのは恥ずかしい。けれど同時に、何かの了承を得られるかもしれない、肯定してもらえるかもしれない、そんな期待が生まれたのも確かだった。

ぐったりと寝台に身を横たえたリィトの全身を、グリファスはゆっくり丁寧に、両手のひらを使って触れてゆく。項から背骨をたどり、尾てい骨からまろみを帯びた臀部《でんぶ》へ。内股、膝、足首、そして爪先まで。肩も胸も臍《へそ》の窪みも。そして背中の鞭痕と左足の矢傷痕は、特に丹念な愛撫を受け、唇接けを受けた。

貧弱な姿を、それでもいいと抱きしめてもらい、やさしい愛撫を受けると、衣服を身に着けていたときとはちがう深度で充足感が生まれる。

身を炙られるような羞恥は、うち寄せる波のように遠のいては戻り、また遠のいてゆく。リィトは次第に我を忘れて行為に溺れた。

遮るものがなくなった小さな乳首を、グリファスは唇に含み、交互に舌で押し潰してはこね上げ、ときおり突ついて少年を喘がせる。三度目の吐精を求めて切なく震えていたリィト自身が、男の手の中でひくりと蠢いた。

グリファスの唇が胸から離れ、ようやく刺激が遠のいたとほっと息をつく間もなく、今度は下腹を吸い上げられる。

「…ん…ぅ…ッ」

思わずリィトが身を起こしかけた瞬間、グリファスはためらいもせず、薄い叢《くさむら》の中で涙を流している若茎を口に含んだ。

「や…ッ――」

ぬめりを帯びた熱い粘膜に包まれた瞬間、リィトは耐えきれず、最愛の男の口内に三度目の精を放ってしまった。

「ゃ…うッ、う…ぇ」

両手で顔を覆い隠し、萎えて力の入らない両膝をむりやり閉じて横を向く。とんでもない粗相《そそう》をしてしまった。グリファスの顔がまともに見られない。

リィトが涙に濡れた顔を敷布に押しつけ、荒い息を懸命に整えていると、背後からグリファスが覆い被さってきた。

「リィト、そんなに泣くな」

微笑みを含んだ甘い声でささやかれて、いやいやと首をふる。予告もせずあんなことをするなんて、信じられない。信じられないけれど現実だ。

……本当に？

リィトは朦朧とした頭をもたげ、弱々しくグリファスを見上げた。

——これは夢じゃないのだろうか。グリファスのことが好きすぎて、でも叶うわけなどなくて、勝手に見ている都合のいい夢じゃないだろうか。

近づいてくる男らしい顔をぼんやり見つめていると、半開きだった唇をふさがれる。誘い出すような舌の動きにおずおずと答えながら、うっとりまぶたを閉じると、両脚をゆるりと拡げられた。膝頭《ひざがしら》から太股をたどったグリファスの指先が、やさしく後孔を突ついた。

男の指先がそこに触れたとたん、サイラムの砦で受けた仕打ちがよみがえり、リィトは反射的に身をすくめた。

「ゃ…や…——」

突然の拒絶に一瞬動きを止めたグリファスが、なだめるような表情で瞳をのぞきこんでくる。

「リィト、俺を見るんだ」

「グ…リファ…」

「そう。お前に触れてるのは俺だ。——俺と、ここで繋がるのは嫌か？」

「……」

「まだ痛みが？　それとも思い出すからか？」

自分が抱えるおびえの理由を的確に問われ、とっさに答えられないまま、ただ男の瞳を見つめた。

「俺はお前とひとつになりたい。ここで…」

そこで言葉を止め、グリファスは後壁の入り口を指先で、ぐるりとやさしくなでた。

「お前と繋がって、抱き合いたい」

やわやわと揉みこむように刺激されながら、甘く真摯に求められ、とても嫌とは言えなくなった。

「い…いよ」

グリファスならいい。グリファスだからいい。

リィトがこくりとうなずくと、グリファスは情熱的な慎重さで静かに動きを再開した。

‡

持ち上げた片足を自分の腿に乗せ、大きく開かせたそこを、グリファスは丹念に馴らしていった。

「…あ…ぁッ」

慎重に後孔をほぐしてゆくと、リィトの細い両脚が無意識に敷き布を蹴る。溺れた者が、足の着く場所を探して必死にあがくように。

指を挿しこみ後孔内を広げるように蠢かせるたび、少年の身体が、陸《おか》に揚げられた魚のようにびくびくと震える。汗に濡れた肌は、指の本数を増やすたび上気して艶めいてゆく。

「——ぁ…ん…あぁ…ッ」

初めて出会ったときは、幼子のように無垢であどけなかった。旅の間に少しずつ大人びて、切ない表情を見せるようになった。けれど男の愛撫を受けて、これほど艶《なま》めかしい姿態をさらすようになったのは、サイラムで受けた拷問と、使われた催淫薬のせいもあるのだろう。

できるなら、この手で花開かせてやりたかった。青い蕾《つぼみ》を手折《たお》り、むりやりこじ開けるような乱暴な方法ではなく、愛情とやさしさで。陽光の下で自然にほころんでゆく花のように。

「……グ…リファ…?」

痛ましげに見つめた男の心情を機敏に察したのか、リィトが濡れた瞳で見上げてきた。それへ微笑み返しながら、指をもう一本増やして喘がせる。

「や…ッ、ん…ぁ——ッ」

剣を扱う節高の指三本で、抜き差ししても耐えられるほど、やわらかくほぐれたことを確認すると、グリファスは静かに身を起こした。

「…リィト」

熱に浮かされ朦朧としているリィトの上体を、重ねた枕に乗せ、右膝を大きく持ち上げ、すっかりほころんでひくついている後孔に腰を重ねた。そのまま硬く勃ち上がった雄芯の先で、やわらかく濡れた入り口をぐるりとなでる。

「…ぁ……ッ」

リィトは息を呑んで強く目を閉じた。

「リィト、目を開けて」

誰に抱かれるのか、しっかり胸に刻みつけてくれ。これは陵辱ではなく、薬でむりやり強制される悦楽でもなく、愛の行為なのだとわかるように。

「――グリファス…」

助けを求めるように伸ばされた両腕が届くよう、上体を倒し肌を触れ合わせながら、情欲の先端を慎重に押しこむ。首にすがりついた細い腕に力が入り、先端を迎え入れた壁口が収縮してゆく。そのままじっとしていると、緊張が途切れたようにふっと力が抜ける瞬間が生まれる。そこにすかさず腰を押しつける。

「…ひぅ…ッ」

息を飲んで身をすくめ、しばらくすると弛緩する。そのくり返しに合わせてグリファスも雄芯を挿し進めた。

すがりつかれた肩に幾筋もの爪痕ができる頃、ようやく半分近い欲望が少年の狭い後孔に納まった。

――これ以上はむりか。

すべてを受け入れられない狭さに、却って安堵しながら、グリファスは挿入した雄芯をなじませるよう、ゆっくり腰をまわした。

‡

念入りに解され、充分にやわらかくなったそこに、それでも大きな圧迫感を伴いながら男の雄芯が潜りこみ、じわじわと進んでくる。

「…――」

グリファス自身を受け入れたそこで、信じられない快感が弾けて、リィトは声にならない悲鳴を上げた。腰を引こうとして許されず、そのまま小刻みに揺すられて、項から後頭部に赤い紗《しゃ》のような快感が広がる。息をつめすぎて空になった胸が、空気を求めて激しく上下する。

苦しげに喘いだリィトを心配したのか、グリファスはゆっくり腰を引いた。内壁をこすりながら去ってゆく男の昂りとその感触に、リィトの背筋に寒気にも似た快感が走る。

グリファスは先端だけ残したところで動きを止め、リィトが入り口をきゅう…と引きしぼり、ゆるめた瞬間ぬるりと引き抜いてしまった。

「……ッ」

痺れるような快感に強く目を瞑り、悶えた後孔に再び先端がもぐりこむ。抜き出す、もぐりこむ。

指の関節ひとつ分ほどの部分で何度も抜き差しをくり返されて、耐えきれず、リィトは自分から腰を押しつけるようグリファスにすがりついた。

「…お…願、…い」

首筋にすがりつき、自分から懇願する。

もっと奥まで、深く…と。

願いはすぐに叶えられた。

グリファスはリィトをしっかり抱きしめたまま、確実に雄芯を埋め、先刻より少しだけ深い位置で動きを止めた。そうして大きく息を吐いたあと、ゆるゆると抽挿《ちゅうそう》を開始した。

猛《たけ》った男の欲望で押し上げられ、抉られ、捏ねられて、リィトは無意識に逃れようと身をよじった。

次第に激しくなる腰の律動に抗おうとしても、そのわずかな身動きすらねじ伏せられ、隙間もないほど抱きしめられて、グリファスが示す情熱の激しさに、理性も羞恥も干上がってゆく。

代わりに、深く繋がり合った場所から何かがあふれて沁み入ってくる。

うっすらとまぶたを上げて目の前の首筋から視線を滑らせ、瞳《め》に映った肩の矢傷痕に唇をあてた。そっと這わせた舌に筋肉の躍動が伝わってくる。

「…リィト」

名を呼ばれ顔を上げると、お返しのようにグリファスの顔が近づいてくる。そのままリィトの右頬に自分の頬を重ねて欠けた耳朶を唇に含んだ。

「——ッ」

リィトは反射的に身をすくませ、瞳を大きく見開いた。

「すまない、…まだ痛むのか？」

唇を離したグリファスに申し訳なさそうな顔で訊ねられ、あわてて首をふる。

「ちが…」

口ごもってうつむくと再びゆるやかに、欠けて醜い傷痕の残る耳朶に愛撫を受けた。舌で舐め、唇で食むよう軽く押さえられ、再び舌先でちろちろと舐め上げられて、リィトは耐えきれず涙をこぼした。

「グリ…ファス、グリファ……」

痛みがないように細心の注意をしながら、グリファスは何度も、傷ついたリィトの耳朶を唇で慰撫《いぶ》し続けた。そして同時に腰の抽挿を再開する。

互いの肌が触れ合った場所から、温かさと、深く惜しみない豊かな感情が押し寄せてくる。なんだろうこれは。蜜の中に墜ちて、あがくこともできずに沈んでゆく羽虫のような、夢見る酩酊感。

「あ…ぁあ……」

背をすくい上げられ、たゆたうような揺籃《ようらん》を受けながら、リィトは汗で滑りそうになる両手を何度も何度も男の首に絡ませ、息も絶え絶えに喘ぎ続けた。

「グリファ…、好…き、だ…ぃす…」

素面では言えなかった気持ちがあふれ出す。拒絶される心配も、迷惑をかけるかもしれない怖れも、今夜は脱ぎ捨てた服と一緒に寝台の下で身をひそめている。

「——好き…」

ずっと好きだった。いつもふり向いて欲しくて仕方なかった。グリファスに愛され大切にされるルスラン皇子が羨ましかった。さみしかった。辛かった。

口に出せない負の感情が涙になってこぼれ落ちる。

こめかみを伝わり、首筋にまで流れてゆくそれを、グリファスの温かな舌と唇が舐め取ってくれる。舌は頬から頤《おとがい》、そしてこめかみから目尻へと涙をたどり、最後にまぶたと鼻先に唇接けを落として、そっと離れた。

「リィ…ト」

かすれた低い声で名を呼ばれ、涙でにじんだまぶたを上げると、いつもよりずっと深さを増した黒い瞳と、汗に濡れた黒髪が瞳に映る。

「きつくなったら言ってくれ」

「…あ、…え?」

了承は得たとばかりに、男の動きが激しくなる。

さっきまでの抽挿を受け止めるだけでも精一杯だったリィトは、本気になったグリファスの情熱に戸惑い、そして溺れた。

数回、奥を突かれて四度目の精を吐き、くたりと力の抜けた身体をそのまま揺すられ続けた。正常位から横抱きに体位を変えて、抉るように突き上げられたリィトの性器が震えながら勃ち上がる頃、後孔を埋め尽くしていたグリファスの雄芯が体積を増し、入り口が限界まで押し広げられた。

「……くっ…」

低く小さなうめきとともに、これ以上ないほど強く腰が押しつけられる。次の瞬間、身体の奥で熱い飛沫がほとばしるのを、白く霞んでとろけ落ちる意識の彼方に感じながら、リィトは深い眠りに落ちていった。

・結・　誓いの花

指一本動かせないほどの甘やかな疲労の果てに、眠りについたリィトが目覚めると、陽はすでに高く昇りきっていた。閉じた緞帳《どんちょう》の隙間から射しこむ光は、窓辺のすぐ下を照らしている。

リィトはゆっくり腕を伸ばして額に手を当てた。それから深いため息をつく。

起き抜けの現実味のない浮遊感が徐々に薄れてゆくと、身体の節々が訴える奇妙な痛みと後孔の違和感に、昨夜の出来事が夢ではないと思い知る。

綿《わた》のようにふわりとした浮遊感と、水を含んだ砂袋のような重さが同居しているけれど、気分はそれほど悪くない。

昨夜、汗や涙、唾液や他の体液でどろどろになっていたはずの身体は、すっかり清められ、さらりと乾いてほのかにいい匂いまでしている。

ぼんやりしていた視界の端に、陽射しとはちがう小さな白い光が揺らめいた。

——何だろう？

痺れにも似た甘い痛みとだるさに支配された身体を何とか持ち上げ、腕を伸ばして薄い紗の天蓋を引くと、寝台わきに置かれた小卓の上で、小さな花瓶に生けられた一輪の花がゆらりと揺れた。

「あ…、これ…は」

確かイクリール小城の庭に咲いていたものと同じ。すごくきれいだと思い、我慢できずに花束にしてグリファスに贈った花だ。

露を弾く白い花弁は沁み入るように清らかで、中心はほんのりと青味を帯びている。可憐で美しいけれど、素朴でもある。

今思えばあのときグリファスは、突然野に咲く小さな花を贈られて、ずいぶん驚いたにちがいない。

この屋敷の中を歩きまわれるようになった数日間で、グリファスが元々どれほど恵まれた暮らしをしていたのか、おぼろげながら理解できるようになった。

『急場しのぎで整えたので、昔日《せきじつ》の栄華《えいが》にはとてもおよびませんが…』

グリファスが生まれる前からリヴサール家に仕えてきたという執事の言葉に、リィトはただ感心するしかなかった。執事や侍女が、みすぼらしくなってしまったと嘆く屋敷は、リィトから見れば皇宮《おうきゅう》かと見まごうばかりの豪華さだ。

「本物の皇宮なんて、見たことないけど…」

調度品をそろえる時間的余裕ができるまではと、代わりに寝室や居間や廊下にはいつも、丹念に手間《てま》隙《ひま》かけて育て上げたとわかる珍しい花々が、瑞々しい姿で飾られている。

グリファスがその気になれば、身のまわりにもっと豪華だったり華やかだったり清楚だったりする素晴らしいものを、そろえることができるのだろう。

「……」

一輪だけの白い小さな花を指先で突ついて、リィトはふっとため息をついた。誰がこの花を生けたのだろう。思いをめぐらせかけた瞬間、

「お目覚めですか、リィト様」

扉を開けて、侍女のタルサが近づいてきた。どうやら天蓋を開けると、報せが届く仕組みになっているらしい。

タルサが手に捧げ持ってきた銀盆には、果汁で薄めた葡萄酒が入った玻璃製の水差し、杯《グラス》、皮を剝《む》いてひと口大に切った色とりどりの果物、蜜を落とした凝乳《ヨーグルト》、薄く切ったパンに湯気を立てたスープ、湯通しした野菜の盛り合わせ、薄荷水などが所狭しと並んでいる。緞帳を引いて窓を開け、運んできた食事を窓辺に置かれた卓上に並べながら、タルサはふと視線を上げ、枕元の花を見てふんわりと少女のように微笑んだ。

「まあ、サリアの花ですね」

それからすぐ、あごに指を当て首を傾げる。

「いったい誰が摘んできたのかしら？　侍女か従僕……、困ったわね、無断でこの部屋には入らないよう伝えてあるのに」

　タルサの言葉に奇妙な含みを感じたリィトは、顔を上げ小首を傾げた。

「どうしたの？」

「ご存じないんですか」

　笑みを含んだ声で軽やかに聞き返され、ますます首を傾げる。

「サリアの花は、別名『求婚の花』と呼ばれておりますのよ」

「え？　――き、求…婚の…って」

　言葉の意味を理解したとたんリィトは戸惑い、あわてて枕元の花に目をやった。

「時季が過ぎたので、このあたりにはもうほとんど咲いていませんけど。――まさか旦那様が…？」

「え…、え？　それは…」

　求婚という言葉の意味は知っている。そしてタルサが最後につぶやいた『旦那様』というのは、グリファスのことだ。

　ふたつの言葉が頭の中でうまく繋がらないまま、リィトは視線を白い小さな花から窓辺へ移し、すぐにまた侍女、そして手の中の一輪へと戻した。

　ますます混乱して焦るリィトの反応が初々《ういうい》しすぎておかしかったのか、タルサは子どもを見守る母親のように微笑んだ。

「このお屋敷の誰かが、リィト様を見初めたのかもしれませんね」

「え？　あの？」

　内緒話をするようにささやいた侍女に、救いを求めてリィトが顔を上げると同時に、扉の開く音と、低くよく通る男の声が響いた。

「もう起きて大丈夫なのか」

　つい先日、一時断絶した家名を無事復活させ、新しい当主として領地と爵位を賜ったばかりの若きリヴサール公爵は、寝台に横たわる少年の身体を気遣いながら、大股で近づいてきた。

息が少し荒いのは、遠乗りにでも出かけていたのだろうか。乗馬用の身体にぴたりとした着衣に、草の葉や土埃がついている。

グリファスは左手で汗ばんだ額をひとなでしてから、さりげなく侍女の退室をうながした。右手はなぜか背後に隠したままだ。

タルサの動きに合わせて身体をまわし、彼女が一礼して扉を閉めるまで右手を隠し続けたグリファスは、ふたりきりになると、ふっ…と緊張を解いた。

窓に吊された白地の紗布が、風に吹かれて軽やかにひるがえる。中庭で餌《えさ》をついばんでいた小鳥が、にぎやかに囀りながら飛び立った。

「あー」

グリファスは「ごほん」とひとつ咳払いをしてから、おもむろに背後に隠していた右手を差し出した。

白い光の束が、ふわりと揺れながら現れる。

「盛りが過ぎてしまったから、なかなか手に入らなくてな。せめてお前にもらったのと同じくらいの花束を作ろうと思って、アラ・クル湖のあたりまで馬を走らせたんだが…」

やはりほとんど咲いていなくて。

そう言いながら困ったように微笑むグリファスの手の中で揺れているのは、サリアの花束。

「――…グ…」

リィトは手の中の一輪をにぎりしめたまま、たまらず寝台を駆け下りて、よろめきながらグリファスに抱きついた。

「グ…リファ…、グリファス…!」

名前を呼んで、抱きつくことしかできない。

「リィト」

わかっているよと言いたげに、背中と頭を支えられながら唇接けを受ける。グリファスはそっと腕の力をゆるめ、けれど両手はにぎったまま離さず、リィトの前に跪き、騎士が忠誠を捧げる相手に対する礼を取った。

「リィト、君にこの花を捧げたい」

騎士の礼とともに、うやうやしく捧げられた花束を見たとたん、指先が震え、唇が震え、心が震えた。

「あ…」

リィトの反応に、グリファスは悪戯がばれた子どものように、照れを含んだ笑みを浮かべながら、わずかに首を傾げた。

「花の意味を、誰かから聞いたのか？」

リィトはそれには応えず、震える両手を伸ばして十本の指でしっかり花束を受け取った。

それから胸元に引き寄せた花束の、慎ましい芳香を発する花弁に顔を埋めてこくりとうなずく。

黒髪の騎士はリィトの右手を捧げ持ち、真剣な表情で宣言した。

「グリファス・フレイス・リヴサールは、リィト・フレイスに愛と忠誠を捧げると誓う」

そうして恋人の指先に、うやうやしく唇接けたのである。

# あとがき

こんにちは、六青みつみです。

今回は、以前から憧れていた2段組で大好きなファンタジー物をお届けいたします。

ファンタジーと一口に申しましてもいろいろと幅広い世界なわけですが、このお話は剣と魔法と竜（それぞれちょっとしか出てきませんが…）、そして貴種流離譚を絡めつつ、格好いい騎士と見目麗しい皇子様とみすぼらしい（↑ここ重要）主人公が出てくる、割と大道な展開であります。

ちなみに表のテーマは『身代わり』。そして裏のテーマは『涙と鼻水』（笑）です。涙といえば、初稿でも改稿でも著者校でも、読み返すたびに思わず涙が出てしまい鼻をズビズビさせながら作業した…というシーンがあるのですが、さてそこはどこでしょう？　などと質問してみたり。もしも読者の方で『自分はここで涙が、いや鼻水が！』というところがありましたら、お手紙なりメールなりで教えていただけたらとても嬉しく思います。

今回の萌え要素のひとつに『体格差＆年齢差』があります。本文中では明確な数字が出てませんが、グリファスとリィトの身長差は30センチくらい、歳は十三もちがいます。要するにこのお話は、いい歳した大人の苦労人が未熟な仔犬になつかれて、最初は体よくあしらっていたものの段々ほだされて振り回されて、最後はメロメロになる物語なのです。私が書く攻は油断すると『へたれ』になりがちなのですが、今回はプロット提出の段階から「今度の攻はカッコイイですから！」と自信たっぷりに自己申告していたわけです。んが、しかし…。フタを開けてみたら『朴念仁』という評価をいただきました。素晴らしい。『へたれ』から『朴念仁』へ華麗にスキルアップです！　↑ちがいます。

そんなお話に挿絵を描いてくださった樋口ゆうり先生には、今回も登場人物のイメージを的確に捉えていただき、かつ魅力的に描写していただきました。本当にありがとうございます。担当様と編集部の皆さま、そして本が店頭に並ぶまでの行程に携わる全ての方々には、またしても大変ご迷惑をお掛けしてしまいました。今回はさすがに海よりも深く反省したので、次回からは性根を入れ替えてがんばりたいと思います。本当にすみません。そしてありがとうございました。

最後に。この本を手にとって読んでくださった皆さま、本当にありがとうございます。ファンタジー好きの方はもちろん、現代物以外やカタカナの名前はちょっと苦手…という方にも楽しんで読んでいただけたら、書き手としてこれ以上の幸せはありません。

次作はこれまでより、もう少し早く本が出るようがんばりたいと思います。

そのときまたお目にかかれることを心から楽しみにしています。

二〇〇五年・夏　六青みつみ

この本を読んでの
ご意見・ご感想を
お寄せ下さい。

〒151-0051
東京都渋谷区千駄ヶ谷4-9-7
(株)幻冬舎コミックス　小説リンクス編集部
「六青《ろくせい》みつみ先生」係／「樋口《ひぐち》ゆうり先生」係

リンクス ロマンス

# 騎士と誓いの花

2005年7月31日　第1刷発行

著者……………六青《ろくせい》みつみ

発行人…………伊藤嘉彦

発行元…………株式会社　幻冬舎コミックス
〒151-0051　東京都渋谷区千駄ヶ谷4-9-7
TEL 03-5411-6431（編集）

発売元…………株式会社　幻冬舎
〒151-0051　東京都渋谷区千駄ヶ谷4-9-7
TEL 03-5411-6222（営業）
振替00120-8-767643

印刷・製本所…図書印刷株式会社

検印廃止


ISBN4-344-80599-2　C0293
Printed in Japan

幻冬舎コミックスホームページ　http://www.gentosha-comics.net